中公文庫

歌舞伎町ゲノム

誉田哲也

中央公論新社

目次

兼任御法度 7
凱旋御法度 91
売逃御法度 171
改竄御法度 247
恩赦御法度 327
解説 宇田川拓也 410

歌舞伎町ゲノム

兼任御法度《ごはっと》

1

一杯の酒で、過去を一つ、紛らわせる。

だが杯を重ねれば、違う痛みが疼《うず》き始《はじ》める。

過去に生きるつもりはない。一縷《いちる》の光も射さない暗闇と分かっていても、それが未来であるならば、生きるしかない。自《みずか》ら死を選ぶという選択肢は、与えられていない。

「ジロウ」という、今の名前を使うようになって何年が経《た》つだろう。「津原英太《つはらえいた》」としての人生は捨てた。過去は断ち切った。こんな痛みは存在しない——そう、存在しないのだ。

ジロウがグラスを置くと、隣の席の若い男が、浅く息を吐いた。

「……じゃ、そろそろいこうか」

もう一つ向こうの席にいる女が「うん」と応える。男は電力関係の機器を販売、設置する会社の営業マンのようだった。女は、もう夏物の準備がどうこうと言っていたから、おそらくファッション関係なのだろう。どこかで食事をして、このゴールデン街の店に流れてきて、一、二杯飲んだら、歌舞伎町《かぶきちょう》のホテルに落ち着く。そんな、ありふれた週末の過ごし方を、ジロウは二人に重ね見ていた。もう二度と自分に訪れることはない、穏やかな時間が彼らには許されている。羨《うらや》みはしないが、大切にしてほしいとは思う。

「マスター、お勘定、お願いします」

「はい、ありがとうございます」

陣内《じんない》が、悪意など微塵《みじん》も感じさせない笑みと共に答える。彼がこれから提示するのは、この界隈《かいわい》のごくごく平均的な金額のはずだ。高くもなければ、ありがたがるほど安くもない。

残念ながら、このカップルはもうここへはこないと思う。なぜか。陣内の手料理を食べなかったからだ。ミックスナッツとドライフルーツだけなら、他の店と一緒だ。この店にきたら、湯豆腐でも菜っ葉の煮浸《にびた》しでもいい、何か陣内の手料理を食べることを勧《すす》める。頼んだ酒に合うもの、たとえば芋焼酎に合うものを、と注文してもいいし、その逆でもいい。そうすれば、これぞ「酒菜《さかな》」というものを味わえるに違いない。

それをしないのなら、この店にくる意味はない。

「ご馳走《ちそう》さまでした」

「ありがとうございました」

引き戸が開け閉《あた》てされ、男女二人分の気配が遠くなる。革靴の重たい音と、パンプスの踵《かかと》の尖《とが》った音が交互に鳴り、やがて階段を下りきり、それもアスファルトの路地へと紛れていく。

ジロウは、残っていたジェムスンを飲み干し、グラスを置いた。

そのまま、陣内の方に押し出す。

「……同じもの？」

「ああ」

陣内はボトルのキャップをはずし、メジャーカップも使わず、そのまま傾けて注いだ。

「なに、難しい顔してんだよ」

カップルが出ていき、今この店にいるのは、ジロウと陣内だけになった。他に客がいれば、陣内もこんな口の利《き》き方《かた》はしない。

ジロウは受け取ったグラスを、ひと振りしてみた。

「……別に。いつもと変わらないよ」

陣内は、さっきとは違う少し皮肉っぽい笑みを浮かべ、カウンター下に目をやった。そこには、盗聴器発見器が仕掛けてある。もとの持ち主は四代目関根《せきね》組組長の市村《いちむら》だが、それをもらい受けてここに設置したのはジロウだ。発見器は音ではなく、ランプの色と数値で盗聴器の有無《うむ》を知らせるよう設定してある。

陣内は、ほんの一瞬目をやっただけ。それについては触れず、別の話題を振ってきた。

「……東《あずま》のこと、小川《おがわ》くんから聞いたか」

東弘樹《ひろき》警部補。ついこの前まで新宿署《しんじゅく》の刑事だった男だ。小川は今も同部署にいる、ジロウたちの仲間だ。

「いや。でも、ミサキから」

「赤坂《あかさか》に異動だって」

「うん。優秀な人だからな」

陣内が小首を傾《かし》げる。

「赤坂への異動は、栄転なのか」

「所轄署《しょかつしょ》にはそれぞれ格がある。赤坂の署員数は新宿の半分以下だろうが、署長は警視正、刑事課とは別に組対《そたい》(組織犯罪対策課)もある、いわゆる大規模署だ。よほど内部で評価されてるんだろう」

ジロウも以前は警察官だった。それくらいのことは、今でも覚えている。

ふた月前、ジロウたち「歌舞伎町セブン」は仲間を一人失った。上岡慎介《かみおかしんすけ》という、フリーでジャーナリストをしていた男だ。

「歌舞伎町セブン」はその名の通り、七人揃《そろ》わなければ活動できないことになっている。それを破ったら何がマズいのか、正直、ジロウにはよく分からない。七人いなくても、六人でもいいのではないかという想いはある。ただこの縛《しば》りを弛《ゆる》め、五人、四人、最終的には一人でもいいのか、と考えると、さすがにそれは駄目だろうと思う。それでは、ただのお節介な人殺しになってしまう。

歌舞伎町には、歌舞伎町なりの秩序というものがある。一般的には違法とされている行為でも、歌舞伎町では黙認されることがある。管理売春、禁止薬物の売買・使用、無認可のギャンブル、指定暴力団の暗躍、数え上げたらキリがない。厳密にいえば、それらの行為は他の繁華街でも見られるが、歌舞伎町はその密度が違う。善悪の基準は極めて曖昧《あいまい》で、かつ流動的だ。

ただ歌舞伎町の住人も、歌舞伎町を、犯罪が横行する街にしたいとは思っていない。むしろ逆だ。危ないイメージは確かにある。来街者にとっては、そのスリルこそが歌舞伎町の魅力だ。他の街にはない刺激が、歌舞伎町なら味わえるのではないか。そんな期待を裏切らない程度には危険で、なおかつまた遊びにきたくなるような気安さを持った街。この微妙なバランスを保つのが重要——なのだろうと、ジロウは解釈している。

だがこの、微妙なバランスを乱そうとする者がいる。この街の、最低限の、暗黙の了解すら破壊しようとする者がいる。それは警察官である場合も、暴力団員である場合もある。マスコミ関係者かもしれないし、政治家かもしれないし、有名大学の教授かもしれないし、ホームレスかもしれない。

それらを警察が事件として扱い、たとえば東のような刑事がきちんと解決してくれるのなら、セブンに出る幕はない。大人しく酒を飲み、昨日と同じ夜を過ごすだけだ。だがときには、警察では扱いきれない、あるいは警察自体がその後ろ盾《うしろだて》になっているような、胸糞《むなくそ》の悪い事件も起こる。いくら歌舞伎町といえども赦《ゆる》される行為ではない、そんな悪行が、稀《まれ》にではあるがまかり通ってしまう。

誰も動かない。知らないのか、見て見ぬ振りなのか、それは分からない。いずれにせよ、誰一人動こうとしない。いや、動けないのかもしれない。

ならば、致し方ない。

その始末、歌舞伎町セブンが引き受ける——と、言いたいところではあるが、今はその七人が揃わない。

そんなことを考えていたからだろうか、妙な客が入ってきた。

「こんばんは……よかった、空《す》いてる」

土屋昭子《つちやあきこ》。死んだ上岡と同業、市村がいうところの「根無し草のペンゴロ」だ。だが上岡と違って、ジロウはこの女が大嫌いだった。

社会の裏の裏まで知り尽くし、頭の天辺《てっぺん》まで、どっぷりとそのヘドロに浸《つ》かりきっているくせに、育ちのいいお嬢様を気取っているのか、いつも慇懃《いんぎん》な口の利き方をする。浮かべる笑みは冬場の蜂蜜《はちみつ》によく似ている。甘ったるくて、粘っこくて、ひどくザラついている。

土屋は、一つ向こうのスツールに腰掛けた。先のカップルの女が座っていた場所だ。

陣内が客向けの顔で訊《き》く。

「こんばんは。何にしましょうか」

「うーん……何か軽いもの、お浸しみたいなもの、あります？」

「お浸しはないですが、ほうれん草の胡麻和《ごまあ》えなら」

「じゃあそれと、お酒は……日本酒がいいかな」

「冷やで、燗《かん》で？」

「お勧めは」

「ぬる燗、ですかね」

「お任せします」

「かしこまりました」

注文を終えた土屋が、さも退屈凌《たいくつしの》ぎといったふうに、こっちを見る。蜂蜜の笑みも、いくらかサラリと乾いている。

「よくお見かけしますけど、お名前、伺《うかが》ってもいいかしら」

よくもまあ、そんなすっ惚《とぼ》けた口が利けたものだ。

とはいえ、無視するのも大人げない。

「神田川《かんだがわ》です」

「神田川、ジロウさん？」

知ってるなら訊くな、と言いたいのをなんとか堪《こら》える。

「いえ、神田川サブロウです」

クスリと、土屋が短く鼻息を漏《も》らす。誰かに色っぽいと褒《ほ》められた、ご自慢の笑い方なのだろうか。

「……面白い」

この女はおそらく、自分が嫌われ者であることを承知している。それでいてこの「いい女」芝居をやめないのだから、その性根の捩《ね》じ曲《ま》がり具合は相当なものだ。同じようなことは市村も、死んだ上岡も言っていた。新宿署の小川は、どうだったろう。話したことがないから分からない、と言っていたか。セブンの元締め、斉藤杏奈《さいとうあんな》は、たぶん土屋とは面識がない。ミサキも、確か顔を見たことがある程度だ。

ジロウは、これまで直接話をしたことこそなかったものの、この店での、陣内との会話に耳を傾けたり、市村に頼まれて尾行したりしたことはあった。なので小川や杏奈、ミサキより、多少は知っているつもりだ。

陣内が小鉢をカウンターに載《の》せる。彼は土屋について、ノーコメントで通している。

「はい、お待たせいたしました」

「ありがとうございます……いただきます」

細く摘《つま》むように塗り箸《ぬばし》を持ち、土屋がほうれん草の胡麻和えを、ほんの少量口に運ぶ。

「……ん、おいしぃ……でもこれ、何かしら」

隠し味がなんなのかを知りたいらしい。

「ジンさん、これ、どうやって作るの？」

常連ぶった呼び方も、この女がするとひどく腹立たしい。他の客なら、まるでそんなふうには思わないのに。

陣内が優しげに頬《ほお》を持ち上げる。

「それは、秘密です」

「えー、いつも教えてくれるのに」

「今回のは、ちょっと試行錯誤したので、出《だ》し惜《お》しみさせてもらいます」

「そんなぁ……でも、なんだろ。分かる。分かる気がする」

いや、分からないと思う。ジロウもさっき食べて、ワサビが入っているところまでは分かったが、それ以外は最後まで当てられなかった。どうやら、酢とミョウガを使うらしいが、そのまま入れるわけではないという。

まあ、分かったところで、ジロウが自分で作ることはないのだが。

三人連れの客が入ってきたので、入れ代わりにジロウは店を出ることにした。陣内の店

「エポ」のカウンターは六席。そのままだと、こっちにズレてくる土屋と隣合わせにならざるを得なかった。

そんなのはご免だ。

「……ご馳走さん」

「ありがとうございました」

去り際、土屋に「おやすみなさい」と言われたが、ジロウは聞こえない振りをした。

今現在、セブンはメンバーが一人足りない。どうしてもそれを補充しなければならないとしたら、誰なら相応《ふさわ》しいのか。具体的な名前は今のところ挙がっていない。しかし、土屋昭子という可能性もゼロではないと、ジロウは思っている。賛成か反対かと訊かれたらむろん反対だが、こんな裏稼業《うらかぎょう》の人選に人柄の良し悪しや、性格の好き嫌いを差し挟む余地はない。

土屋昭子は「新世界秩序／NWO」のメンバーだ。「メンバー」という表現は正しくないのかもしれないが、関係者であることに間違いはない。NWOは、その実態も規模も明らかではない、闇の犯罪ネットワークだ。そんな組織の関係者をセブンに迎えるのか、という意見はあるだろうが、だからこそ取り込むのだ、という考え方もある。

腕時計を見ると、二十三時半を五分ほど過ぎていた。市村には、零時《れいじ》きっかりに東宝シネマ向かいの無料案内所前に来いと言われている。なんの用があるのかは聞いていないが、おそらく、用心棒が必要なのだろう。呼ばれれば、行く。市村とはそういう間柄だ。

新宿区役所を過ぎて次の角を左に入り、キャバクラやバーが入った雑居ビルと、カラオケ屋のビルの間を抜けていく。途中にあるコインパーキングは【満車】。真っ赤なスポーツカーや黒塗りのベンツが駐《と》まっているが、よく見れば白いワンボックスや軽トラックもある。歌舞伎町は、駐車場まで雑多のごった煮だ。

コインパーキングの端には、缶飲料の自動販売機が二台並んでいる。その側面に、背中を預けるようにもたれ掛かっている人影がある。二十代前半に見える女だ。濃紺のスーツを着ているが、ブラウスの襟元《えりもと》が少し乱れている。仕事仲間と飲んで騒ぎ過ぎ、そのままレイプでもされたのか。あるいは、初めてクスリをやってラリッているのか。はたまた、意外と普通に体調が悪いだけなのか。何か困っているなら手を貸してやってもいいが、それをこっちから尋ねてやるほどジロウもお人好《ひとよ》しではないし、暇《ひま》でもない。

ぐらりと、女の上半身が道路側に、前のめりに傾ぐ。通り過ぎる瞬間だったので、ジロウは思わず手を出しかけたが、女が自ら踏ん張って堪えたので、すぐにその手は引っ込めた。自販機の明かりで、女の顔がちらりと見えた。自分がどこにいるのかも定かでないような、魂の抜けきった目をしていた。いかにも、歌舞伎町の路地裏にいがちな女だ。

先を急ぐ。

突き当たりまできたら右、すぐ次の角を左に曲がる。ラブホテル、お好み焼屋、まんが喫茶。次の角に無料案内所が見えるが、そこは目的地ではない。市村が指定してきたのは、もう何百メートルか先にある、焼きそば屋の隣の案内所だ。

いや、たぶんそうだと思うが、急に自信がなくなってきた。

市村に電話して、確認した方がいいだろうか。

＊

あの夜からもう、二週間が経つ。

実際の手触りや興奮は徐々に記憶から抜け落ち、今はむしろ、繰り返し見た動画ファイルの方が現実味を帯び、手の内にある。

今日は同じ部署の後輩女子に誘われ、飲みにいく予定になっていた。とはいっても二人きりではない。同期の男が一人、後輩男子が一人、後輩女子がもう一人、全部で五人だ。後輩男子が予約したのはチェーンのビアホールだ。変に気取った店より、こういうガヤガヤした場所の方が、俺には合っている。

「町田《まちだ》さんって、ラグビーやってたんですよね？」

俺を誘った後輩女子が、小さな目を可能な限り見開き、俺に訊く。俺は心の中で、彼女のことを「豆大福」と呼んでいる。

「ああ。高校、大学、ずっと」

もう一人の後輩女子が「分かるぅ」と言いながら、俺の左肩に触れてくる。あの子はボディタッチが多いと、すでに部署内では有名だ。俺が付けた渾名《あだな》も「タッチ」だ。

「なんかこの辺とか、すごぉい。盛り上がってる」

「いや、だいぶ萎《しぼ》んだよ。もう全然、トレーニングとかしてないし」

どうやら触っていいものだと判断したらしく、豆大福も俺の右前腕に手を伸ばしてくる。

「……ほんとだ、硬《かた》ぁい」

「いやいや、全然ダメ。もうブヨブヨ」

なぜ対抗してみようと思ったのか、向かいの席に座る同期の男が腕捲《うでまく》りをし始めた。

「俺はどう、これはどうよ」

タッチですら、その小さな力瘤《ちからこぶ》に触れようとはしない。

「えー、篠田《しのだ》さんは、細マッチョ……気味？」

「気味かよ、おい」

気を利かせたつもりか、後輩男子が彼に訊く。

「篠田さんは、大学時代、何やってたんですか」

「俺？　俺は……オチケン」

「オチケン？」

「落語研究会……何度も言わせんなよ」

彼にしてみたら、ここで笑いをとって話題の中心になりたかったのだろうが、残念ながら女性陣はさしたる興味を示さなかった。

豆大福が、こっちに大きく向き直る。

「ラグビーって、あんなにガンガンぶつかり合って、平気なんですか？　痛くないんですか？」

やっぱり馬鹿だな、この子。

「そりゃ痛いよ、人間だもん、俺たちだって。痛いは痛いけど、まあそれくらいは、我慢っていうか……むしろ、怪我《けが》だよな。怪我しないように、筋肉つけてさ、体を守るわけ。こう、肩からぶつかるじゃない。鎖骨《さこつ》折れるのとか、ほんと多いからね。でも、鎖骨くらいならまだよくて、この、肩の腱《けん》とか切っちゃうと、えれー大変なんだよ。腕上がんなくなっちゃうからね。マジで大変」

タッチが、自分の肩を触って確かめている。この子の方が、まだ多少は利口《りこう》なようだ。

後輩男子は、自分の耳を触っている。

「あと、こう、耳にもなんか、かぶせてますよね」

「ヘッドギアな」

それについても説明してやろうと思ったが、電話がかかってきてしまった。ディスプレイを確かめると【前川喜一《まえかわきいち》】と出ている。先々週の今日なので、少々込み入った話になるかもしれない。

「わりぃ、ちょっと」

俺はテーブルを離れ、店の出入り口に向かいながら携帯電話を耳に当てた。

「……おいっす。どうした」

『おい、町田、ヤベェぞ』

「何が」

『サッキー、自殺したらしい』

畜生《ちくしょう》。それは確かにヤバい。

「マジか。誰から聞いた」

『寺脇《てらわき》。あいつほら、サッキーの会社と取引あるから』

情報源は確か、ということか。

前川は相当慌《あわ》てていた。

『どうする。せっかく収《おさ》まってたのに、死なれちまったら、また面倒臭《くせ》え話になったりしねえだろうな』

そんなことは、俺にだって分からない。

「まあ、お前は下手《へた》に動くな。知らん顔してろ」

『大丈夫なのかよ、それで』

「お前に何ができんだよ。とりあえず、俺に任せとけ。寺脇にも、下手に騒ぐなって言っとけ」

『分かった。じゃ、わりぃけどよろしく頼むわ』

「ああ。また連絡する」

俺に任せろ、と言ってはみたものの、俺自身は前川同様、何かできる立場にはない。ただ、こういうときに頼りになる知り合いはいる、というだけのことだ。

毎度申し訳ないとは思うが、それ以外に方法はない。

2

ジロウには今、二つの顔がある。

一つは、歌舞伎町セブンの実行部隊「手《て》」としての顔。もう一つは、四代目関根組組長、市村光雄《みつお》の私設用心棒、兼密輸拳銃等のメンテナンス係、兼隠密《おんみつ》調査員。つまるところ、市村に言われればたいていのことはやってのける、便利屋だ。

微妙な立ち位置ではあるが、ジロウは決して関根組の組員ではない。陣内や杏奈、ときには同居人のミサキからも「いつ盃《さかずき》もらったの?」と冗談めかして訊かれるが、もらってはいない。断じてもらってはいない。ジロウはヤクザではない。

その辺は市村も弁《わきま》えていて、決してジロウに命令したりはしない。常に「ちょっと頼ま
れてくれねえか」みたいな言い方をする。
今回もそうだった。最近引っ越したばかりのアジトで、といっても同じ新宿六丁目内だ
が、いつものように拳銃のメンテナンスをしているときに電話がかかってきた。
『すまねえが、今すぐ五丁目の交差点まできてもらえるか。一人、尾行してもらいてえの
がいるんだ』
市村の説明が不充分なのはいつものことだ。
「男か、女か」
『男だ。写真は今から送る』
「行動を調べたいのか、ボディガードか」
『調べてもらいたい』
「襲われたら助けるのか、放っといていいのか」
『放っといていい。死んでも助けなくていい』
「分かった」
電話を切ると、一緒に拳銃を磨いていたミサキは手を止め、上目遣《うわめづか》いでこっちを睨《にら》んで
いた。
「なんだよ……またお前だけ探偵仕事かよ」

ミサキも元警察官なので、この手の仕事の心得《こころえ》がないわけではない。ただ向き不向き、得手不得手《えてふえて》というものはある。尾行や調査の仕事は、ミサキよりジロウの方が向いている。

「仕方ねえだろ。指名なんだから」

「あたしにも回せって、市村に言ってくれよ。カチコミとかさ、もっと派手な仕事だってあんだろ。嫌いなんだよ、チャカ掃除は、手が鉄臭くなるから」

今日日《きょうび》のヤクザは、そう簡単に殴り込みなどしたりはしない。それをミサキのような女に外注することもない。腕が立つとか立たないとか、そういうレベルの話ではない。

「明後日《あさって》までに六十丁なんだから、しっかりやっとけよ」

「何を、偉そうに」

「……行ってくる」

偉そうに言おうが下手《したて》に出ようが、おそらくもう、ミサキは拳銃のクリーニングはやらない。やってもせいぜい二丁か三丁で、すぐに飽《あ》きてどこかに飲みに出かけてしまうに違いない。だがそれも致し方ないと、ジロウは思っている。

残った分は帰ってきてから、ジロウがやるしかない。

その夜の尾行対象者は新宿駅から中央線に乗り、高円寺《こうえんじ》駅で下車し、歩き始めた。そのまま、どこかに寄るでも誰に会うでもなく、最終的には自宅と思《おぼ》しき一軒家に入っていった。

その時点で市村に連絡を入れ、一部始終を報告すると、

『誰にも、会わなかったのか』

「ああ、誰にも会ってない」

『携帯で誰かと喋《しゃべ》ったりは』

「してない」

『車内で誰かに接触したりは』

「ない」

『そうか……分かった。ご苦労さん』

あっさりと任務を解かれた。そうなったらジロウも高円寺に用があるわけではないので、真《ま》っ直《す》ぐ帰るだけだ。

再び高円寺駅に向かい、中央線に乗って新宿駅で降りた。ただ、このままアジトに帰ってもミサキはいないだろうし、少し腹も減っていたので、何か食べていくことにした。陣内の店というのも考えたが、どうもそういう気分ではない。もっと簡単な、回転寿司とかラーメンとか、短時間で済む店がいい。

歌舞伎町まできて、ぶらぶらと看板を見ながら歩いているうちに、自分でもよく分からないのだが、親子丼が食べたくなった。一番手っ取り早いのは職安《しょくあん》通り沿いにある「な

か卯《う》」だろうが、日本蕎麦屋《にほんそばや》なら、親子丼くらいどこでも出すだろう。さて、どこにしようか。

ラブホテル街を抜けた辺りに蕎麦屋があったことを思い出し、そっち方面に角を曲がった、そのときだった。

「……いい加減にしろや、お前」

ひどく苛立《いらだ》った声が聞こえ、なんの気なしに目を向けると、雑居ビルを入って通路の奥、エレベーターの前で四人くらいの男が揉《も》み合《あ》いになっているのが見えた。パッと見は三対一。四人ともスーツ姿だが、三人の方は少々柄が悪い。まあ、ヤクザ者だろう。

こういう場面を見かけても、ジロウは滅多《めった》に仲裁になど入ったりはしない。理由は単純。この歌舞伎町で、そんなことをし始めたらキリがないからだ。だがこのときは、変に胸騒ぎがした。絡まれている――のかどうか実際には分からないが、囲まれている男の顔が妙に真面目《まじめ》腐っていて、そのくせ、目つきだけは異様に反抗的で、危ない精神状態にあるように見えたからだ。

あの目はマズい。素人《しろうと》にあんな目を向けられたら、ヤクザ者は黙ってあとには引けなくなる。詫《わ》びを入れさせるまでは終われない。いや、詫びで済めばいい。男の出方次第では、取り返しのつかない事態にもなりかねない。

仕方ない。

「……ちょっといいか」

ジロウが声をかけながらビルに入っていくと、一番手前にいた若い者が振り返った。なんだお前、とでも言いたげに目を尖らせたが、もう一人、すぐ隣にいた若い者がジロウに気づき、瞬時に「よせ」と彼の胸に手をやった。おそらくジロウと市村が一緒にいるのを、見たことくらいはあるのだろう。

止めた男が、一番年嵩《としかさ》らしき男に耳打ちする。

「……ん？」

その、耳打ちされた年嵩の男の顔は、ジロウにも見覚えがあった。関根組の組員か、それに極めて近い人間だろう。

年嵩の男が、ジロウに向き直る。

「……どうも。何か、ご用ですか」

口調は落ち着いている。見たところ、まだその素人青年に直接暴力を加えるには至っていないようだ。

ジロウも、会釈《えしゃく》程度には頭を下げておく。

「いや、表に聞こえるほどの怒鳴り声は、さすがに穏やかじゃないと思ってね」

「確か、ジロウさん……と、仰《おっしゃ》るんでしたよね」

その名前を知っているということは、関根組の組員と思って間違いない。それも、かなり市村に近いポジションと思われる。

ジロウは頷《うなず》いてみせた。

「どういうことか、聞かせてもらえるかな」

「なんですか、お知り合いですか」

年嵩の男が、それとなく素人青年を示す。

ジロウはかぶりを振って返した。

「いや、初めて見る顔だけど……俺が、事情を聞かせてもらうっていうんじゃ、マズいのかな」

「と、申しますと」

「俺が話を聞いて、問題があるようなら社長のところに連れていく。問題がないなら帰して、俺から社長に報告だけしておく。俺も、ちょうど社長に用があるから、そのついでだよ」

年嵩の男は数秒、間を置いてから頷いた。

「分かりました。この件は、ジロウさんにお預けします」

「ありがとう。責任持って、ちゃんとやっとくから」

「お願いします……おい、行くぞ」

彼らも、こんな面倒からは早く解放されたかったのだろう。三人とも、拍子抜《ひょうしぬ》けするほど軽い足取りでビルから出ていった。若い二人の心中を推し測《はか》るとしたら、「よく分かんないけど、まいっか」といったところか。

ジロウは改めて、その素人青年の顔を見た。多少髪が乱れているくらいで、やはり殴られたりはしていないようだ。ネクタイの結び目も、ちゃんと襟元まで上がっている。摑《つか》まれて、振り回されるようなこともなかったのだろう。

彼はショルダーバッグのストラップを握り締め、狭い通路の壁に寄り掛かったままだ。

「おい。お節介だと思ってんのかもしれないけど、礼くらい言ったらどうだ。こっちは一応、助けてやったつもりなんだけどな」

言われて、初めて気づいたような顔をして、ジロウを見る。

「あ……すみません、ありがとう……ございました」

小さく頭は下げたが、もうジロウと視線を合わせようとはしない。少々、面倒臭い性格の坊やなのかもしれない。

「何があった。こっちも首を突っ込んだ手前、話くらい聞いておかないと、恰好《かっこう》がつかないんだ」

ここまで言っても、すぐには喋り出さない。

「……見たところ、酔っ払ってるわけではなさそうだし、善悪の区別もつかないお子ちゃまってわけでもなさそうだ。何があったのか、話してくれないか。内容次第では、すぐに帰ってもらったっていいんだから」

それでもまだ、「いや」とか「その」と言っては口籠《くちご》ってしまう。

ジロウが腕組みをし、話すまで動かない姿勢を示すと、ようやく、大きく息をついて喋り始めた。

「……三週間、前に、たぶん、この辺りにある、個室カラオケのどこかで、事件が……起こりました。自分は、その場所を、調べていました」

なんとなく先は読めたが、もう少し聞いてみよう。

「君は、探偵とかマスコミとかなの」

「いえ、普通の……会社員です」

見るからにそんな感じだ。

「事件って、どんな」

「それは、つまり……僕の、知人が……暴行を、受けて」

個室カラオケで事件といったら、集団暴行か薬物使用と相場は決まっている。

「被害者は、女性？　男性？」

「……女性です」

「それは君の、恋人？」

目を固く閉じ、歯を喰《く》い縛《しば》り、男は頷いた。

「……婚約者、です」

「年齢は」

「二十六歳です」

「君は」

「二十八です」

これを「ありがちなトラブル」としてしまったら、歌舞伎町はただの「魔物の棲《す》む街」に成り下がってしまう。

「警察には、届けたの」

そう訊くと、男の目の奥に、暗い炎が揺らぐのが見えた。

「警察なんて……当てになりませんよ」

それは否定しない。

「届けは出したけど、犯人は逮捕されなかったってこと？」

「いえ……有耶無耶《うやむや》のうちに、告訴を取り下げることに……」

有耶無耶のうちに、か。

「被害女性は、それについてなんて言ってるの」

男は、すぐには答えなかった。

だが、それこそが答えなのだと、ジロウは察した。

男の左目から、血の色の涙が流れた。

「……分かりません。彼女はもう、一週間前に……亡くなりましたから。訊きたくても、訊けないです」

歌舞伎町の喧騒《けんそう》が、今夜はやけに、忌々《いまいま》しく耳に刺さる。


続きは関根組の事務所で聞くことにした。

男の名は広瀬昌隆《ひろせまさたか》。暴行を受け、自殺した婚約者は小内紗季《おうちさき》。

広瀬によると、小内紗季が被害に遭《あ》ったのは三週間前。帝都《ていと》大学卒の彼女は学生時代、ラグビー部のマネージャーをしていた。そのOB・OG会が三週間前にあり、それに出席して以来、彼女の様子はおかしくなったという。

広瀬がメールをしても、返信がない。電話をかけても出ない。一人暮らしをしている部屋を訪ねても居留守を使われる。ようやく彼女の顔を見ることができたのは、OB・OG会の三日後だったという。

事件の翌日、彼女はたった一人で新宿署に出向き、被害届を出した。受理したのは女性警察官で、対応も親切だった。しかしその後、彼女はなぜか告訴を取り下げた。広瀬はその経緯について訊いたが、彼女は話すことを頑《かたく》なに拒《こば》んだ。そればかりか、広瀬とは別れる、もう会いたくないと言い出した。

どんな目に遭ったのか。それも彼女は詳しく話そうとしなかったが、大よその想像はついた。もう今までのようにはいられない、広瀬にも会いたくない、そう思う気持ちも理解できた。だが広瀬は、それでもいいとはっきり伝えた。一緒に戦おう、乗り越えようと繰り返し彼女を説得し続けた。

しかし、駄目だった。彼女は一週間前、自宅で首を吊《つ》って命を絶った。発見したのは、連絡がとれずに心配になった母親。栃木《とちぎ》から上京し、娘から預かっていた合鍵で部屋に入り、いきなり見たのがロフトの柵《さく》にぶら下がる娘の亡骸《なきがら》だったという。

市村が、溜《た》め息《いき》交じりに煙を吐き出す。

「……それで、まずは事件現場になったカラオケ店を突き止めようと、歌舞伎町を調べ回っていたわけか」

組事務所ということで、最初は広瀬も居づらそうにしていたし、市村のことも相当警戒していたようだが、そういった面では市村も百戦錬磨だ。宥《なだ》めたり賺《すか》したりしながら、言葉巧《たく》みに広瀬から事情を聞き出した。

広瀬が「はい」と吐き出し、うな垂れる。

「どこに行っても、三週間前の事情なんて分からない、その日のスタッフがいない、そういったことには答えられないって……大手チェーンの、アルバイトの人とかは、むしろ話を聞いてくれるんです。でも店長クラスになると、忙しいとか、なかなか会ってもくれなくて……だから、自分も、だいぶ自棄《やけ》になっていたというか、あのお店では、スタッフの人に、摑み掛かるような感じに、なってしまって」

「そこにフジモトが出てきて、ニイちゃんいい加減にしなよと、摘み出されたわけだ」

「そういう、ことです……大変、申し訳ありませんでした」

おそらく、あの年嵩の男が「フジモト」なのだろう。

事務所に行ったら、組長に素直に謝る、それさえすれば無事帰れるようにしてやると、ジロウは広瀬に約束していた。よって、これで今夜の件は落着となったわけだが、広瀬にしてみたら振り出しに戻っただけで、何一つ問題が片づいたわけではない。

その点は市村も、少し気になるようだった。

「それで、あんたはこれから、どうするつもりなの」

広瀬は奥歯を嚙《か》み締《し》め、しばし考え込んだ。

市村が続ける。

「仮にだよ、あんたが場所を特定して、奇跡的にも事情を聞き出すことができて、犯人の目星をつけたとしてだ、その先はどうする。被害者は告訴を取り下げてるわけだし、いくら婚約者といったって、法的にいったら赤の他人だ。そんなあんたが事を穿《ほじく》り返《かえ》して……」

大きく、広瀬が息を吸い込む。

「分かってますよッ、俺だって、それ……」

　そう口に出してから、自分で自分の声の大きさに驚いたのか、あるいは市村が薄い眉《まゆ》をひそめたのが怖かったのか、広瀬はすぐに小さくなって頭を下げた。

「すみません、つい……あの、申し訳ありませんでした」

　市村が「しょうがねえな」とでも言いたげに息をつく。

「まあ、いいよ。そんなにビクつかなくても。ただな、ここでビクついてるあんたが、だ。おそらく相手は、帝都大ラグビー部の関係者なんだろう？　こーんな、ゴリゴリの筋肉団《だん》子《ご》みたいな連中なんだろう。どう考えたって、あんたにどうにかできる筋の話じゃねえぜ。俺は、諦《あきら》めた方がいいと思うけどな」

　市村の言う通り、これは広瀬にどうにかできる話ではないと、ジロウも思う。何しろ、広瀬は見るからに草食系の、殴り合いの喧嘩《けんか》なんて、これまで一度も経験のなさそうな優《やさ》男《おとこ》だ。

　気の毒だが、全て忘れてやり直せ――。

　そう喉元《のどもと》まで出かかったが、実際に言うことはできなかった。

　ジロウ自身が、愛した人を殺され、兄弟のように思っていた仲間たちを殺され、その悲しみと怒りに狂い、この闇の世界に落ちてきた。他人《ひと》に説教などできる柄ではない。いや、だからこそ言うべきなのではないか。そんな自分だからこそ、言うべき言葉があるのではないか。

するといきなり、広瀬がソファから立ち上がった。その勢いのまま応接テーブルの横に膝をつき、パンチカーペットの床に頭突きをするように、土下座の恰好をした。

「組長さん、お願いします」

市村は「ん？」と目を細めて広瀬を見ている。

ジロウも、なんとなく言葉をかけそびれていた。

広瀬が、さらに額をカーペットにこすりつける。

「お願いします、拳銃を……俺に拳銃を、一丁、売ってください」

なるほど。アイデアとしては悪くない。頼む相手も、決して間違ってはいない。

ただ、世の中そこまで甘くはない。

市村が「いやぁ」と、苦々しく頬を歪《ゆが》める。

「気持ちは分かるけどよ」

「お願いします」

「いや、違うんだよ。今日日のヤクザは、チャカなんて、実際には持ってねえんだよ」

むろん嘘《うそ》だが、そこは方便《ほうべん》だ。

だが広瀬は諦めない。

「分かります、簡単に譲《ゆず》ってもらえないのは分かります。素人なんて信用できませんよね。

分かります、分かりますけど、でもそこを曲げて、なんとか一丁、譲っていただけませんか。目的を果たしたら、責任を持ってそれは処分します。バラバラにして、少しずつ、いろんなところに捨てて回ります。組長さんのことも、ジロウさんのことも、一生誰にも、絶対に言いません。口が裂けたって、拷問《ごうもん》されたって喋りません。ですから、お願いします。組長さん、ジロウさん、ほんと、お願いします……あ」

かと思うと、いきなりカバンを漁《あさ》り始《はじ》める。

「えっと、あれ……あ、あった、これ、これで、ここに、五十万あります。彼女のために買った指輪、婚約指輪にしようと思って、作ってあった指輪を、売ったお金です。怪しいお金じゃないです。だから、これで……これで……」

細長い茶封筒を握り締め、市村に突き出し、しかし受け取ってはもらえず、広瀬の手は次第に震え始め、声も、嗚咽《おえつ》交じりになっていった。

「お願いします……お願い、します……」

土下座が崩れ、床に、広瀬の上半身が沈んでいく。

ジロウは、茶封筒を握り締めた、広瀬の右手をすくい上げた。

「広瀬くん。そりゃ君、無理な話だよ。仮に君が、拳銃を手に入れたところで、君が望むような復讐は、おそらく達成できない。仮に相手が一人なら、不意打ちでなんとかなるかもしれないが、じゃあ二人だったらどうする。三人だったらどうなる。もっと大勢ってことだってあり得る。そうなったら、返《かえ》り討《う》ちに遭うのが、関の山じゃないのかな」

広瀬は床に突っ伏したまま、呻《うめ》くように声を絞り出す。

「じゃあ……どうしたら……」

そんなことは知るか、と突き離すことができたら、ジロウは今も、ジロウではなかったに違いない。

「一つ、俺から提案がある。もし君が、俺を信じて……この五十万を預けてくれるなら、他に方法がないわけではない」

広瀬が、ハッとなって顔を上げる。

市村も、眉の左右を段違いにしてジロウを見ている。

ジロウは続けた。

「どういう方法かは、今は言えない。期日も約束できない。ただ、一年も二年もという話では、もちろんない。せいぜい十日とか、長くても二週間くらいだ。いつまで経っても君の望みが叶《かな》えられなかったら、そのときはまた、歌舞伎町に来い。俺が必ず君を見つけて、金はそのとき、全額返す。それとは逆に、万が一、この件自体が君の勘違いで、相手に非はないと分かった場合も、金は返す。この話はなかったことになる。そういう約束でよければ、俺がこの五十万を預かる……どうする。君にとっても賭《か》けみたいなもんだから、無理には勧めないよ。俺も別に、金が欲しくて言ってるわけじゃない。君の気が済むように、無

好きにしたらいい」

広瀬は正座に座り直し、両膝をジロウに向けて揃え、改めて両手で、茶封筒を差し出してきた。

「お願いします……このお金、ジロウさんに、託します」

分かった。

この始末、歌舞伎町セブンが、引き受けた。

3

歌舞伎町セブンの現存メンバー、六人全員が「エポ」に集まった。

案件の詳細は市村が説明した。ジロウがしてもよかったのだが、自分が「起こり」になる初めての案件だったので、より客観的になる必要があると思い、今日のところは市村に任せた。

「ということで、ここに五十万あるわけだ……が」

一度話を結んだ市村が、ジロウを見る。ちなみに、階段下のシャッターはジロウが下ろしてきたので、いきなりここにメンバー以外の誰かが入ってくることはない。盗み聞きや盗聴の心配も、ない。

なかなか続きを言わない市村を、ミサキが横目で睨む。

「……が、なんだよ」

「いや、なんで今のこの状況で、わざわざこんな話を拾うんだと、俺は思ったわけさ」

そうだった。ジロウが広瀬に「始末」について切り出したとき、市村は変な目でジロウを見ていた。

元締めの斉藤杏奈が「ん？」と市村に目をやる。「元締め」といっても、まだ二十三か四の若い娘だ。

「この状況って、人数が一人足りないってこと？」

「ああ。こういう裏稼業こそ、きっちりと決まり事を守る必要がある。それを忘れちまったら、俺たちはただの外道《げどう》だ。俺は、外道にはなりたくねえ」

ミサキが「けっ」と面白くなさそうに吐き出す。

「外道かどうかを言われたら、あたし自身は外道だけどね。それを承知の上で言わせてもらうなら、何も七人揃える必要はないんじゃないかと、あたしは思うね。今、慌ててもう一人加えるったって、じゃあ誰を入れるんだよ。まさか、あの土屋って女を引っ張り込もうなんて、考えちゃいないだろうね」

ミサキはＮＷＯと敵対関係にある。土屋やＮＷＯに対する拒絶反応は、メンバー内の誰よりも強い。

ミサキが視線を向けたのは、陣内と市村だ。

「どうなんだよ」

陣内は目を伏せたまま、黙っている。

代わりにと思ったのか、それには市村が答えた。

「上岡の後釜って意味じゃ、同じペンゴロだからな。土屋昭子って選択肢も、俺はアリだと思うぜ」

ミサキが、飢えた野良犬のように牙《きば》を剝《む》く。

「ハァ？　フザケんな。お前本当に、あんな女のこと信用できんのかよ。あいつはＮＷＯの手下だし、セブンと陣内のこと、東にバラしたのだってあの女だろ」

フンッ、と市村が鼻息を吹く。

「ＮＷＯの手下だったのは、お前だって一緒だろ」

「そんなのは昔のこったよ」

「土屋だって抜けたがってる。だからジンさんを頼ってきた。俺だってイケ好かねえ女だとは思うが、ＮＷＯの内部情報を引き出すにはいい手駒《てごま》だ。取り込んでみる価値はある」

「あたしは反対だね」

杏奈が「まあまあ」とミサキを宥める。

「今、そのことで揉めなくたっていいじゃない。あの人に、セブンに入る意思があるかどうかも分かんないんだし。現時点では、六人でもこの件をやるのかどうか、そういう問題でしょ。だったら、一度調べてみてからでもいいんじゃないかな。裏を取ってみて、セブンでやる意味はないってなったら、六人も七人も関係ないわけだし」

うん、と頷いたのは新宿署の小川だ。こいつは、杏奈の言うことにはたいてい同調する。

「僕も、そう思います。そもそもこの件、新宿署内でも問題になってたんですよ」

ジロウだけでなく、全員が一斉に小川の方を向いた。

市村が訊く。

「どういうこった」

「えっと、何から話したらいいかな……ああ、ですから、今はもう、この手の罪は強姦罪《ごうかんざい》ではなく、強制性交等罪といって、被害者の親告のあるなしに拘《かか》わらず、警察には捜査権が与えられています。なので、被害者が告訴を取り下げても、新宿署は捜査をする方針だったんです。ただ、この件に関しては、途中から本部が握ってしまって」

本部とはつまり「警視庁本部」のことだ。具体的にいうと、警視庁刑事部ということになる。

杏奈が首を傾げる。

「本部が握る、って？」

「捜査の主導権を、ということです。でもそれ以後、捜査が進んでいるという話は聞こえてこない。もちろん、我々が知らないだけで、本部は進めているのかもしれませんが、ちょっと、嫌な空気ではあるんですよね」

　ミサキが浅く頷く。

「どっかから、圧力があったってことか」

「ええ、そういう噂《うわさ》も、あります。僕自身は担当じゃないんで、なかなか、突っ込んだことは訊きづらいんですが」

　これまで黙っていた陣内が、ふいにこっちを向いた。

「そりゃそうと……ジロウはなんで、この件をセブンで受けようと思ったんだ。珍しいじゃないか、お前が『起こり』だなんて」

　ジロウも、話すべきか否かを迷っていたが、やはり、正直に言っておいた方がいいだろう。

「ああ……あまり、説得力はないかもしれないが、一つは、その広瀬って男の、目だ。上手《うま》く言えないが、放っておけない気がした。もう一つは、これは後付けみたいなもんだが、広瀬に、その小内紗季って娘の写真を見せてもらった。携帯に入ってたやつだ。それが、見覚えのある顔だった。どこで見たのか、ずいぶん考えた。そうしたら、それが三週間くらい前のことだって、思い出した」

　陣内と市村を、順番に見る。

「……あの夜だよ。ここで、俺が土屋昭子と一緒になって、あんたが、零時きっかりに東宝シネマ向かいの無料案内所前に来いって、俺を呼び出した、あの夜だ」

市村が「ああ」と頷く。

「それがどうかしたか」

「ここから案内所にいく途中、区役所近くのコインパーキングで、自販機に寄り掛かって、朦朧《もうろう》としてる女を見かけた。その女が、広瀬の見せた写真の女と、そっくりだった。タイミング的に、その直前なんだ、彼女が暴行されたのは。一瞬……ほんの一瞬、どこかでレイプでもされたのかなって、思ったんだ、俺は。それなのに、手を差し伸べなかった。そこまで暇じゃないって、頭の隅で思ったんだ。人違いかもしれないし、それが本当に小内紗季だったとしても、もう被害には遭っていたわけだから、何かできたわけでもねえけど、知らん振りしちまったんだ、俺は。あのとき、俺が手を差し伸べていたら……それでも、あの娘は自殺したのかもしれねえけど」

市村が「ちっ」と舌打ちをする。

「そんなこと、オメェ、ひと言も言わなかったじゃねえか」

なぜか、ミサキがそれに喰って掛かる。

「なんだよ。おセンチだとでも言いてえのか、人情派で通ってる関根組の親分さんがよ。笑わせせんなって」

杏奈が慌てて割って入る。

「分かった、分かったから……うん。あたしは、いいと思うよ、それで。充分、引き受ける意味はあると思うし、理由にも、納得できた。やるかやらないかは、いつも通り、裏を取ってから決めればいいじゃない。それに、一人足りないことについても、今回は、あたしが『目《め》』を兼任するってことで」

セブンでは、下調べや見張り役を「目」、始末の実行役を「手」と呼ぶ。実際には「手」が下調べをしたりもするが、逆に「目」が実行役に回ることは、まずない。

陣内が杏奈を見る。

「兼任って、そんなの、アリなのか」

杏奈は小首を傾げた。

「んん……分かんないけど、実際にやるってなるまでに、もう一人、誰か入るかもしんないし。今は、決めなくていいんじゃないかな」

ミサキが、大きく首を横に振る。

「じゃないかな、じゃねえよ。あんたが元締めなんだからよ、あんたがビシッと決めろよ。今回はこうするって、はっきり言えよ」

「……うん、分かった。じゃあ、今回は六人のまま、裏取りを進めます。六人のままで続けるか、もう一人加わるまで待つかは、あとで決めます。いいですね」

誰からも、異論は出なかった。

小川が新宿署内を調べると、多少は書類も残っており、それらから事件現場がどこだったのかは特定できた。現場はやはり、ジロウが小内紗季らしき女性を目撃したコインパーキングのすぐ近くにあり、新宿署員の間でも「姦《や》り部屋《べや》」として有名な個室カラオケらしかった。

被害女性、小内紗季が加害者として挙げたのは三人。

町田祐樹《ゆうき》、二十五歳。寺脇健介《けんすけ》、二十五歳。前川喜一、二十六歳。いずれも帝都大学ラグビー部のOBだという。ただし、彼らが逮捕されたという情報は、いまだにないらしい。ミサキは「圧力」と言ったが、それも本当にあったのかどうか、現状では分からない。犯行が実際にあったという証拠もないし、犯人がこの三人であるという確証もない。少なくとも、セブンの側にはない。

以前だったら、こういう下調べは上岡が積極的にやってくれた。どういう筋の人間が店に多く出入りし、誰にならば話を聞くことができるのか、どうしたら始末の「的《まと》」に近づくことができるのか。生きているうちに、もっとそういう話を聞いておけばよかった、と後悔してみたところで、もう遅い。

六人で話し合い、とりあえずその個室カラオケ「ハーフムーン」を張込むことになった。

ただ、杏奈には日中、自身が経営する酒屋「信州屋《しんしゅうや》」の仕事がある。小川は新宿署の刑事だし、市村にだって関根組組長としての立場がある。こういうときに、むしろ動けるのはミサキや陣内、ジロウといった「手」のメンバーなのだが、ミサキは何しろ飽きっぽいので、張込みには向いていない、というか任せられない。結局、日中は陣内とジロウが交代で張込み、夜になったら「目」のメンバーに引き継ぐ、という段取りになった。

だが、今回はラッキーだった。

ジロウが張込みを始めて一時間半ほどが経った、十五時半。「ハーフムーン」の入っている雑居ビルから、見覚えのある人物が出てきた。

あれは——本名は知らないが、裏社会では「掃除屋のシンちゃん」として知られている男だ。「掃除」といっても、油汚れで真っ黒になった換気扇《かんきせん》とか、カビだらけの浴室を綺麗《きれい》にしてくれるわけではない。彼が得意とするのは、たとえば殺人現場の清掃であるとか、死体の処理であるとか、そういうことだ。セブンも、彼には度々世話になっている。

むろん、集団強姦の現場から一切の証拠を消し去ることも、彼なら可能なわけだ。

デニムのキャップを目深《まぶか》にかぶり、薄汚れた紺色の、やけに大きなリュックサックを背負って、職安通りの方に歩いていく。あのリュックの中には、一体どんな道具が詰まっているのだろう。

ジロウは陣内に連絡を入れた。

『もしもし』

「ああ。たった今、ビルから掃除屋のシンちゃんが出てきた。何か知ってるかもしれないから、俺は奴《やつ》を追う。交代を頼む」

『分かった。近くにいるから、そのまま行っていいぞ』

電話をしている間に、だいぶ距離が開いてしまった。

掃除屋のシンはホストクラブが多い通りを抜け、ラブホテル街に入っていく。パンパンに膨《ふく》らんだリュックを背負っているわりに、足取りは軽い。一度に二人分の死体を運び出したりもするらしいから、足腰は丈夫な方なのかもしれない。

どう声をかけるべきか、ジロウは迷ったが、向こうも裏社会の住人、こんな街中で下手に騒ぐことはしないだろうし、暴力に訴えてきたところで負ける気はしない。

ジロウは歩を速め、横に並んだ瞬間に、彼の肩に手を掛けた。

「……ちょっといいか、シンちゃん」

シンは「あっ」という顔をしたが、それ以上の反応はなかった。

「いま『井上第二ビル』から出てきたよな。何してた」

足こそ止めないものの、シンの表情は完全に怯《おび》えきっている。妙に綺麗に整えた口ヒゲが、滑稽《こっけい》なほど震えている。

「えっ、な……何って」

「誰に頼まれた」

「いや、ちょっと、なんか、誤解、してないっすか」

「正直に言え。誰に頼まれた」

「いや、誤解っす。完全に、誤解してますって」

「痛いの、嫌いだろ」

段々、涙目になってきた。

「いや、マジで。今の、井上第二ビルの現場は、本当に、普通に、清掃の仕事できただけですから」

「ジョークにしちゃ、笑えないな」

「ほんと、本当なんですって。普通にカーペットのシミ抜きして、壁紙のヤニ落として……マジですって。信じてくださいよ」

そう簡単に信じられるか。

大久保《おおくぼ》公園まで連れてきて、入ってすぐのところのベンチに座らせた。

「何か飲むか」

「いえ……おかまいなく」

そのリュックは見た目だけでなく、本当に、かなりの重量があるようだった。地面に置いたとき、まさに「どすん」という震動が足下に伝わってきた。

ジロウも、シンの隣に腰掛ける。

「本当に、普通の清掃だったのか」

「そうですよ。っていうか、それが本職ですから」

そうなのか。知らなかった。

「いくらで引き受けた」

「あのカラオケ屋は、月二回の契約で、五万です」

「そこに仏さんが転がっててもか」

シンが、分かりやすく眉をひそめる。

「ちょっと、冗談やめてくださいよ、明るいうちから。しかもこんなとこで……そういう、特殊清掃は別料金に決まってるでしょ」

何が「特殊清掃」だ。半分以上は死体処理じゃないのか。

「じゃあ質問を変える。三週間とちょっと前に、あそこで集団強姦事件があったの、知ってるか」

こんな人間に良心があるのかどうかは知らないが、一応はシンも沈痛な表情を浮かべ、頷いてみせた。

「ええ、知ってますよ。警察も、調べにきてたらしいですしね」

「詳しく話せ」

　ほんの一瞬、シンは渋るように口を尖らせたが、拒み通すのも無理があると思ったのだろう。一つ、溜め息をついてから話し始めた。

「……いやぁ、僕も、そんなに詳しく知ってるわけでは、ないんですけど。あそこ、今でこそ悪い連中に、『姦り部屋』とか呼ばれて、そういう用途に使われちゃってますが、オーナーは、決してそんなつもりで、あのお店を作ったわけじゃないんですよ、当たり前ですけど。だから、警察の指導も受けて、受付と廊下とか、まあ……各個室にも、防犯カメラを仕掛けたりして」

　なんだ。いいものがあるんじゃないか。

「その事件の映像も、あるのか」

「あると、思いますよ」

「警察はそれ、見たのか」

「見たんじゃないですかね。っていうか、普通見るでしょ。オーナーだって協力しろって警察に言われれば、部屋と時間を指定してもらって、そこはダビングして、提出してるみたいですよ」

　ということは、だ。

「じゃあ、ハードディスクに、そのオリジナルは残ってるわけだな」

ね」

「ああ、そうですね。期限が過ぎて、消去されてなければ、残ってるんじゃないですか

ジロウは、シンの目をじっと覗《のぞ》き込《こ》んだ。

十秒。いや、十五秒くらいだったろうか。

やはり、シンの方が先に音《ね》をあげた。

「……なんですか、持ってこいっていうんですか」

「できるか」

「オーナーに、頼めってことですか」

「いや、オーナーには黙って、持ってくるんだ」

「それじゃ、まるで泥棒みたいじゃないですか」

面白いことを言う奴だ。みたい、じゃなくて、泥棒そのものだ。

「やれるか」

「そりゃ、やってみなけりゃ、分かんないですけど」

「俺も、あまり脅《おど》すようなことは言いたくないが」

シンが、大袈裟《おおげさ》に上半身を仰《の》け反《ぞ》らせる。

「いやいや、その体だけで、充分脅してますって……それに、ジロウさんの現場、僕だって、少なくとも三回は掃除してますから、分かりますって……嫌ですよ、あんなの。肋骨《ろっこつ》

ごと心臓を握《にぎ》り潰《つぶ》されるのなんて、絶対苦しいじゃないですか。あれだったらミサキさんの、逆向きになるまで首を捩じ曲げるやつの方が、まだマシですよ。まあ、一番いいのは、ジンさんの針ですけどね」

お前も、明るいうちから喋り過ぎだ。

三日ほどかかったが、シンはちゃんと、事件映像を個室カラオケからコピーして持ってきた。

場所は例によって、ゴールデン街の「エポ」。集まったのは杏奈と市村とジロウ。小川は当番を抜けられないので欠席、ミサキは珍しく頭が痛いというので、アジトに残してきた。

市村が用意したノートパソコンに、シンがメモリーカードを挿入する。

「コピーする都合上、僕も一回は見ましたけど……ひどいっす。あの体格の男三人に、女の子一人ですから。しかも、現場にはもう一人いるんですよ。そいつが、ずっとケータイで撮影してるんです。それに、こいつら、これが初めてじゃないですよ。僕、別の店でも見たことありますもん、こいつらのこと。こいつらの部屋から、フラッフラになった女の子が、こう……自分で、自分を抱き締めるみたいにして、壁伝いに、廊下を歩いてくの、見たことあります……ほんと、鬼畜《きちく》っすよ、こいつら……こんなの、地獄です」

ファイルを指定し、再生を始める。

シンの言う通り、それは鬼畜の所業以外の何物でもなかった。

小内紗季は色白の、華奢《きゃしゃ》な娘だった。男三人は、全身小麦色に日焼けしていたり、腕だけのゴルフ焼けだったり、背中まで毛むくじゃらだったりと、肌の色こそ様々だが、どいつも上半身は闘牛のようにゴツゴツとしており、それでいて腹回りはパンパンに張った、いわゆるプロレスラー体型をしていた。

そんな三人が入れ代わり立ち代わり、力ずくで小内紗季を犯す。

そもそも抵抗などできるはずもないが、途中からはそんな意思すら、萎《な》えてしまったようだ。最終的に小内紗季は、呆然《ぼうぜん》と、朦朧となって、三人の行為を受け入れていた。白い下半身が、いつのまにか血で赤く染まっていた。性器の損傷は相当なものだったはずだ。

意外なのは、杏奈が一秒たりとも目を逸《そ》らさず、最後まで映像を見ていたことだ。それも眉毛一本動かさず、極めて冷静にだ。

再生が終了し、画面が暗転したとき、最初に口を開いたのも杏奈だった。

「……小川くんは、あたしに任せるって言ってくれた。ジロウさん、ミサキさんはなんて言ってる？」

「奴は、やるなら、それに一票だって」

頷いた杏奈が、カウンターの中にいる陣内を見る。

「あたしはこの始末、セブンでつけるべきだと思う。ジンさんは、どう？」

「ああ、俺もだ」

「市村さんは」

「やるよ。やる」

「ジロウさんは」

「もちろん、やります」

　さっきよりも深く頷き、杏奈はスツールを回転させ、シンの方に向き直った。

「あとは……シンちゃんだね」

「え？」

　ジロウの位置から、杏奈の顔は見えない。ただ目をまん丸く見開いた、シンの間抜け面が見えるだけだ。

「知ってるでしょ？　歌舞伎町セブンは、七人全員が賛成しないと、始末には動けない。でも、今いるメンバーは六人。ただし今日は、シンちゃんがいる。あなたも、歌舞伎町には縁の深い人だから、意見が聞きたいの。この始末、つけた方がいいと思う？　それとも、見なかったことにして、流した方がいいと思う？」

　シンが、全力で眉をひそめる。

「そういう……そういう訊き方は、ズルいっすよ」

「どっち？　これからもあの鬼畜どもを、野放しにしておく？　それとも、今の女の子の、無念を晴らしてあげる？　説明があったかどうかは知らないけど、今の女の子、小内紗季さんは、亡くなりました。自宅で首を吊って」

ハァーッ、と吐き出しながら、シンがうな垂れる。

「そうは言ったって、僕、セブンのメンバーじゃ、ないですし」

「あたし、そんなこと言ってないよ。どうするべきかって、意見を訊いてるだけだよ」

「でも……いや、マズいですって、僕、そういうんじゃ、ないですから」

杏奈が「そう」とこっちに向き直る。

「シンちゃんが反対だって言うんなら、仕方ないよね。この件は流しましょう。小内紗季さんには申し訳ないけど、この件はなかったことにして、知らなかったことにして、あたしたちも忘れましょう。恋人が婚約指輪を売って作ったお金も、返しましょう。可哀相《かわいそう》だけど、薄情なようだけど、あなたたちの恨《うら》みは、あなたたちでどうにかしてくださいって、あたしたちには関係ありませんからって、みんなで謝りましょう。お役に立てなくて、ごめんなさいって」

するど、

「……んもぉ」

杏奈の後ろで、シンがスツールから飛び下りる。

「なんなんすか、これ。どういうプレイですか。分かりましたよ、賛成しますよ。賛成すればいいんでしょ。僕にだってね、あるんですから、そういう気持ちは。ただね、これとメンバー云々《うんぬん》は、別ですよ、別ですからね。僕は、セブンのメンバーになったわけじゃないですから。そういうの……そういう、特定のグループとか、ほんと困るんですよ、商売上。あっちを立てればこっちが立たずで、絶対、いいことないんですから。ほんと……勘弁してくださいよ」

その場にしゃがみ込んだシンを、杏奈が宥める。

「ありがと、シンちゃん。これであたしたちは、今回の始末に動ける。お礼は、あとでちゃんとするから。それと、死体の処理も頼むかも。その方が、シンちゃんも気兼ねなく、お金が受け取れるんじゃない？　どう？」

杏奈も、いつのまにか元締めらしくなったものだ。

4

どういう手を使ったのかは知らないが、暴行現場で携帯カメラを回していた四人目の男は、伊藤勝巳《いとうかつみ》という帝都大三年の現役ラグビー部員であると、杏奈が突き止めてきた。

「エポ」での会合から三日が経った夕方。市村とミサキ、ジロウの三人が「信州屋」に集まった。バックヤードで、杏奈も交えた四人で話し合う。

そうはいっても、片側は日本酒や焼酎の一升瓶が収められたスチール棚、向かいは壁の如《ごと》く積み重なったビールケースの山。座る場所も、寄り掛かれるものもない隙間《すきま》での立ち話だ。体の大きなジロウにとっては、かなり居づらい状況だ。

市村が小声で切り出す。

「その、伊藤を『的』に加えるのかどうかだよな」

杏奈がかぶりを振る。

「歳《とし》もけっこう下だし、脅されて協力した可能性だってあると思う。実際、紗季さんは警察で伊藤の名前は出してないわけだし、始末は、さすがにやり過ぎでしょ」

ミサキが同意を示す。

「あたしも、始末は三人に絞るべきだと思う。ただ、三人と繋《つな》がりは深いわけだから、その伊藤ってのは、利用価値アリだわな」

市村がミサキを見る。

「なんだ、利用価値って」

「たとえば、だよ。三人を始末するったって、どういう絵図を考えてんだよ、親分さんは」

ミサキが市村を「親分さん」と呼ぶのは、たいていは彼を苛つかせたいときだ。

だが、市村も子供ではないので、そんな手には一々乗らない。

「ま、悩ましいところだよな。今回の三人は、学生時代からの遊び仲間だ。そんな三人が同じ夜に、一人は自殺、一人は事故死、一人は突然死……なんてぇのは、今どき怪談にもなりゃしねえ」

杏奈が頷く。

「でも、日にちをズラしたら、警戒されるしね。高飛びでもされたら、却《かえ》って面倒でしょう」

「だな……ってこたぁ、その筋書きを逆に利用した方がいい、ってこったな」

ミサキが「そういうこと」と続きを引き受ける。

「何かしらの方法で三人を一ヶ所に集めて、一網打尽《いちもうだじん》にする。後処理はシンちゃんにやらせて、三人にはこの世から、綺麗さっぱり消えてもらう。と同時に、身の危険を感じた三人は、バラバラに行方をくらました、という筋書きを用意しておく。その筋書きを広めるのに、伊藤勝巳を使う……どうだい。なかなかいい線、いってるだろう」

いや、どうだろう。かなり難易度の高いシナリオだと思うが。

やるべきことは山ほどあった。

町田、寺脇、前川、伊藤、それぞれの行動確認、生活パターンの把握、交友関係の洗い出し。そんな中で、ジロウが担当したのは前川喜一の行動確認だった。

前川は現在、大手ドラッグストアの本社に勤務している。中央区日本橋人形町にある本社を出て、誰とどんなところに飲みにいくのか見ておこうと尾行していたのだが、意外にも、前川は杉並区阿佐谷《あさがや》南三丁目にある自宅まで、真っ直ぐ帰ってきてしまった。今も両親と同居しているので、今日の夕飯は母親の手料理ということか。ひょっとすると、逮捕こそされなかったものの、警察沙汰にはなったわけだから、しばらくは、遊び歩くのを控えるつもりなのかもしれない。

ならば、あとは楽なものだ。

昼間のうちに、前川宅に最も近いコインパーキングに駐めておいた車の中から、玄関の出入りだけを見張ればいい。車は市村が用意した旧型の、シルバーのカローラだ。

明かりの灯《とも》った、前川宅の玄関。

なんの変哲もない、ありふれた中流家庭のひと夜。

だが、それももう長くは続かない。

ご両親には申し訳ないが、ご子息には近々、死んでもらうことになる。

セブンに関わるようになった当初は正直、「的」にする相手の家族や関係者のことが気になった。ある日、息子が突然首を吊ったり、ビルから飛び下りたり、消息が分からなくなったりするのだ。そんなのは、殺人罪で死刑になるのと一緒なのだから同情の余地はない、という考え方もあるが、セブンが始末するような相手は、ほとんどがその悪事を巧みに隠している。家族や関係者には、比較的好人物と思われている場合が多い。それだけに、突然の死や行方不明はショックだろうと思う。

しかしいつの頃からか、それについて考えるのはやめた。

セブンが始末するのは、法では裁けない、あるいは、なんらかの方法で裁きを免れた悪人たちだ。善人の仮面をかぶった鬼畜どもだ。その悪事については何度も何度も確認を重ねる。万に一つも間違いはないと、そう確証を得られるまで、とにかくセブンは確認を繰り返す。

それでも、法の裁きと同等にはなり得ない。

国家が言い渡す刑事罰との最大の違いは、量刑だ。

セブンの始末には無期懲役《むきちょうえき》も、執行猶予《しっこうゆうよ》もない。

無罪か死刑。そのふた通りしかない。

なんの権限もない、歌舞伎町のゴロツキ七人が勝手に死刑を執行するなど、傲慢《ごうまん》以外の何物でもないことは百も承知だ。しかし、そうと分かっていてもなお、看過《かんか》できない悪事というものが、世の中にはある。だからやるのだ。他の誰もやらないのなら、セブンが手を汚すしかない。そういうことだ。

事情を知らない家族や関係者が抱くであろう、困惑や悲しみ。それは関係ない。「的」

が重ねてきた罪は、いかなる言い訳も通じないほどに重い。そう判断したから、疑いの余地がないから、セブンは動くのだ。迷う必要はない。もう、迷う必要はないはずだ。

そんな自問自答を何十回も繰り返した結果、考えるのはやめた。

やると決まったら、やる。それだけだ。

しかし、それでもやはり、迷いはあるのだろう。考えることを、完全にやめられてはいないのだろう。

ごく小さな物音がし、目の前のフロントガラスに焦点を引き戻すと、細かい雨粒がいくつか、そこに落ちてきていた。昼間確認した、今夜の降水確率は四十パーセント。おそらく降らないだろうという、ジロウの予測ははずれたことになる。

いや、ジロウだけではない。こっちに向かって歩いてくるハーフコートの女性も、雨は降らないと思っていたのだろう。傘は差さず、左手を額にかざし、転ばない程度に足を速めている。右手はハンドバッグのストラップを握り締めている。折り畳み傘を出す気配はない。

女性はそのまま、ジロウがいるコインパーキングの敷地に入ってきた。そうか、彼女もここに車を駐めており、もうすぐなんだから折り畳み傘は使わず、このまま車に乗ってしまおうと、そういうことか——と思ったのだが、女性がジロウの乗った車の前まできて、隣にあるワンボックスとの間に入ってこようとした辺りで、ようやくジロウは気づいた。

なんで、お前がここにいる。

女は断わりもなく後部座席左側のドアを開け、乗り込んできた。まるで、ドアをロックしていないことまで知っていたかのような、ごく自然な動作だった。

「……こんばんは。ちょっと濡《ぬ》れちゃった」

土屋昭子。瞬時に、息苦しく感じるほど車内が香水臭くなる。

「何しにきた」

ルームミラーの中で、土屋が小首を傾げる。

「さて、なんでしょう」

この女の挙動、言動は、どうしてこうも、一々芝居掛かっているのだろう。

「フザケるな。こっちはそんなに暇じゃねえんだ」

怒鳴った途端、今度は膨れっ面だ。

「私だって別に、暇だからきたわけじゃありません。重要な情報をご提供しようと思って、わざわざ張込み現場まできてあげてるんだから、むしろ、歓迎されても罰《ばち》は当たらないと思うけど」

こんなにも不愉快なのに、決して無視することのできない女というのも、ある意味珍しい。

「情報？」

「そう。今から、あなたたちが手掛けようとしている仕事に、密接に関わる情報。ひょっとしたら、こっちの方が本筋なんじゃない？　っていうくらい、重要なお報《しら》せ」

分からない。

「なぜそれを、俺のところに持ってくる」

「あら、ご迷惑だったかしら」

「他に、話の通じる奴はいくらもいるだろう」

「それはまあ、そうかもしれないけど」

ミラーに映る土屋が、長い髪を大袈裟に、左肩にまとめる。

「……ジンさん以外のメンバーとも、少し仲良くなっておきたいな、と思って」

どういう意味だ、と訊いたら、むしろ相手の思う壺《つぼ》だろう。

「あんた、何か勘違いしてるんじゃないのか。俺はあの店の、ただの客だ。メンバーズカードも持ってなけりゃ、あんたと仲良くなるつもりもないぞ」

車のドアも、窓も、全て閉まっている。

それなのに、ふいに後部座席から、冷たい何かが漂ってきた。

暗いトンネルに溜まっている、ひんやりと湿った空気。土に還《かえ》る前の、淀《よど》んだ腐敗臭。

「……そういう、下手糞な芝居、要《い》らねえからよ」

誰の声かと思った。

だが明らかに、動いたのはミラーに映る土屋の唇だった。

低く、冷たく、足首の辺りに絡みつくような声だ。

「上岡が死んで、不自由してんのは分かるけどよ、素人があちこち、クソ蠅《ばえ》みてえに嗅《か》ぎ回《まわ》るんじゃねえよ。邪魔臭え」

杏奈が、伊藤勝巳について調べていたことを言っているのだろうか。だとしたら、なぜそれを土屋が知っているのだ。

それにしても、なんて下品な顔だろう。歯茎《はぐき》まで剝き出し、威嚇《いかく》のつもりか眉を吊り上げ——発情期の雌猿《めすざる》でさえ、もう少し可愛げがあるのではないかと思う。こっちが、今のこれがこの女の本性なのだとしたら、逆に大した役者だと褒めてやりたい。今までの「いい女」一面は、実は全て演技だったことになるのだから。

しかし、そうだとしても、この女に対するジロウの評価が変わることは一ミリもない。

「何が言いたいのか、さっぱり分からないな」

「だから、そういう芝居は要らねえって言ってんだよ」

「あんたは情報を持ってきたんだろう。その内容を聞いてみないことには、あんたを歓迎できるかどうか、俺にだって分からないよ」

土屋が、スッと鼻息を漏らす。雌猿と「いい女」の、中間くらいの表情まで戻している。

「……ジロウさんって、ただの筋肉馬鹿でもないんだね」

「お世辞はいいから、早く話せって」

土屋がハンドバッグに手を入れる。写真とか、音声を録音したレコーダーの類《たぐい》を取り出すのかと思ったが、違った。

タバコ入れのポーチだった。

「別に、禁煙車じゃないでしょ」

「ああ」

市村からの借りものだから、それはどうでもいい。むしろ、香水臭さが紛れて助かる。

土屋が、細く煙を吐き出す。

「……小内紗季の件。あれの捜査が進んでない理由、知ってる？」

知らない、とも言えないので、ジロウは黙っていた。

「上から圧力が掛かったのは、なんとなく感じてるんだろうけど、それが誰かまでは、知らないでしょう……いいよ。もう、あんたは黙ってても。ちゃんと喋って、勝手に帰るから……あれさ、町田と寺脇と、そこの前川、三人いるけど、リーダー格の町田、あれの大オジが、けっこうな大物政治家なんだよね。正確に言うと、去年政界を退いてるから、『元』ってことになるけど」

一切反応しないつもりだったが、少しは顔に出てしまったのかもしれない。

土屋が、さも愉快そうにミラーの中で笑みを浮かべる。

「面白いでしょう……元大物っていっても、野党の党首とか、なんちゃら担当大臣とか、そんなカスみたいなレベルじゃないよ。元、総理大臣。民自党の元総裁、高橋幹雄《たかはしみきお》っていえば、いくら筋肉馬鹿のあんただって、顔が思い浮かぶだろう」

内閣支持率が十パーセントを切っても解散に踏み切らなかった、外交も経済もなんにも分からない、大柄だけが取り柄の、あの、高橋幹雄か。

土屋が続ける。

「それもね、高橋は、ただ自分が大オジだから圧力を掛けたわけじゃないんだ。高橋自身が、帝都大ラグビー部のOBでね。しかも現在、全日本ラグビー協会の名誉会長の職にもある、ラグビー大好きジジイなんだよ。町田祐樹が、ただ大甥《おおおい》だから庇《かば》ったわけじゃない。ラグビー協会や、帝都大の名誉のために、高橋は町田祐樹を庇ったんだ」

一本、吸い終わったようだ。

土屋が口紅のような形の、細身の携帯灰皿に吸い殻《すいがら》を押し込む。

「どうする？　元総理も、ついでに殺《や》っちゃう？　私は、それも面白いと思うけど」

そんなこと、今ここで決められるわけがないだろう。

5

情報も出揃い、具体的な段取りも決まったところで、再び「エポ」に全員が集まった。

いつものように陣内はカウンターの中。市村、杏奈、小川、それと掃除屋のシンがカウンターのスツールに並んで座っている。ミサキとジロウは、内階段を上がったところにあるロフトスペースに陣取った。全員揃うときの、ジロウたちの指定席は大体ここだ。話は充分聞こえるし、全体を見渡せるので、案外いい場所なのだ。

まず、と市村が切り出す。

「昨日ジロウが、土屋昭子に会ったそうだ」

陣内と杏奈がちらりとこっちを見上げたが、でもそれだけだった。

市村が続ける。

「張込み場所に、いきなり現われたそうだが、細かいことはいいとして、用件は情報提供だったらしい。それも、なんでこの件の捜査が進んでいないのか、有体《ありてい》に言うと、誰が圧力を掛けてストップさせたのかって、そういう話だったそうだ」

小川もジロウを見上げ、だがすぐ市村に向き直る。

「それを、土屋昭子が、言ってきたんですか」

「ああ。民自党の元総裁にして元総理大臣の、高橋幹雄。あれが、町田祐樹の大伯父《おおおじ》だっていうんだ。ほんとかなと思って調べてみたら、どうやら、本当らしかった。町田祐樹は、高橋幹雄の、弟の孫。その弟は幼少期に養子に出されてるんで、ちょいと分かりづらかったが、親戚関係にあることは間違いない。土屋昭子は、高橋幹雄もついでに片づけちまえ、みたいに言ったらしいが」

ミサキが「おう」と応じる。

「やろうぜやろうぜ。強姦魔の甥っ子を庇う元政治家なんざ、どうせ同じ遺伝子を持つチンポコ野郎だ。ぶっ殺しちまおうぜ」

正しくは「甥っ子」ではなく「大甥」だが、それはいい。

市村が苦い顔をしてかぶりを振る。

「待て待て。土屋は土屋なりに、何か魂胆《こんたん》があったはずだ。それに易々《やすやす》と乗っかるのは上手くねえ。それに、政界を引退したとはいえ元総理大臣だ。背景に何があるのかなんて、そう簡単に調べはつかねえ。今回のこれとは、俺は切り離して考えるべきだと思う」

ミサキが「けっ」と吐き出す。

「デカい『的』はおっかねえってか……情けねえ。今頃、先代の組長は草葉の陰で、鼻水垂らして大泣きしてるぜ」

陣内が「いや」と入ってくる。

「市村が言うのは、俺は一理あると思う。昨日の今日で調べがつくくらいのことだから、警察関係者だって、知ってる奴は知ってることだろう。事件が起こって、その主犯格が町田祐樹だと分かった、その町田の親戚筋には高橋幹雄がいると、誰かが気づいたか、思い出したか……その時点で、新宿署の誰かか、もっと上の人間かは分からないが、これはマズいぞと、捜査をいったんストップさせた。そういう可能性だって、ないとは言い切れないだろう」

小川が「ええ」と頷く。

「褒められたことではありませんが、その可能性はあると思います。幹部や政治家の顔色を窺《うかが》う人間は、どこの組織にだっています。ひょっとするとそいつは、この件をネタに、高橋幹雄に何か無理難題を吹っ掛ける魂胆かもしれない。そういう人間が間に嚙んでいるとすると、調べは、容易にはつかないでしょうね」

セブンに入った頃の小川は、右も左も分からないお坊ちゃん警察官だった。だがこのところは、だいぶ物事の裏が読めるようになってきた。けっこうなことだ。

ミサキは「つまんねえの」と漏らしたが、誰もそれには応えなかった。

杏奈が「うん」と頷く。

「じゃあ、高橋幹雄については、今回は保留ってことで、いいですよね。反対の人はいますか」

市村と陣内は「異議なし」、小川は「はい」と答えた。シンは黙ったまま、ミサキもジロウも返事はしなかったが、つまりは全員賛成ということだ。

杏奈が、ひと通り顔を見て確認する。

「……はい。じゃあ、今回の『的』は町田祐樹、寺脇健介、前川喜一の三名ということで、異議はありませんね」

これには全員が頷いた。

「はい。じゃあ、具体的な段取り説明の前に、これを……」

杏奈が、あらかじめ手元に置いていた茶封筒の束を、カウンター中央に置き直す。

「広瀬昌隆さんから預かったお金が、五十万ぴったり。今回は七人一律、五万円にしました。十五万円はあたしが預かって、経費として使わせていただきます。いいですね」

市村が手を伸ばし、一番上の封筒を取る。

「五万、はいいとして……経費、ちょろまかすんじゃねえぞ」

「失礼な。あたしはそこまで、お金には不自由していません」

陣内が、拝むようにして二枚目を取る。

「婚約指輪を売った金が、始末料か……皮肉だな」

小川は何枚かまとめて取り、二枚を上に差し出してきた。

「はい、ジロウさん、ミサキさん」

「あんがと」

「おう」

あと二枚のうち、一枚をシンに差し出す。

「初めまして、ですよね。新宿署の小川です。よろしく」

シンが、恐縮したように頭を下げ、封筒を受け取る。

「ああ、初めまして、掃除屋の、シンです……って、あの、なんか、これじゃ僕、仲間みたいな、感じなんですけど、どうなんですかね、これって」

カウンターに残っていた最後の一枚を、杏奈が摑む。

「そういうことでしょ、シンちゃん。あなたも今日から、歌舞伎町セブンの一員。何か文句ある？」

「えっ、この前と、なんか話、違いませんか」

「何か文句ある？」

「いや、その、文句とか……」

「何か文句ある？」

斉藤杏奈って、こんな強引な娘だったかな。

＊

ちょうど会議が終わり、自分の席に戻ってきたところで携帯電話が震え始めた。取り出してみると、【伊藤勝巳】とディスプレイに出ている。後輩の、現役部員の、あの伊藤だ。

俺は廊下の方に取って返しながら、携帯電話を耳に当てた。

「えい、もしもォーし」

『もしもし……伊藤です』

なんだ。らしくもない、オドオドした声出しやがって。

「ああ、なに」

『いや、あの……例の件、なんですけど』

「なんだよ、例の件って」

『ですから、新宿の、あの夜のことです』

分かってる、そんなことは。

「それがどうかしたか」

『サッキーさん、自殺したって、本当ですか』

今頃知ったのか。

「ああ、そうらしいな」

『……マジっすか』

面倒臭えガキだ。

「オメェは気にすんな。いつも通りにしてろ」

『でも、だって、サッキーさん、自殺したんでしょ』

「関係ねえよ。オメェがどうなることも、俺らがどうにかなることもねえから、心配すんなって。黙って練習して試合に備えろ。それがお前にできる、サッキー先輩への、たった一つの恩返しだ」

伊藤は黙り込んだ。

「……おい、用はそれだけか。だったら切るぞ。こっちゃ仕事中なんだからよ」

それでもまだ黙っている。

「いいか、切るぞ。練習がんばれよ。じゃあ」

な、で切ろうと思ったのだが、

『自分ッ』

聞いたこともないような、引っ繰り返った声がそれを遮《さえぎ》った。

「なんだよ」

『自分……』

「だから、なんだって」

『自分、警察……行きます』

馬鹿が。

「なに言ってんだ、オメェ。フザケんのもいい加減にしろ」

『自分、フザケてないっす。ずっと、ずっと迷ってました。悩んでました。でも、もう限界っす。警察行って、全部話します』

　こいつ、こんなヘタレだったか。

「おい、ちょっと待てって。な、待てよ、伊藤……話し合おう。ちゃんと話せば、お前にも分かることだから。な」

『前川さんにも、寺脇さんにも、電話しました。同じようなこと、言われました……自分も、先輩には、ちゃんと謝りたいんで、今夜、十時にあの店で……この前の、カラオケ屋で、お待ちしてます。そこで、先輩のお話は、ちゃんと聞きます。聞きますけど、自分の決心は、変わらないんで……すみません。じゃあ』

　畜生。とんでもないことになっちまった。

　急いで前川と寺脇に連絡をとった。前川は、もちろん行くと言っていた。寺脇は最初、今日は外せない用事があると言っていたが、そっちはどうにかキャンセルできたようだった。

　約束の一時間前には、新宿駅近くの喫茶店に三人が揃った。

「どうする」

「どうするもこうするもねえだろ。説得して黙らせるだけだ」

「奴のケータイには元の映像が入ってるんだぜ」

「そんなのは、似たようなのがカラオケ屋から出てる。それだけじゃ警察は動かねえ」

「警察ったって、別の部署に持ち込まれたら、あの人にだって潰せねえかもしれねえじゃねえか」

俺たちの間で「あの人」といったら、俺の大伯父にあたる高橋幹雄のことだ。

「かもしれねえ、じゃねえ。確実にやってもらうんだよ。それよりもとにかく、今は伊藤を説得するのが先だ」

喫茶店を出て、歌舞伎町方面に向かった。

「百果園《ひゃっかえん》」の角を曲がって、緩い坂を下りていく。金曜日のこの時間だから、人通りは多い。スーツ姿のサラリーマン、ＯＬ、チャラけた恰好のガキども、ナンパかキャッチか分からない怪しげな連中。

正面突き当たり、ビルの上にゴジラの頭が覗いて見える、歌舞伎町の交差点。行き交うヘッドライトとテールランプ。エンジン音と排気ガス。あちこちの店のＢＧＭ。歩行者の馬鹿笑い。

どいつもこいつも、下らねえ。

いくら学生ラグビーで活躍したって、普通に就職して社会人になってしまえば、ただの人だ。歌舞伎町で毎晩遊び歩いてるクズどもと同じ、俺たちも下らねえ一般ピープルだ。

強かった。かつての俺たちは。最後の大学選手権は惨憺《さんたん》たる結果だったが、それまでは、本当に強かった。

あの強かった俺たちは、どこに行っちまった——いや、ここにいる。変わらずここにいる。女にだってモテまくりだ。そうだろう、あんただって、あんただってあんただって、そこらのヒョロヒョロの草食系お坊ちゃまより、俺たちみたいな、ゴリゴリのラガーマンの方が好きだろう、なあ。

赦せなかったね、あの女は。俺たちの憧れだった、マネージャーのサッキーがだ、案山子《かかし》がスーツ着て歩いてるみてえな、あんな男と結婚する？　あり得ねえ。どっちが男か、本物の男ってのはどんなもんか、知らねえからあんな案山子男と結婚しようなんて馬鹿な考えを起こすんだ。だから、教えてやったんだ。本物の男の強さと凄《すご》さを。他の女どもと同じように。

いつぞやのカラオケ屋まできた。まだ一ヶ月なのに、すでに懐かしくすら感じる。入るとしよう。

エレベーターに乗り、三階で降りると、すぐのところに受付がある。今日のスタッフは若い女だ。

「いらっしゃいませ。ご予約はいただいておりますでしょうか」

「伊藤さま……はい、ありがとうございます。では突き当たりの、Dルームにお入りください。お連れさまはすでにお見えです」

伊藤はもう来ているのか。

教えられた通り突き当たりまでいき、【D room】と書かれたドアを開け、中を覗く。この前は確か【C room】だったが、間取りはほとんど同じだ。

奥に大型のモニターテレビがあって、伊藤は、その手前の丸椅子に座っていた。こっちに向けた背中が、限界まで丸く縮こまっている。

真っ先に近づいていったのは、前川だ。

「おい、伊藤よぉ」

ちょっとした違和感はあった。伊藤って、もっと太ってなかったか。髪も、もう少し短くなかったか。

「なあ、おい」

前川が近くのテーブルに腰掛け、伊藤と肩を組もうとした。

その、瞬間だった。

スッ、と伊藤の手が浮き上がり、前川の口元か、顎《あご》の辺りか、それとも喉元か、そんなところに触れたように見えた。でも、前川はかまわずガッチリと肩を組んだので、その後は見えなかった。

五秒とか、それくらいしてからだったと思う。

前川の体がぐらりと前に傾ぎ、ゴツンというか、ドスンというか、ひどく痛そうな音がした。モニターやカラオケの機械を収めた台に、全体重を乗せた頭突きをかました恰好だった。

「おっ……」

「おい」

すると後ろから、誰かに思いきり押された。俺はつんのめって、テーブルを避けようと思ったが上手く跨《また》げず、転ぶようにして向かいのソファに倒れ込んだ。

手をついて、出入り口の方を振り返ると、寺脇が、見知らぬ男に羽交《はが》い締《じ》めにされていた。その横にはもう一人、女がいる。男も女も、黒いライダースーツのようなものを着ている。

「……誰」

女がテーブルを跨いでこっちに来る。美形ではあるが、でも男顔というか、もっと言ったら、この世の者ではないような、妖怪じみた禍々《まがまが》しさというか、とにかく、狂気を孕《はら》んだ顔つきをしている。

その女の、黒革の手袋をはめた手がこっちに伸びてくる。

俺はとっさに、それを摑もうとした。

だが、

「んギッ」

何がどうなったのか瞬時に摑み返され、耳の方に捻《ひね》られて、さらにビチビチと、筋が捩じ切れるほど捻り上げられた。

しかも、女は片手しか使っていない。

「んゲアッ、あっ、あっ」

「ひひ……案外だらしねえな、ミスター・タッチダウン」

俺は「タッチダウン」はアメフト用語だ、ラグビーは「トライ」だ、とは思ったが、

「ぼふっ……」

空いている反対の手で殴られ――。

意識を取り戻すと、とんでもないことになっていた。

最初に見えたのは、何本もの長い針が刺さった、前川の顔だった。目とか、耳とか、いたるところに刺さっている。両頰を貫通している一本は、同時に舌も串刺しにしているらしい。右頰から突き出た先端がテーブルの端に引っ掛かっているため、前川は顔も動かせないようだった。

それだけではない。

前川は右頬をテーブルにつける形で突っ伏し、だが両膝は立てて、尻を高く上げる恰好で固定されている。腰に回された両手も針で貫かれ、動けなくされている。

しかも、スラックスもパンツも膝までズリ下げられ、尻が丸出しになっている。むろん、真後ろから見たら股間は丸見えだろう。

そこには、例の女が立っている。

《あー、あー、あー》

女はマイクを持っている。今のはそのテストだ。

《……よう、皆の衆。お目々は覚めたかい》

俺と、真向かいにいる寺脇の顔に針は刺さっていない。代わりに、ガムテープで口を塞《ふさ》がれ、俺の両手は後ろで括《くく》られている。おそらく寺脇もだろう。その寺脇の隣にいるのは、さっきとは別の男だ。しかも、やたらとガタイがいい。

そういえば、伊藤はどこにいった。

まさか、俺たちは騙《だま》されたのか。伊藤なんて、最初からいなかったのか。そういえば、あの呼び出し電話の声は変だった。ひょっとして、あれは別人だったのか。でも、番号は伊藤からだった。

だとしたら、一体どんな手を使ったんだ。

《お前らには、女みたいな可愛い穴はねえんだから、仕方ねえよな。本日はコーモンさまで代用することにする。とはいっても、お前らのコーモンさまに入れたがるような物好きは、ここには一人もいないから、これをブチ込む》

女は、ロックミュージシャンが観客を煽《あお》るときみたいに、正面にある大型モニターに向かって、マイクを突き出した。

《いくぜッ》

もう、いきなりだった。

女は前川の尻にマイクの頭、あの金属製の、網状になった球体部分を当て、

「ウリャッ」

ブーツの踵で、

「ヘゲェーッ……」

思いきり足蹴《あしげ》にし、前川の肛門に、まさに、その宣言通りに、マイクをブチ込んでみせた。

前川が暴れる。その反動で頬は裂け、舌も裂け、目は抉《えぐ》れ、耳は千切《ちぎ》れた。暴れれば暴れるほど、前川の顔は血塗《ちまみ》れの、グズグズの、肉の塊《かたまり》に変容していく。

俺の隣にいた男が、動いた。

「もう、いいだろう」

女が「ああ」と答えると、男は別の針を一本構え、それを目も見えない、口も利けない、肛門にマイクを丸々一本捩じ込まれ、激痛に悶《もだ》え苦《くる》しむ前川の口に、音もなく挿《さ》し入《い》れた。

前川の動きが、ピタリと止まる。

また音もなく、男が針を引き抜く。

女が尻を蹴とばすと、前川の体は、ごろりとテーブルから転げ落ちた。

次は、寺脇の番だった。

こもった叫び声をあげながら、寺脇は必死に抵抗した。死に物狂いで逆らっていた。でも、全くの無意味だった。

ガタイのいい男に、まるでマネキンの如く意のままに操られ、前川と同じ恰好をさせられ、ズボンを脱がされた。

「第二弾、いきまーす」

女が、二本目のマイクを寺脇の肛門に蹴り込む。

口と、剝がれたガムテープの隙間から、血が迸《ほとばし》るほど甲高い悲鳴が発せられた。

「……うるせーわ」

女はテーブルに上がり、寺脇の腰に跨り、暴れ回るのを押さえ込んで、いつから持っていたのか、右手に握った真っ黒い拳銃を、寺脇の耳の上辺りに当てた。

立て続けに三発、女は撃った。

一発目で、寺脇の頭がバウンドした。撃たれた左側だけでなく、右側からも血飛沫《ちしぶき》が舞った。二発目で、さらに右側が大きく砕けた。脳味噌《のうみそ》が飛び散った。三発目で両目が飛び出た。頭蓋骨も見えた。

女はテーブルの上で立ち上がり、すぐさま、寺脇の肛門からマイクを引き抜こうとした。

だがそれを、ガタイのいい男が「よせ」と止める。

「なんでだよ」

「抜いたら、中身が全部出てきちまうだろ」

「でも、マイク二本しかねえよ」

「そんなにやりたきゃ、隣からもう一本持ってくりゃいいだろ」

「……そっか」

女がマイクを補充しにいっている間に、俺も「用意」された。

もう、抵抗しても無駄なのは分かっていた。小内紗季の復讐をされているのだろうことも、察しがついた。でも、だからってこれはないだろうと思った。思ったが、しかし力で敵《かな》わないことは、最初に腕を捻られた瞬間に思い知らされている。何を、どうすることもできない。

そう。圧倒的な力で捩じ伏せられ、服を脱がされ、辱《はずかし》めを受け、面白半分に、望まないものを無理やり体の中に捩じ込まれるのだ。

助けてくれ。そう言いたかった。でもガムテープで塞がれていて、それすらも言葉にできなかった。溢《あふ》れてきた涙を拭《ぬぐ》うこともできない。何度も強く瞬《まばた》きをして視界を確保し、状況を把握しようとはするけれど、

「……じゃ、三発目、いきまーす」

いつのまにか準備は整っていたようで、

「んゴエッ」

突如、股が裂けるような激痛に見舞われた。

ある骨は軋《きし》み、ある骨は削れ、イバラの塊が腹の中で暴れ回るのを直《じか》に感じた。体温が一気に消失し、凍りつくような激痛が全身の、全細胞の全感覚を支配し、なんの自覚もなく、口からは反吐《へど》が噴出した。

むろん俺だけ、それで終わりになるはずがない。

俺は頭髪を鷲摑《わしづか》みにされ、上半身を起こされた。力なんて、どこにも残っていない。ただ、されるがまま。全体重が頭皮に掛かり、ブチブチと音がしたが、なす術《すべ》はなかった。

俺の上半身を片手で持ち上げているのは、あの、ガタイのいい男だった。

「もう少し八つ裂きにしてやりたいが、後処理が面倒になるので、この辺で勘弁してやる」

黒い、大きな拳《こぶし》が、体の真ん中に、叩《たた》き込《こ》まれるのを見ていた。胸骨の圧《へ》し折《お》れる音が、

確実に聞こえた。間を置いて、もう一発。さらに、もう一発。もう、息もできなかった。

目の前に再び、黒い大きな手が現われた。小指だけ折り曲げ、他の四本は鉤爪《かぎづめ》のように、何かを確実に摑もうとするように、浅く曲げられていた。

男が大きく振りかぶり、すぐさま振り下ろす。

鉤爪が、砕けた骨ごと、俺の、心臓を――。

＊　＊

後処理は、全てシンに任せた。

「汚いな……もうちょっと、綺麗にだってできるでしょう、あなたたちなら」

ミサキが鼻先で笑う。

「マイク、抜かないで運んだ方がいいよ。臭いのが、全部出てきちゃうから」

「分かってますよ。ここ、何時まで貸し切りなんでしたっけ」

「オーナーの厚意で、朝まで格安で借りられたって元締めが言ってたから、ゆっくりやっていいよ」

ちなみに杏奈は今も受付で、誰も入ってこないように見張っている。小川は外の見張り。市村は近くに停めた車で待機している。

シンが、盛大に溜め息をつく。

「そうですか、時間はあるんですね……じゃあ、ここでバラバラにしちゃおうかな。その方が運ぶの楽だし」

陣内も、半笑いで話に入ってくる。

「バラバラにしたあとは、どうすんの」

「今回は、細かくして、可燃ゴミに出しちゃいます。僕自身は、焼却炉持ってないんで、燃やすときは業者に頼まなきゃならないんですけど、それだとけっこう、お金かかっちゃうんですよ。今回のギャラだと、それはキツイんで。それでも、市村さんが車出してくれてるんで、助かります……あ、みなさんは、もうお帰りいただいてけっこうです。特に、手伝ってもらうこともないんで」

シンがメンバーになるメリットは、果てしなく大きい。


あの始末から、一ヶ月ほどした頃。

ジロウは、市村からの頼まれ仕事をまた一つ終え、当てもなく歌舞伎町を歩いていた。

何があっても変わらない、猥雑《わいざつ》な眺めが、そこにある。

この街を好きだと思ったことはない。でも変わってほしくはない。なくなってほしくもない。

風林会館《ふうりんかいかん》の方に歩いていると、前方の人混みに、見覚えのある顔を見つけた。向こうはまだこっちに気づいていない。何かを、あるいは誰かを捜すように、周囲に目を配りながら歩いている。

ジロウはあえて、男の方に進んでいった。

十数秒遅れて、向こうもジロウに気づいた。そもそもこの体格なのだから、もっと早く気づいてもよかろうと思う。

男も、意識してジロウに近づいてくる。

悲しい顔だった。

恨みを晴らせば、一つ、胸の閊《つか》えはとれる。しかし、一度開いた心の穴は、二度とは埋まらない。埋められない。それは法で裁こうと、金で闇の「手」を使って晴らそうと、変わらない。あとはその穴と、共に生きていくしかない。せいぜい、その穴に自らが落ちないよう、気をつけることだ。

悲しい顔をした男と、あと一歩の距離まできた。

男の口が、ありがとうございました、と動く。それだけで、男は浅く頭を下げながら、すれ違っていった。

ジロウも歩調を変えず、歩き続けた。

いつもと変わらない、猥雑な眺めが、そこにある。

凱旋《がいせん》御法度

1

つくづく、歌舞伎町《かぶきちょう》にはいろんな人間が集まるものだと思う。

今、市村光雄《いちむらみつお》がいるのは「歌舞伎町ブックカフェ」という店だ。物販は定着しないと言われるこの街に、なぜ本屋を出そうと思ったのか。その理由は市村も知らない。カフェを併設するというアイデアに勝算があったのか。あるいは、俺が出す店はきっとなんでも上手《うま》くいく、とでも思い込んでいるのか。いや、オーナーの芦久保《あしくぼ》テルマは、そういうタイプの男ではない。

たぶんテルマは、面白そうだと思ったから、この店を出したのだと思う。実際、市村もこの試みは面白いと感じている。

そう。奴《やつ》の行動原理の根っこにあるのは「面白さ」だ。面白ければ万事オッケー。店なんて、すぐに潰《つぶ》れてもかまわない。短期的に損失が出るくらいは気にしない。それよりも、面白いかどうか。面白いことを続けられるかどうか。面白可笑《おか》しく生きられるかどうか。

究極をいったら、テルマは面白い死に方をしたいだけなのではないか、と思うことすらある。

市村がテルマと出会ったのはいつだったか。定かな記憶はない。ただ、売れっ子ホストだった二十年くらい前には、もう市村もその名前と顔は知っていた。やがて「歌舞伎町ナンバーワン・ホスト」と呼ばれるまでに上り詰め、しかし、まもなく現役を引退。その後は自《みずか》らホストクラブを経営するようになり、次第に実業家として頭角を現わし始める。現在は複数の飲食店に加え、ヘアサロン、ネイルサロンまで運営する、なかなかのやり手だ。

そうはいっても、ノリは今でも「気のいいあんちゃん」のままだ。

「市村さぁん、飲んでます？」

テルマが、カウンター席に腰掛けている市村の肩に腕を回してくる。反対の手には、細長いビアグラスがある。

「ああ、飲んでるよ」

市村がロックグラスを差し出すと、カン、と軽く合わせてくる。

「いやもう、俺……ほんと寂しいんすよ。マジで寂しいんすよ」

このところのテルマは、ずっとこんな調子だ。

今夜の集まりは、実はテルマの運転手をしていた、アイマンという男の送別会なのだ。

アイマンはエジプト人。国際免許の更新期日が迫っているため母国に帰らなければならず、でも、一度帰ったら次はいつ日本に来られるか分からない、ついては、せめて送別会は盛大にやってやりたい――簡単にいうと、今夜の集まりはそういう趣旨だ。

市村は、内ポケットからタバコの包みを取り出した。

「あれだって……エジプトってのは、なかなか自由には、出たり入ったりできない国なんだって？」

テルマが、さも悲しげに頷《うなず》く。

「そうなんすよね……学生とか、技術者とか、大金持ちとか、括《くく》りはよく分かんないんすけど、海外渡航できる人間は限られてて。一般人は、気軽に出たり入ったりできないらしいんすよ」

「だからって、更新バックれて無免許になっても困るしな。もし交通違反で捕まって、変な話、強制送還とかされたら最悪だろ」

ビールをひと口飲んだテルマが頷く。

「いや、ほんとそれ。俺もいろいろ、日本でエジプトの免許を更新する方法とか調べたんすけど、ないんすよね、そういうのは。なんかないすか、市村さん。力貸してくださいよ。組長じゃないっすか」

テルマは、ときどき思い出したように市村を組長扱いする。市村が四代目関根《せきね》組組長なのは事実だが、テルマとの付き合いに、組は全く関係ない。利害関係も柵《しがらみ》も、何もない。

いうなれば、ただの飲み友達だ。あるいは、同じ歌舞伎町に生きる「ご近所さん」みたいなものだ。

「馬鹿言ってんな。俺なんぞに何ができる。免許の偽造か？　密出国か？　免許の更新が済んだら密入国か？　やってやれねえこたぁねえが、それじゃ意味ねえだろ」

「あー、それは……確かに、意味ないっすね」

市村は、それとなく店内を見回した。

正方形に近い、二十坪ほどのフロア。こっち側がバーカウンター、向かいの壁一面は本棚になっており、洒落《しゃれ》た感じに表紙や背表紙がレイアウトされている。普段はその間のスペースにソファやテーブルを配し、カフェっぽくしているが、今夜はそれらを全部どけて、みんな立ったまま飲み食いをしている。座れる場所は、市村がいるカウンターにスツールが七つか八つ、それだけだ。

何人くらいいるだろうか。三十人、いや、四十人はいるかもしれない。テルマの店のホスト、他の店のスタッフ、常連客、映画監督、売れない俳優、元アイドルの風俗嬢、半グレやヤクザもちらほら。市村が知らない顔もかなりある。ついさっき、若手の都議会議員が覗《のぞ》きにきたが、市村の顔を見つけたからだろう。テルマにひと声かけて、それだけで帰っていった。

そもそも、ここは路面店のオープンスペース。前の通りをいく来街者たちは、これは一体なんの騒ぎだろうと、不思議そうな目を向けては通り過ぎていく。たぶんテルマは、そこも好きなのだと思う。何か変わったことやってるな、面白そうだな。そういう目を集められたら、テルマにとっては成功なのだ。

アイマンについてもそうだ。

あれはもともと、市村が余ったベンツを一台、テルマに押しつけようとしたのが始まりだった。

「型はそんなに古くねえんだ。ただ、ウチもだいぶ人間が減ったからよ、車も余っちまってな」

最初に電話で言ったとき、テルマは『ホストがベンツっすか』とあまり乗り気ではなかった。

だが何日かすると、

『市村さん、この前のことっすけど』

やけに声を弾《はず》ませて、話に乗ってきた。

「なに、ベンツの話か」

『はい、まだあれ、あの話、イキてますか』

「ああ、組のガレージにあるよ。欲しいのか」

『はい、ぜひ。なんかいろいろあって、エジプト人を一人、俺が雇うことになっちゃって。

そいつに運転手やらしたら、面白いかなって思って』

「ホストの専属運転手が、エジプト人か」

『はい。面白くないっすか』

「んん、まあ……面白い、かもな」

実際、テルマの運転手がエジプト人というのは、すぐに一部で噂《うわさ》になった。また、アイマン自身も陽気で人懐っこい性格なので、どこに行っても可愛《かわい》がられた。ちょうど、アイマンがこっちにこようとしていた。身長が二メートル近くあるので、人混みの中でも顔までよく分かる。

「ハァイ、市村さァん、元気ですか、飲んでいマスかァ」

そういうアイマン自身は、イスラム教徒なので酒を飲まない。

「おう、飲んでるよ……ってか、お前それ、どうした」

アイマンは一流メーカーの高そうなビデオカメラを構え、市村に向けている。

「うーん、思い出ネ、思い出」

「そうじゃなくて、そのカメラはどうしたんだって訊《き》いてんだよ」

「はい、買いましたヨ。盗んだジャないから、ダイジョブです」

「よくそんな金があったな」

「お土産《みやげ》ヨ、家族への、お土産ヨね」

市村は知っている。

テルマは、アイマンが免許の更新を済ませたらすぐ帰ってこられるよう、決して安くはない旅費を用立て、彼に渡している。逆に言ったらアイマンは、自腹では日本とエジプトを往復できないということだ。

そんな男が、なぜビデオカメラなんぞを購入できる。

店内を一周してきたテルマが、また市村のところにきた。

「お、アイマンアイマン。じゃ、市村さんと撮って……はい、市村さんも、ピース」

「ハァイ、ピースですよ、市村さァん」

またテルマが肩を組んでくる。本当にこいつは、誰でも彼でも肩を組みたがる。

「おい、なんでアイマンがビデオカメラなんて持ってんだよ。けっこうするんじゃねえのか」

「あー、どうなんすかね。今どきのなんて、安いもんなんじゃないっすか。アイマン、イエーイ……それより市村さん、なんかコメント。送別のコメント、してやってください」

そう改めて言われると、ちょっと緊張する。

「ん、あー……じゃあ、アイマン。一日も早く、日本に戻ってこいよ。それと、エジプトに帰ったら、もう豚肉食っちゃダメだぞ」

「市村さァん、それ、バラしちゃダメよォ」

テルマが、大袈裟《おおげさ》に肩を揺らして笑い始める。

「……お前の家族がそれ見たって、日本語じゃ分かんないだろ」

「なんて言ったか、通訳するモノ、私」

「適当に、違うこと言えばいいだろ」

「それ、それはダメよ……家族に、ウソはワルいよ」

アイマンは基本的に、非常に真面目《まじめ》な男だ。その彼の真面目さを、歌舞伎町の住人たちは愛した。ときにからかい、ときには騙《だま》して酒を飲ませたりもしたが、それでも彼は愛されていた。

「おーい、アイマーン、こっちこっち」

「ハイハーイ、いま行くざんス」

だいぶ変テコな日本語も教え込まれたようだが、それも愛されたがゆえだ。

「……あ、市村クンだ」

よく知った声を耳にし、フロアの一番奥、トイレの方を振り返ると案の定、斉藤杏奈《さいとうあんな》が立っていた。オレンジのバンダナで手を拭いている。
二十三、四の小娘が、なぜ五十路《いそじ》手前の自分を「クン」付けで呼ぶのか、疑問に思わないではない。ただ、たぶん彼女の持つ「若き商店主」という表の顔と、「歌舞伎町セブンの元締め」という裏の顔、その二つを使い分けるためだろうと勝手に解釈し、市村は許している。

「おお、杏奈ちゃんも来てたか」

まあ、市村も「杏奈ちゃん」と「元締め」を使い分けているのだから、それを言ったらお互いさまか。

杏奈が、バンダナを尻のポケットに捩《ね》じ込《こ》む。

「うん。お店は加藤クンに任せてきちゃった」

杏奈が切り盛りする「リカーショップ信州屋《しんしゅうや》」は、物販が難しいといわれる歌舞伎町で長年愛されてきた、老舗《しにせ》の酒屋だ。

一つ、市村は思い出した。

「そういや、テルマがアイマンを雇うことになったのは、杏奈ちゃんがきっかけだったんだよな」

「ああ、そうね。いきなりウチに、アルバイトさせてくれって入ってきて。でもそんな余裕、ウチにはないから。どっか使ってくれるとこないかなって、テルマくんに相談したら……」

「運転手にすると」

杏奈が小首を傾《かし》げる。

「そんな、いきなりではなかったかな。ほら、アイマンって、背はあんなだけど、よく見ると顔は可愛いじゃない。だから、最初はエジプト人ホストってのも考えたらしいけど、お酒飲めないっていうし、他にもいろいろ、戒律っていうの？　イスラムの決まりでできないことがあるからって、その線は諦《あきら》めて。そんなときに、市村クンが」

「ああ、ベンツを押しつけようとして」

「それ。テルマくんの頭の中に、エジプト人運転手、っていうアイデアが浮かんだと」

今、アイマンはビデオカメラをホスト仲間に渡し、テルマと肩を組んで撮ってもらっている。

杏奈も、そっちを見て笑みを浮かべている。

「あたし、生まれも育ちもここだからさ、歌舞伎町じゃない場所で暮らすって、想像できないんだよね。だから、アイマン見てると、羨《うらや》ましいなって思う。もし、あたしが逆にエジプトに行ったらって考えたら、全然、あんなふうに溶け込める気しないもん」

市村が空《から》になったグラスを顔の高さに上げると、すぐに気づいたスタッフがこっちに来てくれた。

「……同じの」

「かしこまりました」

彼にグラスを渡しながら、また杏奈に向き直る。

「そんなこと、ねえんじゃねえの。杏奈ちゃんも案外、どこに行ってもやってけるタイプだと、俺は思うけどね」

「えー、それはない。あたしは、無理だと思う」

いや、一番無理なのは自分だろう。

市村は、生まれも育ちも歌舞伎町ではないが、もう、ここ以外では生きていけなくなってしまった。

あまりにも、長く居過ぎたのだ。

それだけに、この街を守りたいという想いは強い。

＊

若い頃って、いつからいつまでのことを言うのだろう。分からない。ヤンチャって、どこからどこまでを言うのだろう。分からない。

たとえば同級生と、あるいは先輩、後輩と殴り合いの喧嘩《けんか》をする。普通の高校生は、あまりしないかもしれない。大学生くらいの歳《とし》になったら、なおさらしないだろう。でも、俺たちはやってきた。

気に喰《く》わない奴は拳《こぶし》で黙らせたし、服従させた。カッパのように、脳天だけ髪を丸く刈って、「ごめんなさい、もうしません」と書いた紙を持たせて写真撮影したりもした。あとでその写真を、地元の電柱という電柱に貼りつけて回った。

鉄パイプを使ったこともあった。バットも木製、金属製、問わずに使った。でもナイフは使わなかった。ドスなんて持ったこともなかった。ボウガンは一時期持っていたが、拳銃となるとさすがに見たこともなかった。

バイクはよく盗んだ。マイナスドライバーで強引にやっていた時期もあるが、先輩に直結の方法を習ってからは、もうそれ一本槍《いっぽんやり》だった。

仲間とツルんで走って、他のグループと揉《も》めたら喧嘩して。

そんなことを繰り返していたら、いつか自分たちでは敵《かな》わない奴に出くわすことになる。そんなのは、ちょっと考えれば分かることだったが、そこを考えないのがカッコいいと思っていた。強いことだと思っていた。ちょっとくらいビビッても、それを表に出さないのが男らしいと思っていた。

だから、シバさんと出会うまで続けてしまったことを、俺は今も後悔している。

シバさんは、ただ喧嘩が強いだけではない。とにかく容赦がない。躊躇《ちゅうちょ》がない。そして何より、打たれ強い。

まず殴る。ワンパンチでKO、というのも何回かはあったが、たいていは取っ組み合っての殴り合いになる。シバさんは馬乗りになって、その硬《かた》い硬い拳で、相手の鼻を叩《たた》き潰すのが得意だ。というか好きだ。俺もやられた。鼻は、折れると物凄《ものすご》く痛い。呼吸も苦しくなるし、涙が止まらなくなるから、視界も利《き》かなくなる。そうなったら、地面に転がったサンドバッグ同然。一方的に殴られ、蹴られ続けることになる。

あとはもう、謝るしかない。謝って謝って、裸踊りでも歩道橋オナニーでもなんでもやって、赦《ゆる》してもらうしかない。そうやって、シバさんの奴隷として生きる道を、受け入れることになる。それが嫌なら、シバさんに絶対に見つからないところまで逃げるしかない。

俺は、逃げる勇気もなかったので、今もシバさんに使われている。

ただシバさんも、地元で喧嘩相手を探し続けるのには限界があると思ったのだろう。ある頃から、もう少し手の込んだ方法に切り替えた。

今日、シバさんの呼びかけで集まったのは三人。いつもの三人だ。

それと、獲物が一人。

「ほら……もっとこいよ」

「んぬェアァァァーッ」

外に音が漏《も》れることのない地下室。壁も天井も床も、コンクリート剝き出《むだ》し。かなりカビ臭い。明かりは、天井にぶら下がっている裸電球一個と、角《すみ》に電気スタンドが二台。

俺たち三人は、シバさんの邪魔をしないよう、壁際に立っている。ビデオは、撮るときと撮らないときがある。

「……足んねえよ、ほら、もっとこいって」

「ンアァァァーッ」

獲物が右拳を繰り出す。シバさんの左頬《ひだりほお》を的確に捉える。

でも、明らかに効いていない。

「へっ……ヨイシャァァーッ」

今度は自分の番だとばかりに、シバさんが右拳を返す。

シバさんは決して大柄ではない。身長は百七十センチくらいしかないから、人によったら小さいと思う人もいるかもしれない。だがシバさんの口癖、「喧嘩はタッパじゃねえよな」の言葉通り、単に背が高い、体がデカいというだけでは、シバさんには勝てない。

シバさんの拳は重い。そして強い。

「……ごふっ」

「もう一丁いくぞ、オラ」

今度は左拳が、獲物の腹に深々と喰い込む。今のは効いたと思う。獲物が、血の混じったゲロを盛大に吐き出す。

二人とも、上半身は裸だ。

シバさんの両胸から肩、腕は肘《ひじ》くらいまで、背中は肩甲骨の下辺りまで、かなり大きくトライバルデザインのタトゥーが入っている。全体的には、イバラというか雲というか、特に意味はなさそうな模様が多いが、背中にはわりとリアルなドクロの絵も入っている。

「なんだ、もう終わりか。あ?」

獲物の髪の毛を鷲摑《わしづか》みにして起こし、その顎《あご》に、下から思いきり膝蹴りを喰らわせる。獲物は気を失いかけたのか、ゴツンと両膝をコンクリートの床についた。だが、そんなことでシバさんが攻撃の手を弛《ゆる》めることはない。

首根っこを摑んで捻《ひね》り、コンクリートの床に、仰向《あおむ》けに倒す。獲物の右腕は左膝で踏みつけ、左手は左手で摑んで、お得意の「鼻折り」を開始する。

これが始まったら、俺たちも声を出さなければならない。

「オエッ」

「オエ、オエッ」

「オイエエーッ」

するとこっちも、徐々にトランス状態に入っていく。現実が、見る見るうちに歪《ゆが》んでいく。

何万年も前の、まだ人間が人間ではなかった時代の、儀式。

原始人が、石か何かで獲物を潰している——。

全身汗塗《あせまみ》れ、だいぶ返り血も浴びたシバさんが、一心不乱に右拳を打ち下ろす。相手の鼻めがけて、渾身《こんしん》の力で振り下ろす。そのたびに、グシャ、とか、パキ、とか、いろんな音が混じって聞こえる。出血がひどくなると、さらにそこに湿った音が糸を引く。

獲物はもう、顔面そのものが潰れているので、もはや謝ることすらできない。奴はだいぶ粘った方だが、二回くらい、シバさんがフラつく場面もあったが、それでは駄目なのだ。シバさんのタフさは人間のレベルを超えている。顔面を殴る、後頭部を鉄パイプで殴る、腹に膝蹴りを喰らわせる、倒れたところにサッカーボールキックを叩き込む――いやいや、そんな程度の攻撃でシバさんが戦意を喪失することはない。なんたって、腹を三ヶ所ナイフで刺されても、最後にはきっちり相手を仕留めるような男なのだ。

冗談でなく、総合格闘技とかに挑戦してみたら、と俺はシバさんに言ったことがある。

そのとき、シバさんは笑いながら首を横に振った。

「審判に止められて終わりなんて、冗談じゃねえ。俺は、勝負がしたいんじゃない……相手を、壊したいだけなんだからよ」

確かに、シバさんがしてきたのはそういうことだ。

半身不随、失明、顔面の変形、複数の骨折、複雑骨折、精神を病んだ挙句の自殺――。

そして俺たちは、毎回、その目撃者にされてきた。

意味のない暴力を見せつけられて、ただ褒め称《たた》えることだけを、求められていた。

2

まだ五月の連休が明けたばかりだというのに、えらく暑い一日だった。

市村は、埼玉県新座《にいざ》市で一つ談合案件を片づけ、夜十時過ぎになって東京に戻ってきた。靖国《やすくに》通り、新宿区役所前の交差点で車を停めさせる。

「本当に、ここでよろしいんですか」

「ああ。もう、お前は帰っていい」

「ご一緒しなくて、よろしいんですか」

「いい」

　新人の運転手なので、まだいろいろ、勝手が分かっていないところがある。

「お待ちしていなくても」

「いいんだ。組に車置いたら、風呂でも浴びて帰れ」

　一万円札三枚を差し出し、後部座席のドアを開ける。運転手は慌てて自分も降りようとしたが、「交通の邪魔だ、俺が降りたらさっさと出せ」と言い置き、一人で降りた。そもそも、若い者にあれこれやらせるのは好きではない。張れるだけ虚勢を張り、可能な限り自分を大きく演出するのも「親分」の仕事の一つだとは思う。市村自身、何年かはそういう慣習に倣《なら》ってはみたものの、やはり性に合わなかった。

　結局、自分の足で歩いてみなけりゃ、何も見えやしないし、聞こえてこない。ニオイも分からない。先代には申し訳ないが、今さら組を大きくするつもりもない。適当にしのげて、上納金を納められて、組の人間が食っていければそれでいい。それだって、けっこうな大仕事だ。それができなくなったら、潔く解散する。それだけのことだ。

いつもの遊歩道公園を通って、ゴールデン街に向かう。市村は、この遊歩道が昔から好きだった。両脇に街路樹の植わった、狭い石畳の道。歌舞伎町にありながら、夜はしっかりと闇に沈み、昼は鮮やかな緑が充《み》ち溢《あふ》れる。ここを歩けば、ヤクザ者から、一人の人間に戻れる。そんな気がする。

行き先は、もちろん「エポ」だ。ゴールデン街、花園三番街の中ほど。「バ・バンバー」という、七〇年代フォーク好きが集まる店の上だ。

えらく靴音が喧《やかま》しく鳴る木の階段を上って、左手にある引き戸を開ける。

「こんばんは」

店主の陣内《じんない》は、上ってくる客が誰なのか、靴音で大体分かるらしい。長い付き合いの市村なんぞ、百発百中で分かっているはずだが、それは決して顔に出さない。

「……いらっしゃいませ」

理由は一つ。他にも客がいるからだ。

カウンター中ほどに、スーツ姿の男が一人。知っている顔だ。

「あ、市村さん、どうも」

光浦《みつうら》という、大手映画会社の人事部長だ。歳は確か、市村より五つか六つ上だったと思う。

「どうも。お久し振りです」

市村は、光浦の一つ手前のスツールに腰掛けながら訊いた。

「なに、飲んでるんですか」

「私は、焼酎の水割りです」

「麦ですか」

「はい」

「じゃ、俺も同じの……ロックで」

陣内が、柔らかな笑みと共に「かしこまりました」と頷く。

この陣内という男は、常にこうだ。仕草も表情も、声も言葉の選び方も、さらに言ったら殺し方さえも、全てがしなやかだ。市村には何一つ真似《まね》できない。市村が今の笑い方を真似したら、組の若い者は変に勘繰って、警戒して、瞬時に身を硬くするに違いない。声だってそうだ。高くもなく低くもなく、それでいて中途半端な感じは全くしない、あの絶妙な声色は出し方すら分からない。言葉選びに至っては、市村は「かしこまりました」なんて、生まれてこの方、一度も口にしたことがない。せいぜい「承知しやした」がいいところだ。

「はい、お待たせしました」

「ん、どうも」

光浦と小さく乾杯を交わし、ひと口飲む。

するとと珍しく、陣内から話を振ってきた。

「市村さん、アイマンのこと、聞きました？」

「ん？　ああ、エジプトに帰るんだろ」

「いや、そうじゃなくて」

一瞬、陣内は光浦に目を向けたが、それは「内輪の話ですみません」という「断わり」だったのだと思う。

陣内が続ける。

「アイマン、交通事故で、亡くなったって」

「えっ」

全く知らなかった。普通に驚いてしまった。

「だって……つい、一昨日《おととい》か、送別会……」

「その夜から、行方が分からなくて。警察の方も、身元調べるのに手間取ったんでしょう。今日になって、あちこちから、そんな話が」

そんな馬鹿な。

「その、事故自体は、いつだったの」

「私も、詳しくは聞いてないんですが、たぶん、送別会のあった夜……といっても、正確には翌日未明、ってことなんだと思います」

　光浦も怪訝《けげん》な顔をしてみせる。

「なに、そのアイマンさんってのは、エジプトの人なの？」

　陣内が「ええ」と頷く。

「元カリスマホストの、テルマって」

「ああ、たまにテレビとかも出てる」

「はい。彼の運転手をやってた、まだ若い青年なんですが」

「送別会のあとに、事故っちゃったの？」

「らしいんですよ」

　その夜は、一杯だけで「エポ」を出た。

　すぐ新宿署の小川《おがわ》に連絡を入れたが、彼もアイマンの事故自体は知っていたものの、どうやら事故現場は代々木《よよぎ》署の管轄らしく、詳しいことは分からないという。

　次に電話をしたのは、代々木署の組対《そたい》（組織犯罪対策係）の刑事だ。

　ヤクザの組長とマルボウ刑事は漏れなく敵対関係にあるのかというと、必ずしもそうとは限らない。

「中塚《なかつか》さん、そっちで一昨日くらいに、エジプト人の若いのが、交通事故で亡くなってるでしょう」

『は？　エジプト人？』

「そう、歌舞伎町で働いてる」

『いっちゃんよ、分かってるとは思うけど、俺は、交通課じゃねえんだぜ』

つまり、知らないということか。

「分かってますけど、じゃあちょっと、調べてもらえませんか。それで分かったら、教えてもらいたいんですよ。どういうことなのか」

『別にいいけど、でも明日でいいだろ。俺もう、ウチに帰ってきちゃってるしよ、女房がちょっと、体調崩してっからさ』

「ええ、明日でけっこうです。よろしくお願いします……夜遅くにすんませんでした。奥さん、お大事に」

中塚には、あとで堅気《かたぎ》の誰かを使って見舞いを届けさせるとして。

あとは、誰なら事情を知っているだろうか。

何度もテルマの携帯番号にかけてはいるのだが、全然出ない。奴の経営している一番大きなホストクラブを訪ね、マネージャーに「社長はどこ行った」と訊いてみても、分からないという。その足で二番目に大きい店、行きつけのキャバクラ、ガールズバーと回ってみたが、やはりいない。ネイルサロンやヘアサロン、ブックカフェなんかは、もうとっくに閉まっている。

あとはどこだ。商店会の連中が集まる居酒屋か、バッティングセンターか、サウナか──などと考えながら歩き回り、例のブックカフェの近くまできてみたら、閉め切ったシャッターの上の方、三階の窓に、白々と明かりがあるのが目に入った。

あそこか、と思った。

小走りで建物の前までいき、シャッター脇にあるドアのノブを捻ると、簡単に開いた。中はすぐに階段、三階まで上がれるようになっている。

「おーい、テルマ……いるかぁ」

どういう状況か分からないので、なるべくゆっくり、静かに上がっていくと、二階、スタッフの待機室みたいなところに、エリアマネージャーを任されている咲織《さおり》と、テルマの右腕、副社長をしている凌士《りょうじ》がいた。

上か？　という意味で市村が指差すと、二人とも、同じような困り顔をして頷く。さらに咲織は、両腕で顔を隠し、机に突っ伏すような恰好《かっこう》をしてみせた。つまり、そういう状態だということだろう。

市村は頷き、三階に上り始めた。こういうときは放っておいてやる、というのも手ではあるが、うるさいくらい関わってやる、そういう付き合い方も、場合によってはありだ。

「……おーい、邪魔するぞ」

テルマは、咲織がやってみせたのと全く同じ恰好で、部屋の中央の会議テーブルに突っ伏していた。周りには段ボールとかホワイトボードとか、メイク道具とか酒瓶とか、あとなぜかギターのケースとか――テルマと直接関係があるのかないのか、よく分からない物たちが彼を取り囲み、見守っている。分かりやすくいったら、会議室を兼ねた物置。そんな感じの部屋だ。

市村は体を横向きにし、横歩きでテルマに近づいていった。半分くらい中身の入ったビールケースとか、テニスラケットの束なんかを跨《また》いで、ようやくテルマに手が届くところまで来た。

そこにあったパイプ椅子を広げて、腰掛ける。

「いや……俺もさっき聞いて、びっくりしたぜ」

ズッ、と洟《はな》をすする音はしたが、それ以外の反応はない。

「お前んとこには、どっから連絡がきた。代々木署か」

これにも、反応なしだ。

テーブルにはアルミの灰皿があるので、禁煙ではないのだろう。

市村はポケットからタバコの包みを出し、一本銜《くわ》えた。

ここは本当に、歌舞伎町なのか。あまりに静か過ぎる。ライターが噴《ふ》き出すガスの音、それが黄色く燃える音まで、はっきりと聞き取れる。ライターのフタを閉める音が、キンと鼓膜を刺す。ひと口大きく吸い込むと、火種が赤く怒り、草を焦《こ》がす。その音まで、恥ずかしいくらいよく聞こえる。

なんの、自慢にもなりはしないが――。

市村は、他人《ひと》よりかなり多く、人の死に関わって生きてきた方だと思う。

慕っていた人、仲間、子分、実の親、兄弟、惚《ほ》れた女。病気も事故も、他殺もあった。逆に、殺す側に回ったことも数知れずある。政治家、実業家、ヤクザ、チンピラ、プロの殺し屋、ホームレス、ただのサラリーマン。

殺しに関わってきたからといって、人の命を軽く、安く見ているわけではない。むしろ逆だ。命とは尊いものだから、何物にも換《か》え難《がた》い、重たいものだから、だからこそ奪うのだ。命が軽かったら、そもそも奪う意味はない。価値がない。

アイマンは、なぜ死んだのだろう。どんな事故だったのだろう。加害者は逮捕されたのだろうか。アイマンは苦しんだのか、それとも即死だったのか。病院はどこだったのか。葬式はどうする。遺体を焼かずにエジプトまで送ることは可能なのか。エジプトの、一般的な葬儀とはどういうものなのだろう。まさか、誰でも彼でもピラミッドに葬るわけではあるまい。

テルマが、ふいに小さく咳払《せきばら》いをした。

「……あいつ、アイマン」

よく見ると、スーツの袖全体が濃く変色している。一体、どれくらい泣いたのだろう。

「ほんと、いい奴……だったんすよ」

それは、市村もよく知っている。

「ああ」

「あいつ……初日っすよ。運転手、初日……昼の二時に、俺のマンションまで、迎えにこいって、言ったのに、三十分過ぎても、一時間過ぎても、全然来ないんすよ。ヤロウ、ベンツ乗って逃げやがったかって、思ったんすけど……実は、単に道が分かんなかったってだけで。途中から、ケータイで俺がナビしながら、誘導し始めたんすけど……あいつ、看板の字は読めねえし、通りの名前も分かんないし、右も左もピンときてないみたいだったから、俺が、ライトとか、レフトとか言って。結局、着いたの三時間後っすよ。俺、もう……笑っちゃいましたよ」

少し、テルマが上半身を起こす。

「あと、ほら……俺、何人も女のとこ、行くじゃないっすか。行くのはたいてい夜遅くだし、目立つ目印も、あんまないんで……住所で言っても、あいつ分かんないし。だから、近くにあるコンビニの名前で、覚えさせたんすよ、女のマンション。ファミマとか、セブンとか、遠い方のファミマとか。それなら奴も、なんとか覚えられたんで……そんな女たちも、まあ、歌舞伎町に来るじゃないっすか。あちこちで会うわけですよ、アイマンも。

ずつは、喋《しゃべ》ったりもしてたんすかね……あるとき、俺がファミマに行け、近い方のファミマだ、って言ったら、あの野郎、変な顔するんすよ」

声にも、明るさのようなものが混じり始めている。

「なんだよって訊いたら……ダメねぇ、ファミマの女、あれはダメねぇ、よくないよ、ワルい女よ、セブンの女、あれはイイね、あっちにしなさいよ、とか、生意気なこと抜かすんすよ。フザケんな、オメェが俺の女にランク付けするんじゃねえよって、うるせーバカ、って」

思わず、市村も笑ってしまった。

「あと、あれね……ラーメン食わせてやるって、連れてったんすよ。で、実際出てきたら、チャーシューを箸《はし》で摘《つま》んで、これはなんだ、って。豚肉を煮込んだやつだって教えてやったら、うわっ、て、ゴキブリでも放り出すみたいに、俺のラーメンの中に放り込みやがって。ピチャッてスープが跳《は》ねて、何すんだオメーとか言って……でも、食い始めたんすよ、あいつ。そしたら、何これ、うまーい、うまーい、チョーうまーいって、めっちゃクチャ喜んで。こんな旨《うま》いもん食ったことないって……そろそろかなと思って、ネタバラシしたんすよ。これ、豚骨ラーメンだぜって」

だろうと、市村も思っていた。

「そしたら、ハァ？　トンコツゥ？　なんですかァ？　とか言ってっから、そのスープの出汁《だし》、豚の骨を煮込んで取ってあるんだよ、浮いてる脂も全部、豚のだよ、って教えてやったら、あいつ……残り、また食い始めたんすよ。怒って出てくとか、箸を放り投げるとか、するかと思ってたら、最後まで全部食いやがって。そんで、なんて言ったと思います……これが豚だなんて、私は知らなかった、私が知らなかったんだから、きっと神様も知らなかった、知らないで食べちゃったんだから、これはオッケーね、とか抜かしやがって……お前明らかに、途中から豚だって、知ってて食ってたろって。神様は、なんでもお見通しなんじゃねえのかよ、って」

泣《な》き腫《は》らし、目の周りは今も濡《ぬ》れているけれども、テルマらしい笑みも、そこには戻りつつあった。

「あいつ、なんつーか……やっぱ、人に好かれるんすよね。ホスト連中にも、けっこう可愛がられてて。あちこちから、アイマン店に出そうよ、アイマン貸してよって、声がかかるんすよ。ただ、キホン、酒飲めないから……酒飲まないでホストやってる奴もいますけど、でもなんか、宗教上の理由だから、ホストはマズいって言うんで、じゃあホールスタッフやらせようって、入れてみたんすよ。まあ、最初はだから、お絞り持ってったり、灰皿持ってったりするだけですよね。でももう、その時点で……」

テルマが、小さく身を屈《かが》めて笑い始める。

「あの、これも宗教上の、アレなんでしょうけど……自分のカノジョとか、奥さんとかじゃない女性には、キホン、触っちゃいけないんですって。で、お絞り持っていくじゃないっすか。普通、こうやって広げてから、どうぞって、手渡すじゃないすか。でもそんときに、相手の手を……お客さんでも、女性は女性だから、アイマンは触れないわけですよ。触んないようにも手渡せるとは思うんすけど、でも万が一、触っちゃったらアウトだから……だから、ちょっと手前から、ぽいって、投げるんですよ」

市村が「お客さんに？」と訊くと、テルマも「そう、客にお絞り、ぽいって投げるの」と笑い転げる。

「中には、何すんのよ、失礼でしょ、とか言う客もいたみたいですけど、でも周りの連中も、一応説明するわけですよ。あいつエジプト人で、イスラム教徒だから、恋人と奥さん以外の女性には指一本、触れられないんだって。説明すればね、たいてい分かってもらえるんすけど、困るのはトイレっすよね。お客さんがトイレに立ったら、一緒に行って、新しいお絞り渡すじゃないっすか。テーブルならね、ぽいって投げて、もし受け取れなくても、膝に落ちるだけですけど、トイレ前だと、床じゃないですか。それでも、アイマンは投げるわけですよ。お客さんも、驚いちゃうのもあって、まず受け取れないから……ちょっと何すんのよ、なんで投げるのよって、しょっちゅう、トイレの方から聞こえてきたって……」

テルマが、口元まで流れ落ちてきた涙を、舌先で舐《な》め取《と》る。

「こんなの俺、初めてかも……心に、ぽっかり穴が開くって、言うじゃないっすか……あるんすね、ほんとに、こういうことって。なんでだろう。それ以外の表現、できないっすわ」

散々女を泣かし、ときには騙し、裏切り、金儲《かねもう》けをしてきた男が今、行ったこともない国からきた若者の死に直面し、スーツの袖の色が変わるほど、涙を流している。

これも、歌舞伎町が持つ細胞の一つなのだと、市村は思う。

テルマは、一つ頷いてから続けた。

「夕方、代々木署に行って、遺体、確認してきました。交通事故で、顔、こんなふうになるのかなってくらい……グチャグチャっていうよりは、ボコボコって感じで。顔だけじゃ、正直、アイマンだって分からないくらいでした。まあ、アイマンだって、この死体がアイマンだって、認めたくないってのも、あったのかも、しんないっすけど……でもあいつ、右手と左手の中指の、おんなじところに、おんなじ大きさのホクロがあるんすよ。ほらこれ、フシギでしょー、ってよく見せてて。でも咲織とかが、見せてって手を出すと、ヒュッて引っ込めちゃうんすけど……そのホクロ、遺体にも、あったんすよね。だから……間違いないって、言いました」

いくつか、確かめておきたいことがある。

「その、事故の相手は、加害者は、捕まったのか」

「……みたいっすね。取調べ中だって、言ってました」

「事故現場は、正確にはどこだった」

「水道道路、らしいです」

甲州《こうしゅう》街道と平行に通っているため、よく裏道として使われる、都内のドライバーにはよく知られた道だ。住所でいったら、新宿区、渋谷区、杉並《すぎなみ》区辺りまで通っているのではないか。

テルマが頭を抱える。

「あいつ、なんであんなところ、歩いてたんだろ……奴のアパート、大久保《おおくぼ》っすよ。方向、全然違うじゃないっすか。おかしいっすよ。なんか……おかしいですって」

アイマンは、あの送別会のあとに、自宅とはかけ離れたところにいた——確かに、妙と言えば妙だ。

3

事故の内容は翌日、代々木署の中塚から詳しく教えてもらった。

市村はすぐ「今夜、全員でなくてもいいから集めてくれ」と杏奈に伝え、正確には翌々日ということになるが、歌舞伎町セブンのメンバーが「エポ」に集合した。

一番乗り、時間通りにきたのは新宿署の小川。その次が杏奈。三十分くらい遅刻したのが、掃除屋のシン。これに市村と陣内。

今夜は五人か。

「元締め、ミサキとジロウはどうした」

二人は歌舞伎町セブンの「手《て》」。いわば実行部隊だ。

杏奈が小首を傾げる。

「連絡はしたんだけど、ミサキさんが、なんの用って訊くから、正直に、分かんないって答えたら、じゃあ行かないって」

「あの野郎……学生の合コンじゃねえんだからよ」

陣内が、カウンターの向こうからメンバーの顔をひと通り見る。

店の奥から、小川、市村、杏奈、シンの順に座っている。

「何か飲む？」

「すみません、じゃあ自分は……」

注文は、小川がウーロン茶、あとの三人はビールだった。

先にウーロン茶をもらってから、小川が話し始める。

「市村さんに連絡もらってから、自分なりに、探りを入れてみたんですが」

なるほど。少しはこの坊ちゃんにも、セブンの役に立とうという意識が芽生えてきたと見える。けっこうなことだ。

「おう、何が分かった」

小川が、手元に置いていた手帳を開く。

「それが、そもそも論というか、なんというか……アイマンって、本名じゃないんですね」

それについては、市村も代々木署の中塚から聞いていたが、とりあえず頷いて先を促す。

「本名は、セフ・ムハンマド・エドフ、二十六歳だそうです。エジプトのどこ出身かまでは、分かんないですけど」

それも市村は聞いて知っているが、さして重要な情報ではない。

「うん、続けて」

「はい。事故現場は、渋谷区本町《ほんまち》一丁目五十六付近、俗に『水道道路』と呼ばれている、都道四三一号の路上、対向二車線の、新宿方面上り車線です。事故発生は、七日水曜日、午前三時半頃。加害者は足立《あだち》区在住の会社員、モリワキアツオ、四十四歳。車両は黒色のスバル、ステラ……ワゴンタイプの軽自動車です。モリワキの供述によりますと、被害者、セフ・ムハンマド……つまりアイマンは、新宿方面に向かって、つまり車の進行方向と同じ向きに歩いていたそうです。ちゃんと、歩道の上を。それが急に、ちょうどガードレールがないところだったので、そこから、フラッと車道に出てきて、どんっ……後ろからというよりは、よろけて、前のめりになったアイマンの上半身右側が、車両のフロント部分に激突した恰好です。モリワキも、アッと思ってブレーキを掛けたものの間に合わず、アイマンは七メートルほど撥《は》ね飛ばされ、路上に倒れた。よく見えなかったけれど、もしかしたらガードレールとか、縁石とかにも当たったのかもしれない、と供述しています。また、アイマンは現金も携帯電話も所持していませんでした。持っていたのは自宅のものであろう鍵と、空っぽの財布、あとは血だらけのバンダナだけ……でした」

全部、中塚から聞いたのと同じだ。あのビデオカメラも、テルマが渡したはずの旅費も、アイマンは持っていなかったわけだ。

小川が続ける。

「ただし、ですね……のちの捜査で、一つ不可解な情報が上がってきています。実はアイマン、事故に遭《あ》う直前、おそらく二分とか三分前に、近所の住人に道を尋ねているんです。その証言をしたのは、ノダマサチカ、三十歳、会社員。ノダは近所のコンビニに行くところで、フラフラと歩いてくるアイマンとすれ違いそうになった……ここ、すごく重要で。アイマンはそのとき和泉《いずみ》方面、つまり環七《かんなな》に向かって、新宿から離れる方向に歩いていたんです。そのアイマンが、ノダに声をかけた。歌舞伎町はどっちですか、と訊いたというんです。ノダが、あっち、と反対方面を指差すと、アイマンは頭を下げ、ありがとうございましたと言って、反対向きになった……ただ、アイマンの足取りはフラフラで、当然歩きは遅いし、顔もなんか、黒っぽく汚れていたので、気味が悪くなって、ノダはすぐさま道を渡って、並行する恰好で、アイマンを追い抜いてコンビニに向かった。で、コンビニから出てきたら、交通事故が起きていたと」

そこも、中塚から聞いた話と全く同じだった。ひょっとしたら、小川が情報をとった相手も中塚なのではないかというくらい、違う話が出てこない。

「ただ、ノダはまさか、自分に道を訊いた男が事故に遭ったなんて思わないので、そのときはそのまま家に帰ってしまった。しかし同日、七日の夜、会社から帰ってきて、行きつけのラーメン屋で夕飯を食べていると、店員と、未明の事故の話になった。外国人が撥ねられて死んだらしい、と聞くと、ようやく、自分に道を訊いたあの男が事故に遭ったのかも、と思い至った。店員とも話し、それは警察に知らせた方がいい、ということになって、代々木署に連絡を入れ、事情を話したと、いうことらしいです」

途中から小川も、市村の反応には違和感を覚えていたようだ。

怪訝そうにこっちを見る。

「あの、市村さん。何か、ご不満でも?」

「いや、不満とか、そういうんでは……ない」

「自分としては、けっこう詳しく、調べてきたつもりなんですけど」

言いながら、市村に手帳を向ける。確かに、ページにはびっしりと情報が書き込んである。

「ああ、そう、ね……ご苦労さん」

「いやちょっと、市村さん、ご苦労さんって、それはないんじゃないですか。これ別に、仕事でもなんでもないですよね？　アイマンって、みなさんの知り合いが他所《よそ》の管轄で事故死したから、詳しく知りたいって、それだけの話ですよね？」

全くもって、その通りだ。

「うん、それは、まさにそうなんだが……いや、実は今の話、俺もほとんど同じ内容を、代々木署のマルボウから聞いてるんだわ」

小川が「えー」と、それこそ不満顔で仰《の》け反《ぞ》る。

「それじゃ自分、まるっきり骨折り損じゃないですか」

「いやいや、そんなこたぁない。複数のルートから情報をとって、矛盾点がないかどうかを確かめるのは、むしろ重要なことだぜ。なあ、元締め」

杏奈が、小さく二度頷く。

「そうだよ。小川くんの情報、全然骨折り損じゃない。直接詳細が聞けて、却《かえ》ってあたしたちは助かった。ありがとう」

小川は、たぶん杏奈に惚れている。礼を言われれば、悪い気はしまい。

「ああ、いえ……お役に立てて、よかったです」

ずっと黙っていた陣内が、カウンターの手元、氷の入ったグラスを手に取る。入っているのは水か、焼酎か。

「っていうことは……アイマンは、事故に遭う前に、すでにかなりのダメージを負っていた、ってことになるよな」

市村は頷いてみせた。

「そうなんだよ。歩くのもままならねえ、方角も分からねえ状態で、アイマンは水道道路をさ迷っていた。それも、日本に来たばかりの外人じゃねえ。二年か、もう三年か、それくらいはテルマの運転手をやってた男だ。水道道路がどこと繋《つな》がってて、どっちにいけば歌舞伎町に帰れるかなんて、近所の住人に訊かなくたって分かったはずだ。ところが、事故に遭う前のアイマンは、訊かなきゃ分からなくなっていた……俺には、事故より少し前に、頭がパーになっちまうような何かが、アイマンにあったように思えてならねえんだがな。しかもそれは、無一文になっちまうような何か、でもある」

杏奈が肘をつき、組んだ両手を口の前に持っていく。

「アイマンはそんな状態でも、歌舞伎町に帰ろうとしてた……」

そこは一つ、大きな疑問点だった。

「テルマも不思議がってたんだが、なんでアイマンは、水道道路なんかを歩いてたんだろう。奴が住んでたのは大久保だ。距離にして四、五キロはある。なんの目的もなく足を運ぶ場所でもねえ」

さっきから気になってはいたのだが、話が始まってからここまで、ひとっ言も喋らず、誰とも目を合わせず、心ここにあらずという顔をしている奴が、一人だけいる。

「おい、掃除屋」

シンが、ピクッと五センチほど姿勢を正す。

「えっ……なんすか、急に」

「オメェ、話聞いてんのか」

「聞いてます。ちゃんと、聞いてますよ」

このずんぐりむっくりの「とっちゃん坊や」は最近、何を思ったのか髪を金髪に染め、ヒゲまで生やし始めた。表の仕事はともかく、裏の仕事は犯罪の痕跡《こんせき》を消す「特殊清掃」と死体処理なのだから、あまり目立つ恰好はしない方がいいと思うのだが。

「シン。オメェ、なんか知ってんだろ」

「えっ……」

しかも、意外と嘘《うそ》のつけない素直な性格をしている。この手の商売をしているのだから口は堅いのだろうが、実質、態度に出てしまっては意味がない。

今、明らかにシンは心当たりがある顔をした。

「おい、俺たちに隠し事したら、碌《ろく》なことにならねえぞ」

「いや、別に隠し事とか、そういうアレは、ないですけど」

「けど、なんだ。もう洗いざらい、そのちっちゃな肝っ玉にしまい込んでるもの、全部吐き出しちまえ」

「っていうか……そもそも、なんで僕は、ここに呼ばれてるんですかね」

杏奈が間にいるので無茶はしないが、隣に座っていたら、首根っこを摑んで引き倒しているところだ。

「なんでもクソも、オメェはもうここのメンバーなんだよ。四の五の抜かしてっと、テメェでテメェの死体処理することになるぞ」

シンが、分かりやすく泣き顔をする。

「なんですか、それ……」

「いいから、なんか知ってんだろ。さっさと吐けよ。じゃねえと、今からあのメスゴリラ連れてくるぞ」

メスゴリラとは、もちろんミサキのことだ。シンはああいう、力で捩じ伏せるタイプの人間を苦手としている。だから裏社会から足を抜くことができず、死体処理なんていう汚れ仕事をダラダラと続けざるを得なくなる。

もうひと押し、市村が「おい」と凄むと、ようやくシンは話し始めた。

「いやぁ……どうなんすかね、分かんないんですけど……ちなみに、そのアイマンって人は、事故に遭った日、どんな服着てました？」

さて、何を着ていただろう。

それには杏奈が答えた。

「ニット。白地に、横線が入ってる……真っ直《ます》ぐじゃなくて、ギザギザに波打った感じの、臙脂《えんじ》っぽい線が入ってるニットに、ジーパンだったと思う」

確かに、そんな恰好をしていた記憶はある。

シンが眉《まゆ》をひそめ、短い腕を組む。

「そうですか。そういうこと、なのかなぁ……」

あちこちで裏仕事を引き受けている関係上、言いづらいことがあるのは理解できる。しかし、ここは正直に喋ってもらわなければ困る。

「じれってえな、この野郎。さっさと」

「わ、分かりました。言います、言います。あのですね……市村さんは、ミキモトって若いの、知ってます？　ミキモトジュンヤ」

「いや、知らねえな」

「じゃあ、ハシバは。ハシバ、カツユキ」

聞いたことは、あるような気もする。

「それがどうした。ミキモトってのと、ハシバがなんだ」

「二人とも、まあ、いわゆる半グレなんですが、ミキモトってのが、ハシバの後輩なんです。その、アイマンって彼の事故があったのが、七日の午前三時なんですよね。ってことは、姿が見えなくなったのは六日の夜と考えて、間違いないですか」

「その通りだ」

「じゃ、やっぱりそうなのかな……実は僕、ミキモトは前から知ってるんですけど、奴が、大久保通りをちょっと入ったところで、いま伺《うかが》ったような恰好の男をワゴン車に押し込むの、見ちゃったんですよね。六日の夜に」

おいおい。

「この野郎、なんでもっと早くそれを言わねえんだ」

「そんな無茶な。僕だっていろいろ、伺ってるうちに繋がってきて、そうかなって思ったから、今お話ししてるんじゃないですか」

「嘘つけ。俺が喋れって言ったから喋ってるだけじゃねえか」

「それも、あるっちゃ、ありますけど……」

市村は小川に向き直った。

「この話、代々木署に持ってってたら、事件にできるか」

だが小川が答えるより早く、シンが背後で「ダメダメ」と遮《さえぎ》る。

「僕、そんなの証言できませんからね」

一々面倒臭い野郎だ。

「なんでだよ。見たんだろうが、アイマンが拉致《らち》されるところを」

シンの顔は、妙に必死だ。

「確かに、僕は見たのかもしれませんけど、でも、僕もそのとき、死体処理の真っ最中だったんで。あんまり臭いがこもらないうちに、空気を入れ換えようと思って、窓を開けたときだったんで。仮に警察に行って証言したとしても、じゃああんたはどこにいたの、何してたのって訊かれたら、答えられないんですよ」

確かに。それはまあ、答えられんな。

それでも、橋場勝之《はしばかつゆき》と三木本淳也《みきもとじゅんや》という名前が出てきたのは大きな収穫だった。

橋場勝之については、市村もあとから思い出した。三十歳くらいの、どこの組織に属するでもないチンピラ、あるいは半グレ、要は不良高校生がそのまま大人になったような半端者らしい。

しかし、誰からその名前を聞いたのだったか。

関根組の下の者からか。いや、もっと違う筋からだったと思う。飲食店関係者か。あるいはテルマ自身ということも——それはないか。テルマではなかったと思う。

杏奈にも訊いてみたが、知らないと言っていた。小川は、そもそも畑違いなので仕方ないが、やはり知らないと言っていた。陣内も、知らないという。

翌日、スロットをやっているミサキを発見したが、

「そんなの、あたしが知るわけないだろ。いいから、どっか行けよ、気が散るんだよ……話はキホン、まとまってからあたしんところに持ってきてくれ。途中のゴチャゴチャは面倒だから聞きたくない」

メスゴリラには訊くだけ無駄だった。

アジトにいたジロウにも訊いたが、答えは似たり寄ったりだった。

「知らない。そんなに、付き合いも顔も広くない」

あとは誰だ。誰なら知っている。

半日くらい考え続けて、記憶を捏《こ》ねくり回していたら、ようやく思い出した。伊尾木《いおき》だ。大和《やまと》会系由栄《ゆうえい》会の若頭、伊尾木忠孝《ただたか》。あいつから聞いたのだ。そうだ、間違いない。

伊尾木は、けっこうな物好きだ。ちょっと変わった若者を見ると、飲みに誘って遊ばせて、面白いと思ったらそのまま組に入れて面倒を見る。物好きというよりは世話好き、あるいは、ただのお節介というべきか。

早速電話をしてみた。

『……もしもし』

「もしもし、市村です。ご無沙汰してます」

伊尾木の歳は市村より七つか八つ下だが、組も系列も違うので、礼を欠く言葉遣いはできない。

それは、伊尾木も同じだろうが。

『こちらこそ、ご無沙汰してます。どうしたんですか、市村さんからかけてくるなんて、珍しいじゃないですか』

「うん、ちょっと、お訊きしたいことがありましてね。少し、時間とってもらえませんかね。喫茶店でもどこでもいいんで」

『今日ですか』

「ええ、なるべく早い方が、こちらは助かるんですが」

『すみません、今日は、ちょっと難しいです。私いま、地方にいるんですよ。ちょっとしたトラブル処理で』

それは困った。

「そうでしたか。じゃあ、今もマズいですか」

『いや、むしろ今なら大丈夫ですよ。電話でできる話なら、ですけどね』

市村も、今は車中で一人だ。運転手は、タバコを買いにいかせているのでここにはいない。

「じゃあ、手っ取り早く伺いますがね。前に伊尾木さん、私に、橋場って若いのの話、してくれましたよね」

どういう心境なのかは分からないが、ファッ、と向こうの送話口に息が掛かるのは聞こえた。

『橋場、ああ、橋場勝之ね。ええ、したかもしれませんね……まあ、私もそんなに、深いアレじゃありませんけど』

「伊尾木さんのところで、面倒見ているわけでは」

『ないです。それは、今も以前も、ないです』

「三木本ってのは」

『それは、橋場の舎弟《しゃてい》ですね。いや、連中は、そんな言葉は使いませんけど、分かりやすく言ったら、そういうことです』

伊尾木の言葉には、何かこう、変に突き放すようなニュアンスがある。

「どんな男って、仰《おっしゃ》ってましたっけ、橋場勝之ってのは」

返答には、少し間があった。

『どんな、ですか……どう言ったらいいんですかね。そのとき私が、どう申し上げたかは忘れましたが、要は、キョウケンみたいなと、いうのが一番近いと思いますよ。狂犬病の「狂犬」です』

なるほど。

「まるでコントロールが利かないと」

『それもそうですし、暴力がね、見境も損得勘定もなしなんですよ。ウチの若いのも一人、えらい目に遭わされましてね。詫《わ》びは入れさせましたが、全く応えないんですね、ああいう手合いは。他所で似たようなことを、平気で繰り返してる……一瞬、ほんの一瞬ですよ、私も、使ってみようかとは思いましたけど、でも、あれは駄目ですわ。ちょっと、常軌を逸してる』

まだ、喉元《のどもと》に閊《つか》えているものがありそうだった。

「たとえば、どんなことですか」

また少し、間が空いた。

『んん……まあ、単なる噂話と、思って聞いて、いただきたいんですがね』

他言は無用、と。

「ええ、参考までに、お聞かせください」

『その、どっかね……そんなに新宿から遠くない場所に、部屋を持ってるらしいんですよ、橋場が……奴らは「リンチ部屋」って呼んでました。どういう基準で相手を選んでるのかは知りませんが、そこに男を連れ込んで、再起不能になるまで殴りつける。それが、奴の趣味なんです。特に、外国人が好きみたいですね。黒人とか、白人とか、態度のデカい奴を殴ると、スッキリするって……あれ、ちょっと喋り過ぎましたかね。ほんと、ここだけの噂話ってことで、ご勘弁ください』

勘弁も何も、実に貴重な情報だった。

4

今日は高円寺《こうえんじ》の、行きつけのバーに来た。

「おお、淳也クン、いらっしゃい」

「ちぃす。お久し振りっす」

カウンターだけの小さな店だけど、壁にはウイスキーとかビールとかのネオン看板がたくさん掛かってて、ＢＧＭにはずっとラウドなロックが爆音でかかってる、俺はこの店が大好きだった。店長のケニーさんは、両腕にメチャメチャ恰好いいブラックワーク系のタトゥーを入れている、お洒落なオッサンだ。

「なに飲む」

「とりあえず、コロナちょうだい」

俺は、そんなに強い酒は飲めないので、たいていはコロナとか、スミノフアイスみたいな、軽めの瓶入りビールやカクテルを頼む。

「ねえ、ケニーさん。『Sigh』って、ヨーロッパで活動してるデス系のバンド、メンバー全員日本人だって知ってた？」

「それ、話は聞いたことある。音はまだ聴いたことないんだけど、けっこう人気あるらしいよな」

ケニーさんとは、こういう音楽とか、ホラー映画の話でよく盛り上がる。ここは、俺がシバさんのことを忘れて、普通に楽しい気分になれる、貴重な場所だ。

だから、まさかここでシバさんの知り合いと出くわすなんて、思ってもみなかった。

最初は、あとから入ってきたその女が、なんで俺のことをじっと見ているのか分からなかった。むしろ、俺に気があんのか、くらいに思っていた。

するると、向こうから声をかけてきた。

「……ねえ、君、誰だっけ」

そんな訊き方があるか、とは思ったけど、けっこう歳もいってるみたいに見えたけど、でもケバい化粧と吊り上がった目は俺好みだったし、見た感じ胸もデカそうだったから、話に乗ってみた。

「どっかで、会ったことありましたっけ」

「名前、訊いてもいい？」

「淳也っす」

「なに、ジュンヤ？」

「三木本、淳也っす」

おネエさんの名前は？と訊き返そうとしたけど、その前に「あっ」とか大きな声出されたんで、訊きそびれてしまった。

「分かった、あれだ、橋場と一緒にいた子だ」

シバさんを名字で呼び捨てにするなんて、女とはいえけっこうな怖いもの知らずだ。

「シバさんの、お知り合いっすか」

「うん。昔ね、いろいろあったんだわ」

「お名前、教えてもらっていいっすか」

「キョウコ……でも、分かるかな。あいつも覚えてっか分かんないな。けっこう昔のことだし」

そうはいっても、俺がシバさんと出会ったのが十七のとき。いま二十七だから、ここ十年間の話なのは間違いない。「けっこう昔」というほどではないと思う。

女、キョウコがこっちを指差す。

「なに、一人？」

「ええ、まあ」

「そっち行っていい？」

「ああ、いいっすよ」

それまで三つ離れたところに座っていたキョウコが、グラスとタバコを持って、こっちに寄ってくる。彼女が頼んだのは、確かテキーラ・サンライズだったと思う。

レザーのホットパンツから覗く太腿が、ムッチリしていて妙にエロい。デニムのブルゾンの下は、白系のプリントTシャツ。見れば見るほど、いい体をしている。

「じゃ、カンパーイ」

「ああ、乾杯」

しかも、ノリが異様に軽い。こりゃ姦《や》れるな。正直、初めはそう思っていた。

でも、

「橋場、今どんな感じ?」

その名前を出されると、はっきり言って、こっちは萎《な》える。

「……どんなって、何がっすか」

「まだ、コレやってんの」

キョウコがしたのは、手をグーにして、手首を曲げて、くいくいっと——要するに「招き猫」のポーズだ。だからって、シバさんが招き猫なわけがない。意味するところは、当然「喧嘩」だろう。

「ああ、メチャメチャ現役っすよ」

「マジで。バッカだなぁ、相変わらず」

そんなことシバさんの目の前で言ったら、いくら女でも無事では済まないと思う。

キョウコは続けた。

「あいつさ、粋《いき》がってるわりに……知ってる？　えっれーチンポ小せえし、イクの早《はえ》えし、セックスど下手だからね。あれじゃないの、あれからもう何年も経ってっから、今はもうインポで勃《た》たねえんじゃねえの」

そこまで言われると、俺もさすがに腹が立った。

「それは、ないっしょ……まだ三十、いや三十一かな」

「関係ねえ関係ねえ。粗チンは粗チンだって」

かと思うと、いきなりこっちに体を寄せてくる。

「ねえ、最近の橋場の写真とか、ないの」

胸が、俺の左肘辺りに、むにっと当たっている。パッドとかではない、本物の感触だ。

これは、マジでデカそうだ。

「……ある、けど」

「見して見して」

仕方なく携帯をポケットから出し、でもそのままは見せられないので、まだあまり血塗れではないシバさんを選んで、相手が画面から消えるようにシバさんだけを拡大して、キョウコに向けた。

「最近は、こんな感じじっすけど」

俺としては、タトゥーもいい感じに写っている、かなり恰好いいシバさんを選んだつもりだった。自分でもよく分からない感情だったけど、とにかく、シバさんを馬鹿にされるのは我慢ならなかった。キョウコと姦りたい気持ちはあったけど、シバさんのことは恰好いいと言わせたかった。凄いと思わせたかった。俺自身はシバさんのこと——好きではないというか、はっきりいって嫌いだけど、でも、気持ちはそうだった。

「……へえ」

キョウコは、ちょっと感心したような顔をした。

それで俺も、一瞬、油断してしまった。

キョウコが、俺の手から携帯電話を引き抜く。

「ちょっと」

「いいじゃん、いいじゃん」

キョウコは勝手に弄《いじ》って、画像を縮小してしまった。

シバさんの左に写っていた、顔面が血だらけの、南米系の男が画面に入ってくる。

「ちょっと、やめろって」

「大丈夫大丈夫、全部分かってっから」

「何が、いいから返せって」

なんだこの女、けっこう力が強い。意外と取り返せない。

「マジでヤベェから、返せって」

「落ち着け、ボウズ」

スッ、と股間に、冷たいものを浴びせられた気がした。

なんだ、今の声――。

っていうかこの女、何者だ。

携帯を握ったまま、キョウコが俺に顔を寄せてくる。近い。化粧のそれに交じった、肌の匂いまで分かるほど、近い。あと二センチで、キスだってできる。オレンジの香りのする息が、ふわりと鼻先に漂う。こんなにBGMがうるさいのに、紅《あか》い唇を舐める、その濡れた舌の音は聞こえる。

「あたしが……こんなことを、サツにタレ込む女に見えるか？」

「見えない、けど」

キョウコが体を離す。俺の携帯は没収されたままだ。

「だろ……でもさ、正直、橋場なんて全然だよ。今のあたしの男の方が、確実に百倍は強いね。ジェドンっていうんだけど、知らない？　聞いたことない？　なんだったら、勝負させてみようか」

何を言ってるんだ、この女は。

「そんな、やめとけって。シバさん、マジで強《つえ》えから。ここ数年、どんどん強くなってってっから」

「どうだかね。どうせ粗チンのインポ野郎だろ」

「あんたよ、ちったぁ口の利き方に気をつけろよ」

するとまた、グッと顔を近づけてくる。

「なんだよ、ボウズ……あたしが橋場をなんて言おうが自由だろ。文句があんなら言ってみなよ。インポの舎弟が利いたふうな口利くなって。それより、動画はねえのかよ」

俺も、なんとか携帯を取り返そうとはしたけど、無理だった。ケニーさんは、ただじゃれ合ってるだけだと思ってるのか、ニヤニヤしながら黙って見ている。

「ほんと、返せって」

「動画、動画見して」

「なあ、マジで」

「あんだろ……あるんでしょ？　ほんとうは」

空いてる方の手を、ズズッと俺の股間に押し込んでくる。

「見せてくれたら、ちゃんと……お礼はするから」

なんなんだよ。無茶苦茶だけど、この女、すげー色っぽい。

＊

市村は、近くのコインパーキングに駐めた車の中で、大笑いしてしまった。隣には杏奈。二人で後部座席に身をひそめている。

杏奈は、それでもなんとか笑いを堪《こら》えようとしていた。

「……お礼って、何するんですかね」

「な。まさか、粗チンの舎弟のショボチンを、ズポズポしゃぶってやるつもりなんじゃねえだろうな」

「市村さん、下品」

「いやぁ、あのメスゴリラには敵わねえよ」

ミサキの体に仕掛けてあるのは隠しマイクのみなので、市村たちも、逐一状況が把握できるわけではない。またミサキの動作が大きいからか、あるいはマイクの取付け方が悪かったのか、ときどき物凄い衣擦《きぬず》れのノイズが入る。それで全く聞き取れなかった部分もあるので、詳細はのちほど、ミサキから直接聞こうと思う。

「これなぁ、映像で見たかったなぁ」

「っていうか市村さん、メスゴリラはひどいですよ。ミサキさん、そんなにブスじゃないです。むしろ、けっこう美人な方です」

「あんなの、バリバリ整形じゃねえか。元がどんな顔だったかなんて、分かったもんじゃねえって」

「確かに、ちょっと鼻とか……でも、バリバリってほどじゃないです。自然な方ですよ、整形としては」

「まあ、元死刑囚だからな……って表現も、よく考えたら微妙だよな。ニュースでいう『元死刑囚』って、たいてい死んだ奴のことだもんな」

「確かに」

そんなことを言っているうちに、ミサキが現場から引き揚げてきた。最後の会話から、三木本淳也はまだ店に残っているものと思われるが、奴も多少は頭を働かせて、ミサキを尾行しようと考える可能性もないとは言いきれない。その点はミサキも充分承知しているので、辺りをしばらく歩き回って、尾行がないことを確かめてから車に乗り込んできた。

「……ただいま」

「おう、お疲れ」

「お疲れさまでした」

帰りの都合を考えて、市村が運転席に移動した。

後部座席に残った杏奈が、ミサキのTシャツの中に手を入れ、隠しマイクを丁寧にはずす。受信機のボリュームはもう絞ってあるので、さっきまでのようなノイズはない。

「イテ、イテ、イテ」

「もうちょっとです。我慢してください」

こんなメスゴリラでも、肌に貼りつけたガムテープを剝がされるのは痛いのかと思うと、ちょっと可笑しい。

それはさて措《お》き、成果を確認しておこうか。

「……で、奴の携帯には、何が入ってた」

ミサキが、ずり上がったTシャツの裾を直しながらルームミラーに目を向ける。

「ばっちり映ってたよ。最初に見た写真は違う男だったけど、動画に残ってた。間違いなく、アイマンはあいつらにやられたんだ。ボッコボコにね。見るも無残な様だったよ。あれじゃ……歌舞伎町がどっちか分かんなくなっても、無理ねえって」

杏奈が訊く。

「関係者は、橋場と三木本だけでしたか」

「いや、他にもいたね。もう一人か二人は確実にいた。こう、カメラを動かしたときに映ってた」

「あと、途中よく分かんなかったんですけど、なんであの連中は、そんなことやってるんですか」

ミサキが、フン、と口を捩じ曲げる。

「分かりやすく言ったら、支配するためだろうね。あの手の、暴走族とか不良上がりの連中は、仲間だの後輩だのっていっても、最初は敵対してて、一度は本気でぶつかり合ってるケースが多い。それで配下に収めて、その後は仲間になるわけだけど、そもそも暴力で繋ぎ止めてるだけだから、効き目っていうか、そういう記憶みたいなのは薄れていく。だからって、そのたびに半殺しにしてたら、いくら仲間だって逃げてくだろうし、寝首を掻《か》かれる可能性だって出てくる。だから……生贄《いけにえ》が必要だったんだろ。奴の、三木本の態度を見てたら分かるよ。奴は橋場を憎んでる。憎んでるのに、否定できない。そりゃそうだよな。橋場の暴力に屈して、パシリさせられてんだから。橋場を否定しちまったら、自分はそのもっともっと下ってことになっちまう。それは嫌なんだよ。惨め過ぎるんだ。だから、橋場さんすげー、ってスタンスを崩せない。簡単に言ったら、そういう構図だろうな」

支配の構図はヤクザも似たようなものだが、ヤクザには「シノギ」という、いわば経済力がある。暴力を金に変換する仕組みがある。シノギが上がっているうちは、手下も裏切らない。そこは、大きく違うかもしれない。

市村からも訊いておく。

「キョウコのカレシを橋場にぶつける話は、どうなった」

「連絡先聞いといたから、こっちからアプローチするよ。三木本は、必ず乗ってくる。あそこまで橋場を馬鹿にされたら、三木本は黙っていられない。あたしと、あたしの男を、必ず潰しにくる……とはいっても、実際にやるのは橋場なんだけどね。なんか……笑っちまうよ」

笑っちまう、と言えば。

「しかしお前、なかなかの演技力だったな」

うんうん、と杏奈も頷く。

「声だけだけど、けっこうセクシーオーラ、出てましたよ。映像で見られたら、なおよかったんですけど」

ミサキも、満更《まんざら》ではない様子だ。

「だろう……なんか、あたしも自信持っちゃったよ。こういう役回り、悪くないかも。もう、明らかに三木本はチンポ勃ててんだよ。膨《ふく》らんでんの、股間が。実際、さわさわって撫《な》でてやったら、ぐぐぐって……こう、こっちがさ、オッパイ押しつけたりすると、目が、完全にあたしの体に釘《くぎ》づけなわけよ。覗こうとするわけ、胸の谷間を。ありゃ、完全に狙ってるね。あたしの男は橋場に任せて、あたしのことは、自分で頂いちゃおうとか思ってるね、あいつ」

さすがに、そこまでではないだろう。

＊＊

淳也から電話があった。

『あ、シバさんすか』

「ああ」

『いい獲物見つけたんすけど、どうっすか、近々』

「ああ。どんなの」

『それよりシバさん、キョウコって女の人、覚えてますか』

キョウコ。さて。

「いくつくらい」

『シバさんと同じか、ひょっとしたら、ちょい上くらいっすかね』

「いや、覚えてねえけど。それが何」

『そのキョウコって女が、なんか、すげーシバさんのこと、馬鹿にしてくるんすよ。そんで、あたしのカレシの方が強えとか言って。名前が……なんつってたか忘れましたけど、外人の名前でした。韓国かな……でもなんか、そんな感じで。マジでムカつくんで、シメた方がいいっすよ。その女も、男も』

我が物顔で日本の繁華街を歩き回る外国人は、確かに全員ぶちのめしてやりたくなるが、とはいえ「キョウコ」という名前で思い出せる顔はない。

「なに、その女は、俺がなんだっていうの」

『なんか、前に姦ったことある的な』

「名字は」

『聞いてないっす』

相変わらず使えない男だ。

「背は」

『まあ、普通でしたね……百六十、ちょいか、そんくらい』

「痩《や》せてたか」

『スタイルは、メチャよかったっすよ。胸デケーし、脚もなんか、いい感じでした』

個人的に、胸の大きな女はあまり好きではない。かといって、そういう女とは絶対に寝ないかというと、そうとも言いきれない。

「分かった……連絡、つくのか」

『はい。電話番号、聞きました』

「上手いこと、連れてこれんのか」

『大丈夫っす。いつも通り、やります。慣れたもんっす』

「女はどうする」

『みんなで輪姦《まわ》して、ビデオでも撮っとけば問題ないっしょ』

まあ、こいつはそういう奴だ。

5

翌日、テルマを呼び出した。

待ち合わせは午後三時。新宿中央公園前の、歩道橋の上。

テルマは黒のスーツ、ワイシャツに黒のネクタイ。まるで葬式帰りのような恰好で現われた。

「……お疲れさまっす」

市村は頷いてみせ、自分からも一歩距離を詰めた。

「警察から、何か言ってきたか」

屋外、特に歩道橋の上というのは、意外と密談に適している。騒音が会話を覆い隠してくれる上に、周りに壁がないので声が全く反響しない。誰かに聞かれる心配は、盗聴器でもない限りゼロに等しい。

テルマも、こっちは見ない。欄干《らんかん》に肘をつき、足下《そっか》を流れていく雑多な車列を、ぼんやりと見下ろしている。

「いえ。何も」

「なんか、新しい情報とか、あったか」

「それも、特に」

中塚に訊いても小川に問い合わせても、答えは似たようなものだった。代々木署は、アイマンの件を普通の交通事故として処理し、終わりにするつもりらしい。

念のため、もう一度周囲を確認する。右側は公園の広大な緑地、左側は高層ビル群。歩道橋上に他の通行人はいない。東京都庁もすぐ近くに見える場所だが、人通りはさほど多くない。

そう。都庁の庁舎は確かに立派な建物だが、市村はあれが、あまり好きではない。なんとなく、足腰の弱いキリンのように見えてしまう。上にばかり首を伸ばしていて、足元が疎《おろそ》かになっているというか。まあ、それは今どうでもいいか。

そろそろ本題に入ろう。

「テルマ。これは、あくまでも仮の話だが、仮に……アイマンが事故に遭う前に、前後不覚になるほど、誰かにボコられていたとしたら、それが事故の引き金になっていたとしたら……お前、どうする」

テルマが、尖《とが》った目でこっちを見る。

「なんすかそれ」

「だから、仮の話だって言ってるだろ。アイマンは轢《ひ》かれる数分前に、通りすがりの通行人に道を尋ねている。歌舞伎町はどっちですか、ってな」

一往復、テルマがかぶりを振る。

「んな馬鹿な。だってあそこら辺、あいつは車でよく……」

「通っていたから知っているはず、なのに、それを通行人に訊かなきゃならないほど、あの夜のアイマンは、普段のアイマンではなくなっていた……としたら、どうかねって話だよ」

テルマが、ギュッと音がするほど眉間《みけん》に力をこめる。

「そんなこと、した野郎がいたとしたら……俺は、集められるだけ人間集めて、仕返しにいきますよ。アイマンの弔《とむら》い合戦《がっせん》っす。決まってんじゃないっすか」

この男なら、そう言うだろう。

「ところが、お前にそれはできねえんだ。どうやったってできねえ。それは決まってんだ。じゃあ、自分でできないときは、どうする。そういう場合、普通はどうする」

テルマの眉間から、すっ、と力みが消える。

どうやら、何かに思い当たったようだった。

「自分で、できないときは、ですか……そっすね。金でも払って、人に、頼むしかないでしょうね」

だいぶ、話が合ってきたようだ。

「たとえば、誰に頼む」

「まあ、たとえば……歌舞伎町の裏の裏まで知り尽くしてる、どっかの、お節介な組長さんにでも、お願いしましょうかね」

言いながら、テルマが懐《ふところ》に手を入れる。

「まあ、これもたとえばの話ですが……香典代わりに、アイマンのために使おうと思って用意した金が、あるとするじゃないですか」

テルマの内ポケットから出てきたのは、細長い茶封筒だ。決して白い香典袋ではない。見た感じ、厚みは一センチくらいある。

「まあ、あるとするわな」

「そう、あるとして、これを、これでお願いしますって……押っつけるわけですよ。誰かさんに」

それ自体が憎悪の対象であるかのように、テルマが力強く、茶封筒を市村の胸に押しつけてくる。ちゃんと踏ん張っていないと、後ろによろけてしまいそうだ。

「じゃあ、それを仮に、承知したと、受け取ったとしよう」

市村が茶封筒を摑むと、テルマは力を弛め、それから手を離した。

「……うん、受け取ってもらったとして」

「じゃあその金で、全てにケジメがついたとしよう。そうなったらお前、どうしたい。昨日と何も変わらない、でもケジメはついたという、その日を迎えて、お前だったら、何を望む。どうしてもらいたい」

口を半開きにしているので、テルマが、固く歯を喰い縛《しば》っているのは見える。分かる。でも、目にはまるで力がない。ここではないどこかを、テルマは見ている。

その、どこを見ているのか分からない両目から、静かに、流れ落ちるものがある。

「そっすね……そしたら、豚骨ラーメンの一杯でも、奢《おご》ってもらえたら、嬉《うれ》しいっすかね」

「なるほど」

よく分かった。

この始末、歌舞伎町セブンが、間違いなく引き受けた。

＊

二十歳《はたち》やそこらならともかく、今頃になって、わざわざシバさんに喧嘩を吹っ掛けてくる奴が現われるとは思っていなかった。ここ数年は、イケ好かない外人を見つけたら因縁《いんねん》つけて、車に引きずり込むか、それが難しそうな相手だったら、いい儲け話があるとか女がいるとか、適当なことを言って誘い込む。ずっとそういうパターンだった。

しかも、今回は女も同伴ときた。新宿の待ち合わせ場所に車を停めると、二人揃って後部座席に乗り込んできた。

前回同様、キョウコのノリは異様に軽い。

「淳也クン、この車、別に禁煙じゃないっしょ」

「ああ、いいっすよ、その灰皿使って」

一方、ジェドンといったか、カレシの方は重苦しいほどに暗い。最初に見たときは、その体のデカさにビビッた。背は確実に百八十センチ以上ある。胸の厚みも半端ない。見た感じは、間違いなく強そうだった。ただ、シバさんのポリシーは「喧嘩はタッパじゃねえ」だから、むしろ好都合といえた。

誰にとっての好都合か。それはむろん、俺にとってだ。

もしこの男がシバさんをボッコボコにしてくれるなら、それはそれでかまわない。こんな馬鹿げた「地下プロレス」ごっこが終わりになるなら、俺としては最大級にウェルカムだ。

キョウコが、運転席まで白く霞《かす》むほど盛大に煙を吐く。

「そういやさ、この前見せてもらった動画」

「ああ、はい」

「あの外国人」

「はい。それが何か」

「ちょっと前に、水道道路で交通事故に遭った奴に似てるんだけど」

「ああ、そっすよ。あの男、直後に車に轢かれて、死にましたよ」

また盛大に、煙がこっちに押し寄せてくる。

「……それ、知ってたんだ」

「知ってたって、事故のことっすか」

「うん」

「知ってましたよ。だって見てましたもん」

「そうなんだ」

所持金全額と、大事そうに持っていたビデオカメラを没収し、奴を表に放り出したときのことを思い出す。

「野郎を解放して、どっち行くかなって見てたら、しばらくよろよろ歩いてって、すれ違った奴に、一回道訊いてたみたいっすけど、その直後っすね。よろけて車道に飛び出して、ボンッ……十メートルくらいふっ飛ばされてましたよ。ありゃ死んだなって、シバさんと笑ってました」

ルームミラー越しに、キョウコが視線を合わせてくる。

「救急車とか、呼ばなかったんだ」

「呼ばないっすね、俺らは。関係ないっすもん」

「喧嘩仲間じゃん」

あ。ちょっと俺、喋り過ぎたかもしれない。

「……まあ、そっすね。でも、そちらのオニイさんは、大事に扱いますんで。安心してください」

いつもの場所に着いた。

先に俺が降りて、反対側に回ってスライドドアを開ける。

「どうぞ。ここですから」

地下に下りる階段に案内する。ここは昔カラオケボックスだった場所で、シバさんが、ひと頃可愛がってた医者の息子に無理やり買わせて、それ以来、シバさんの持ち物同然になっている物件だ。

途中まで下りていくと、足音が聞こえたからだろう。下のドアが開いて、カズが顔を出した。

「おお、淳也」

「うっす。シバさんは？」

「もう来てる」

「じゃあワリいけど、俺、車置いてくっからさ、お二人を、中にお願い」

俺はすれ違いざま、キョウコとカレシに軽く頭を下げた。
「じゃ、すんません。先に、入っててください」
「うん、分かった」
やっぱり軽い。こんな俺に言われたくはないかもしれないが、信じられないほど、軽い。
理解不能と言ってもいい。
一段飛ばしで階段を駆け上って、車を近くのコインパーキングに入れて、急いで戻った
──そのときにはもう、始まっていた。
「ホエッ」
上半身裸の二人が、フロアの真ん中でぶつかり合っていた。優勢なのは、当たり前だが
シバさんだ。前傾姿勢でガードを固める男に向かって、右から左から、容赦なくボディフ
ックを叩き込む。そのたびに、男の背筋が硬く力むのが分かる。
「ほら、どうした、木偶《でく》の坊《ぼう》」
体格差をものともしない、フットワークと体の回転力を活《い》かしたパンチの連打。やっぱ
り、シバさんは強え。キョウコのカレシにはちょっとだけ期待していたが、とんだ見掛け
倒しだったようだ。それはそれでいい。あとで、ボロボロになったカレシの見ている前で、
キョウコを思う存分可愛がってやろう。涎《よだれ》を垂らして、もっともっとと腰を振る姿を見せ

つけてやろう。

また一発、シバさんがいいのを入れた。左拳が、深々と男の右脇腹に喰い込む。向かいにいるカズも、その横にいるケンヤも、イケイケと拳を振り上げ——いや、違う。なんだろう。驚いたような顔で、目ん玉をひん剝いて、俺の方を指差している。

俺か？　それとも、俺の後ろか？

だが、俺が出入り口を振り返るより前に、

「んえっ……」

針のようなモノが、右頬から左頬へと突き抜けていった。舌も、半分捲《めく》れ返《かえ》るように巻き添えを喰った。

「……僕ちゃん。しばらく、お口はチャックだぜ」

すぐ耳元で、そう聞こえた。聞き覚えのない声だった。いつのまにか、両腕も自由が利かなくなっていた。カズとケンヤは、ぽかんと口を開けたまま固まっている。

痛《いて》え、痛え。そう言っているつもりなのに、耳に届く声は「えげぇ、えげぇ」だ。襟《えり》を摑まれているのか、首も動かせない。なんとか視線を下げて見ると、俺の左右には二つずつ足があった。キョウコは左奥の壁際で腕を組み、男とシバさんの殴り合いを見ている。

ということは、誰だ、この二人は。誰なんだ。どうやってここに入ってきた。鍵は、いつも通り閉めてあったはずだ。

誰かが、パパンッ、と手を叩いた。

キョウコだった。

「ジェドン、ゴアヘッ」

そのひと声が合図だったのか。

男が、固めていたガードを解いた。

すかさず、シバさんが顔面に左拳を繰り出す。

しかし、

「ンガッ」

男はそのストレートを避けただけでなく、自分の首と肩でシバさんの左腕を挟み込み、さらに両腕で巻き込むようにして搦《から》め取《と》り、なんと、瞬時にして、

「……ンゲァァアーッ」

シバさんの左腕を、逆「く」の字に圧《へ》し折《お》ってしまった。

男の猛攻は終わらない。

左肘を押さえ、前屈みになっているシバさんの背中、そのど真ん中、背骨めがけて、右肘を打ち下ろす。

「……んのっ……」

シバさんの体がその場に崩れ落ちる。力が抜けた、という感じではなかった。いきなり

下半身がなくなったみたいに、上半身がコンクリートの床に落下した。

まさか、今の一撃で、背骨まで、圧し折ったのか。

男が、うつ伏せに倒れたシバさんの右側に膝をつく。腹の下から、シバさんの右腕を引っこ抜き、手首を持って少し浮かせ、その状態で——肘を踏んづけた。踏み抜いた、と言ってもいい。右腕まで折ったのか。もう、シバさんは声もあげない。失神しているのかもしれない。

やめてくれ、そこまでする必要ないだろ、いくらなんでもやり過ぎだ、そう思いはするが、言葉にはできない。両頬を何かが貫通しているので、無意味な呻《うめ》き声《ごえ》しか出せない。

カズは、ケンヤは——。

二人も、なぜだか身動きができないようだった。目だけを動かしてみると、理由は分かった。キョウコが、拳銃を構えて二人に向けているのだった。

なんだよ、なんなんだよ、こいつら。

男が、シバさんの体を蹴飛ばして仰向けに返す。両腕は折られている。背骨もやられたので、下半身も自由が利かない。それでも意識はあるのか、シバさんは目を白黒させ、餌を欲しがる錦鯉《にしきごい》みたいに口をパクパクさせている。

その顔の近くで、男がウンコ座りになる。全くの無抵抗状態のシバさんを見下ろし、その顔面に——同じだ。シバさんが、あちこちの外人にやってきた、あの「鼻折り」を始めやがった。

　無表情のまま、男が拳を打ち下ろす。重そうな、硬そうな拳を、ごつん、ごつんと、シバさんの顔の真ん中に落とす。

　潰れていく。壊れていく。シバさんの顔が、空気の抜けたサッカーボールみたいに、情けなく凹《へこ》んでいく。

　キョウコが壁際から動き出した。銃を構えたまま、カズとケンヤの前まで行く。よく見ると、二丁持っている。それぞれの銃口を、カズとケンヤの顎の下に突きつける。何か喋りかけているようだが、意味が分かるほどは聞こえてこない。二人は頷いたり、首を横に振ったりしている。突如「ウソつけェーッ」と怒鳴られると、カズのジーパンと、ケンヤのチノパン、その股間の色はじわじわと濃くなっていった。

　やがてキョウコは、二丁の拳銃を尻のポケットに捩じ込んだ。見事に張り詰めた、この前と同じレザーのホットパンツの、尻ポケットにだ。

　空いた両手で、キョウコは二人の顔面を、それぞれ鷲掴みにした。

「……ザッケんなウレアァァァーッ」

　そのまま、コンクリートの壁に叩きつける。左右同時に引き戻し、再び全体重を掛けて叩きつける。

「カスは、テメエらだろがッ」

さらに三回くらい、同じことが繰り返される。

もう、駄目だと思った。

二人の腕は四本とも、ぶらんぶらんと、力なく前後に揺れるだけなのだ。

二人とも、もう気を失っている。ひょっとしたら死んでるのかもしれない。そう思った。

俺の左にいた男が、俺の左頬から突き出ている棒を摑む。そのまま前に歩き出す。当然、俺もついていかざるを得ない。

シバさんの近くまで行かされた。顔が、なくなっていた。腕の曲がり具合も、足腰の角度もおかしい。生きてる人間にできる恰好ではなかった。壊れて、捨てられた操り人形みたいに見えた。

後ろから、膝の裏側を蹴られた。俺はその場に跪《ひざまず》き、次の何かを待った。

左の男が、耳元で囁《ささや》く。

「僕ちゃんたち、ちょいと、お勉強が足りなかったな。冥途《めいど》の土産に教えといてやる……暴力で、人を従わせるなんてことは、できねえんだ。従わせるためなら、むしろ使わない方がいい。見せかけの暴力は、恐怖を生み出す。その恐怖で人を従わせる方が、実は効率的だ。それのプロが、ヤクザさ。暴力ってのは、本当に使っちまったら、憎しみを生む。今のいっとき従わせることができても、いつか必ず手痛いしっぺ返しを喰うことになる。お前らが、それだ」

左から右に、俺の顔を貫いていたものが抜けていった。痛みはまだあるが、でも、なんとか喋ることはできそうだった。

「お、おえは、かんへい、ない……やったのあ、えんぶ、はひばだ。たふへへくえ……おえは、わうく、あい」

俺は関係ない、やったのは全部、橋場だ、助けてくれ、俺は悪くない。そう言いたかったのは、分かってもらえたと思う。

だが、分かってもらうのと、赦してもらうのは別の問題かもしれない。

「関係ねえわけねえだろ。アイマンは何十万か金を持ってたはずだ。エジプトに帰って、また日本に戻ってくるための金だ。お前ら、それ、どうした」

獲物の金は、いつもその場にいたメンバーで山分けしていた。でもそれを、今ここで言うわけにはいかない。立場が悪くなるだけだ。

いや、正直に言ったら、少しは赦してもらえるかも――。

「黙ってるってことは、盗《と》ったってことだよな」

「あ、あっけ、あっけ」

待って、待って。

「いいや、時間切れだ。ジンさん、頼む」

「……分かった」

待って、待って待って、殺さ――。

＊＊

後日、掃除屋のシンに愚痴《ぐち》られた。

「あの……なんかここんとこ、みなさんの仕事が、前より雑になってる気がするんですけど」

「そうかい？　そんなに変わった感じは、俺はしねえけどな」

新宿西口「思い出横丁」にある焼き鳥屋。周りには大勢人がいるので、迂闊《うかつ》なことは言えない。こういうときは、惚《とぼ》け通すに限る。

「どうせあいつが掃除するんだから、適当でいいや、現場なんて汚れてなんぼだ、くらいに思ってませんか」

「いやいや、そんなこと、思ってねえって、誰も」

ここの鶏皮は、いつ食っても旨い。キンミヤ焼酎で作ったレモンサワーとの相性も抜群だ。

シンが続ける。

「ジンさんはまだいいです。他の二人、あの力任せの二人、どうにかなりませんか。僕の仕事ばっかり、三倍も四倍も大変になるんですよ。前はもっと、それこそ、掃除なんて必要ないくらい、綺麗にやってたじゃないですか」

これ以上、具体的な話はしたくない。聞きたくもない。

「だから、お前だけ倍もらってんだろうが」

「僕の話聞いてました？　僕の仕事は、三倍も四倍も大変になってるんですよ」

「じゃあ、そう言って元締めと交渉しろよ。もっとギャラ上げてくれって。僕のギャラだけ四倍にしてくださいって、言えばいいだろ」

シンが口を尖らせる。

「そりゃ、言えるものなら、言いたいですけど……なんか、苦手なんですよね、僕、あの人。なんか、僕にだけ当たりが強くないですか。なんか、納得いかないんだよな」

「知らねえよ、そんなこたぁ」

馬鹿馬鹿しくて聞いていられないので、女将《おかみ》に「勘定、ここ置くぞ」と言って、五千円札を一枚皿の下に挟んで、席を立った。シンが追いかけてくるかとも思ったが、市村の飲み代は二千円かそこら。その釣りでもう少し飲むのも悪くはなかろう。

大通りに出て、新宿大ガードをくぐってから、歌舞伎町の方に信号を渡る。

ちょうどそこで、市村は思い出した。

そうだ。テルマに、豚骨ラーメンを奢ってやらなきゃならないんだった。

売逃《うりにげ》御法度

1

杏奈《あんな》は昔から顔が広い方だったが、正式に「信州屋《しんしゅうや》」の経営者となってからというもの、その交友関係はさらに、桁違《けたちが》いに広くなったように思う。それに伴って、問い合わせや相談事を受けることも多くなった。

今日の午前中も道端で声をかけられた。歌舞伎町《かぶきちょう》一番街にある焼肉屋に生ビールの樽《たる》を納め、代わりに空《から》の樽を引き揚げてきて、軽のワゴン車に積んでいるときだ。

「あ、杏奈ちゃん、ちょうどよかった」

振り返って見ると、声の主は区役所通り沿いにある生花店の奥さんだった。この辺に配達でもあったのか、エプロン姿でこっちに近づいてくる。

「ああ、どうも」

「杏奈ちゃん、ちょっといいかしら。あの、前々から訊《き》こうと思ってたんだけど、『寿司《すし》政《まさ》』って、ここんとこずっと閉まってるんだけど、なんかあった？」

それなら、もう半月になるだろうか。

「ああ、それは、大将の工藤《くどう》さんのお母さまがご病気で、もう、なんていうか……要するに、介護が必要なレベルになってしまったので、先月末でお店畳んで、工藤さんはもう和歌山にお帰りになりました」

奥さんは「あら」と目を丸くした。

「全然知らなかった。でも、工藤さんだってもう、六十近かったでしょう」

「ええと、六十三、って仰《おっしゃ》ってたかな」

「じゃあ、そのお母さんっていったら」

「たぶん、どんなに若くても、八十いくつですよね。工藤さんも、老老介護だよ、なんて仰ってました」

「あらそう。大変だったのねぇ」

寿司政の話はそれで終わりだったが、店に帰ったら帰ったでまた、さも訳ありげな顔をした知り合いが訪ねてきた。

「……いらっしゃいませ」

「杏奈ちゃん、ちょっといい？」

商店会の理事をやっている、割烹《かっぽう》料理屋の女将《おかみ》だ。

杏奈は良いとも悪いとも言っていないのに、勝手にレジカウンターに入ってくる。

「杏奈ちゃん、ＦＳＱって会社、知ってる？」

「ああ、青山とかあの辺にある、確か投資会社ですよね」

女将の口が「ほう」の形に伸びる。

「さすが杏奈ちゃん。いや、そこのね……なんて言ったらいいのかな、社員の子なんだけどさ……ちょっと、恋愛事情が複雑っていうか、私なんかじゃ、どうにもチンプンカンプンでさ。ちょっと、相談に乗ってやってくんないかね」

杏奈は両手を並べ、やや大きめに振ってみせた。

「そういうの、あたし駄目です。専門外です」

「そんなことないでしょう。ちょうど、杏奈ちゃんと同《おな》い歳《どし》くらいの子だもの」

「おいくつですか」

「二十九、って言ってたかな」

「女将さん。あたしまだ二十四だよ」

一瞬女将は目を見開いたが、それだけだった。

「こういうことはね、歳じゃないんだよ。大事なのは経験なの」

歳で括《くく》ろうとしたのはあんたの方だろう、とは思ったが口には出さない。

「いやいや、あたし、恋愛経験もそんなにないから」

「でも、人生経験は豊富だろう？」

「だから、まだ二十四なんだってば」

「いい目してるよ。胆《きも》が据わってる」

「ねえ、なんの話してんの？」

結局、店に電話を入れさせるから話を聞いてやってくれと、半ば強引に厄介事のバトンを渡されてしまった。

その翌々日。日中の配達も終わって、よほどのトラブルでもない限りあとは暇《ひま》だろうな、などと思っていた夜の七時過ぎ。

店の電話が鳴ったので、普通に杏奈が出た。

「はい、毎度ありがとうございます、酒の信州屋でございます」

『あの……』

そのひと声で、客じゃないな、とは思った。

「はい、配達のご用命でしょうか、商品のお問い合わせでしょうか」

『いえ、その……「井筒《いづつ》」の女将さんから』

やはり、あの件か。

「ああ、そのお話でしたら、少しだけ伺《うかが》ってはおりますが、具体的には、どういったご相談でしょう」

『あの、つまり……私の、上司のことなんですが』

その「カドワキ」と名乗る女の話は、最初のうちはどこにでもある男女の揉《も》め事《ごと》のように聞こえた。

自分はその上司と関係を持つ寸前まできている。お互い独身なので、それ自体に問題はない。ただ彼は以前、自分の友人である女性とも交際していた。その女性は、つい先日事故死した。自分はこれに疑問を持っている。いや、彼自身がその事故に関わっているのではないかという、疑いすら抱いている――。

ここまで聞くと、さすがに只事《ただごと》ではないと思うようになる。

頭に浮かんだのは二つ。

一つは、これはただの色恋沙汰ではなく、「歌舞伎町セブン」で扱うべき案件かもしれない、ということ。本当にその上司が邪魔になった交際相手を交通事故に見せかけて殺したのなら、そしてそれを警察が見過ごしてしまったのだとしたら、誰がその殺された女の無念を晴らす。自分たちしかいないのではないか。

しかしもう一つは、それとは正反対の懸念だ。

井筒の女将が何人目の相談相手なのかは知らないが、この話がどういう経緯で杏奈のところまで回ってきたのかは、きちんと確かめておく必要がある。これが作り話で、実は「歌舞伎町セブン」を誘《おび》き出《だ》すための罠《わな》である可能性だって、ないとは言いきれないのだ。この手の裏稼業《うらかぎょう》にはそういった危険が常につきまとう。特に今はメンバーのミサキが、あの犯罪ネットワーク「NWO」と事を構えている。いつその手の罠を仕掛けられても不思議はない。

さて、どうしたものか。

杏奈は掃除屋のシンを使って電話の女、門脇美也子《かどわきみやこ》を花園《はなぞの》神社まで誘い出した。明治通りからだと入って右手、赤い鳥居がトンネル状に並んでいることで有名な「威徳稲荷《いとくいなり》大明神」の近くで待て、と伝えてある。

一方、杏奈たちは花園神社の隣、新宿区保健所の屋上で待機している。ここから彼女の携帯にかければ、こっちは直接顔を晒《さら》さず、門脇美也子の姿を見ながら話すことができる。双眼鏡も持ってきているので、表情も概《おおむ》ねチェックできるはずだ。

「……あれ、ですかね」

シンが金網越しに小さく指差す。なるほど、真っ昼間に神社にお参りなどまずしそうにない派手めの女が、威徳稲荷の近くまで来てキョロキョロと辺りを見回している。じゃあ夜ならお参りしそうか、というと、決してそうも見えないが、それは別にどうでもいい。

「電話、してみますか」

「待った。もうちょい、周りの様子を確かめてからにしよう」

女の周囲に誰かいないか、辺りの様子を窺《うかが》っているような人物はいないか、双眼鏡を使って具《つぶさ》に観察する。木の陰や本殿の方まで隈《くま》なく見たが、どうもそういった仲間はいそうにない。

「ま、大丈夫かな……よし。じゃあ、シンちゃん。とりあえずワン切りしてみて」

「はい」

シンが使い捨ての携帯電話で門脇美也子にかける。

トゥルッ、と隣からコール音が漏《も》れ聞《き》こえた直後、鳥居の近くにいる門脇美也子らしき女は、驚いた様子で手にしていた携帯電話に目をやった。だが彼女が出る前に、シンが通話を切断する。当然、向こうでも電話は切れる。門脇美也子は一瞬顔をしかめ、それでもすぐ、待ち人を捜す体《てい》で再び辺りを見回し始めた。

「間違いない。門脇美也子だね」

「そのようですな」

「ほい、じゃシンちゃん。打ち合わせ通り、いってみよう」

「了解です」

携帯に挿《さ》したイヤホンの左右を分け合ってから、再びシンが美也子に電話をかける。今回も前回同様、低めのトーンで、かつ強めの口調で話すよう頼んである。

コール音は一回の半分しか鳴らなかった。

『はい、もしもし』

シンが不敵な笑みを浮かべる。もうこの段階から、完全に芝居に入っている。

「……門脇、美也子さんだね」

『はい、門脇です。あの、今日は』

美也子が辺りを見回す。

「おっと、そこから動かないで。まず、そっちの用件を聞こう。あんた、その三上亮《みかみりょう》って上司を、要するにどうしたいの」

しばし、答えるまでに間が空く。これは迷ったのではなく、はっきり口にすることに対する躊躇《ちゅうちょ》と解釈した方がいいだろう。

『この前も、申し上げましたが……三上の周りでは、もう何人もの女性が亡くなっています。今後も、もし同じようなことが続いたらと……』

確かに美也子は、前回のシンとの会話で似たようなことを口にしている。ただし今回は、それをもっとはっきりと言葉にしてもらう必要がある。曖昧《あいまい》な表現では困る。

「あんた自身は、もう三上に想いはないの」

『もともと、私にそういう感情はありません』

「それなのに、なぜ三上に近づいたの」

『夏希《なつき》のためです。夏希の、死の真相を知るためです』

美也子と、その事故死した田嶋《たじま》夏希という女性は「親友」だったらしい。享年三十五。

美也子の六つ年上ということになる。

　美也子が続ける。

『私は、夏希の日記を持っています。夏希は、三上のことを本当に愛していました。彼の気持ちに応えようとしていた……それを、三上は踏みにじったんです』

　隣にいるシンが眉《まゆ》をひそめる。

「うん、そこまでは分かった……だから結局、あんたは三上をどうしたいの。俺に、三上をどうしてほしいの」

　石ころでも飲み込むような、そんな間が空いた。

『み……三上亮を、殺してください。夏希の恨《うら》みを、晴らしてください。お金はちゃんとお支払いします。今日、もう用意してきてあります』

「いくら」

『いくらかかるのか、よく分からなかったので、とりあえず……三百万、用意してきました』

　なんといきなり、杏奈が元締めをやるようになってからの最高金額が提示された。それも今のところ、「的《まと》」にするのは三上亮ただ一人。一人始末するだけで、三百万。七人で分けても、一人四十万以上にはなりそうだ。これまでは三人か四人始末して、諸経費込みで百万くらいが相場だった。もっと安い案件だっていくつもあった。

それが、一人始末するだけで、三百万。

別に金が欲しくてこの稼業をやっているわけではないが、でも提示金額が安いよりは、やはり高い方がテンションは上がる。杏奈ですらそうなのだから、陣内《じんない》や市村《いちむら》といった古株はともかく、シンやミサキは嬉《うれ》しいだろう。あの無口なジロウだって、ありがてえ、くらいは言うかもしれない。あとは誰だ。新宿署の小川《おがわ》か。あの人は公務員だから、よく分からない。嬉しくても、そうは言わないかもしれない。

とりあえず、その三百万が本物かどうかを確かめてみたい。

美也子には、新宿三丁目駅から地下鉄・副都心線に乗るよう指示した。最初は池袋方面に。しかし、すぐ【雑司《ぞうし》が谷《や》駅で降りて渋谷方面に乗り換えろ】と指示を出し直す。連絡は全て携帯番号宛《あ》てのメッセージだ。別の誰かに連絡などさせないよう、【読んだらもう携帯には触るな】とも書いておいた。美也子はそれにも大人しく従っていた。

何度かそんなことを繰り返し、美也子に【明治神宮前駅で下車、ホームのベンチに金の入ったバッグを置いて、すぐ同じ電車に戻れ】と指示を出した。これにも美也子は従い、杏奈たちはまんまと三百万円を手にするに至った。途中からは市村も加わり、周辺を入念にチェックしてもらったが、尾行の類《たぐい》はついておらず、怪しい人影なども見当たらないということだった。

その夜、杏奈は受け取った三百万を持って「エポ」を訪ねた。メンバーに召集をかけたわけではない。とりあえず、陣内と二人で話がしたかったのだ。

杏奈が店に入った時点での客は二人。三十歳くらいのカップルが静かにカクテルを飲んでいたが、二人にとっては「そういう夜」だったのだろう。男が「じゃあ、そろそろ」と言うと、女は照れたように「うん」と頷《うなず》き、すぐに会計をして出ていった。

「ありがとうございました……」

二人分の足音が、なんとも遠慮がちに階段を鳴らし、やがてゴールデン街の賑《にぎ》わいに紛《まぎ》れていく。

出入り口の戸を閉めた陣内が、杏奈に目を向ける。

「……下、閉めてきた方がいい？」

他の誰かが入ってこないように、階段下のシャッターを閉めてきた方がいいか、ということだ。

「んーん、そんなに混み入った話じゃないから、いいよ」

すると陣内は頷き、無言のままカウンターの中に戻った。

杏奈は三百万入った茶封筒をカウンターに載《の》せた。

「さっき、シンちゃんと市村さんに手伝ってもらって、受け取ってきた……びっくりしちゃった。本当に三百万入ってんの。もちろん、ニセ札なんかじゃない、間違いなく本物」

陣内も、両眉を吊り上げて驚きを顔に出している。

「今回の『的』は、男一人なんだろう？」

「そう。四十一歳の投資会社役員。けっこうな『遣り手』らしい」

「四十一で役員ってことは、会社の創設メンバーだったりするのかな」

「可能性はあるよね。でも、問題はそこじゃないっしょ」

陣内がアーリータイムズのボトルを持ち上げ、目で勧《すす》めてきたので、杏奈も目を合わせて頷いておいた。

ロックグラス二つに、無造作にウイスキーが注《つ》がれる。

「……問題は、むしろその女か」

「そう思う。親友の死に疑問があるにせよ、三百万なんて大金、あの年頃の女が出すかな」

「女、いくつだって？」

陣内が差し出してきたグラスを受け取る。

「ありがと……二十九って聞いてる」

「亡くなった親友は」

「三十五」

小首を傾《かし》げながら、陣内がウイスキーをひと口舐《な》める。

「……金の出所、だよな」

「美也子本人か、亡くなった親友か、どっちなんだろう」

「親友の仕事はなんだった」

「分かんない。それは聞いてない。今のところは」

「依頼人も、その『F』なんとかって投資会社の社員なんだよな」

「そう聞いてる。確かめてはないけど」

「ただの社員も、投資で大儲《おおもう》けできたりするのかな」

杏奈もひと口。やはり、ストレートだと濃い。

「……今ほら、仮想通貨とかさ、ああいうのもあるじゃない。だから儲ける人は、意外と簡単に儲けちゃうのかもよ」

「確かにな」

「ねえ、ちょっとこれ、氷入れて」

「ああ」

陣内が、冷凍庫から出した氷を直接、杏奈のグラスに落とす。しかも手摑《てづか》みで。いくら仲間内だからって、それはさすがに雑過ぎないか。それとも、これが実の親子の気安さだとでもいうのか。別に、そんなに嫌なわけではないけれども。

三周ほど、グラスの中で氷を泳がせる。

一つ、思い出したことがある。

「……そういえばあの女、夏希の日記があるって言ってたな」

陣内が口を尖《とが》らせ、小さく頷く。

「それ、読ませてもらえよ」

「なんて言って？　あんたの言ってることは本当かどうか疑わしいから、死んだ親友の日記読ませろって？」

「念のため、ってことだよ。なんにしたって三百万、もうもらってんだから。どんだけ裏取りに費やしたって、骨折り損にはなりゃしねえさ」

確かに。いつもの倍くらい入念に下調べをしても、まだお釣りがくると思う。

2

指示を出すだけの人間と、実際に手足を動かして作業を担当する人間。両者は、基本的には対立するものだと、私は思っている。

たとえば、指揮者とオーケストラ。さして有名でもない指揮者が、指揮棒一本でオーケストラをまとめ上げるのは簡単なことではない。特に一回限りの客演指揮者などは、演奏者のトップであるコンサートマスターと意見が対立すると、譲《ゆず》らざるを得なくなることもあるという。悲しいことだが事実だろうと、私も思う。

指揮者は棒を振るだけ、音なんて一つも出せはしないのだから、演奏者のトップと張り合えなくても無理はない。逆にいったら、一流の指揮者はオーケストラをコントロールする、指揮棒以外の「何か」を持っていなければならないということだ。それが何かは、私は素人《しろうと》なので分からないけども。

その点、野球の監督なんかは楽だろうな、と思ってしまう。私は野球もそんなに詳しくはないので、ひょっとしたら間違ってるのかもしれないけど、野球の監督ってたいていは元選手だから、選手の気持ちが分からないなんてことは、普通はないはず。ピッチャーってこういうもの、キャッチャーってこういう性格、外野手はこれはできるけどそれはできない、とか、わりと満遍《まんべん》なく分かっている。しかも選手としても一流だった人がほとんどだから、監督と選手が対立して試合が進まなくなる、なんてことはない。ない、と思う。たぶん。私が知らないだけかもしれないけど。

その代わり、なんで俺を四番にしてくれないんだ、とか、どうして先発で使ってくれないんだ、とかいう不満はあると思う。そういう嫉妬の処理は、わりと面倒臭いかもしれない。

私がいる建築業界は、どちらかといったら野球より、オーケストラに近い職場だ。建築士、コーディネイターなどは基本的に職人ではないから、若いうちはけっこう舐められる。

特に私みたいに女だと、必ずといっていいほど、現場始まりの一発目でガツンと喰《く》らわされる。

「あのさぁ……紙に鉛筆でまーるく描くのは、どうってことねえんだろうけどさ、実際に現物を丸く作るのって、けっこう大変なことなのよ。ここ、全部九ミリの曲げベニヤでってなってるけど、九ミリでこのアール、本当に出せるの？」

計算上はその九ミリで大丈夫だと思ったので、そう説明するのだけど、年配の職人は曲げベニヤほど簡単に自分の主張を曲げてはくれない。

「これだから困るんだよなぁ、現場を知らないお嬢ちゃんはよ。いいかい、あんたが当てにしてんのはこの、五十センチまで曲がるって、これだろ？　そりゃこの、出っぱりの部分はいいよ。でもこの、へっこんだところはどうするの。ここ、もっと曲がんないと駄目なんだよ。なのに、同じ九ミリでやれっていうの？　無理して曲げたら、そんなの割れちゃうよ。裂けちゃうよ。それ、誰が弁償してくれんの？　お嬢ちゃんの給料から天引きしていいの？」

何回も泣かされた。下ネタ系のセクハラ発言はむしろビックリするくらい少なかったが、その代わり、男の設計士と同じようにできないと、男の人以上に怒鳴られた。

「だから女は駄目なんだよッ」

「学校のお勉強だけで現場が回ると思ったら大間違いだッ」

「ヘルメットに引っ掛かるような髪留めなんざしてくんじゃねぇッ」

もう引退されたけど、梅津勝次郎《うめづかつじろう》さん。あの人にはほんと、毎日怒鳴られた。指示書の書き方から材料の入れ方から、現場での服装から言葉遣いから、もう何から何まで注意された。でも、今は逆に感謝している。勝次郎さんほど本気で怒ってくれる人、他にはいなかったから、お陰で他の職人さんの現場とか、打ち合わせとかでちょっと怒鳴られるくらいは屁《へ》とも思わなくなった。

「田嶋さんって案外、見た目よりメンタル強いんだね」

「冗談でしょ。これでも深く傷ついてるんですからね。あんまりイジメないでください」

三十を過ぎた頃からは、仕事そのものが面白くなってきた。会社が一般住宅よりも店舗に力を入れ始めた時期で、私自身、提案したアイデアが立て続けに採用され、にわかに店舗デザインの面白さに目覚めていった。

渋谷や六本木といった賑やかな街から、武蔵村山《むさしむらやま》のショッピングモールまで、依頼があればどんな現場にでも通った。一番好きなのは洋服屋さん。でも得意なのは飲食店。中でも評判がいいのは和風の居酒屋。個人的には何軒かやった動物カフェのうち、代々木八幡《よよぎはちまん》の犬カフェが上手《うま》くいったと思っていたのだけど、実際に流行《はや》っているのは赤坂の猫カフェの方らしい。私の場合、そういう手応えと評判にギャップがあることが多い。若干、世間と感覚がズレているのかもしれない。

新宿歌舞伎町は、仕事でもプライベートでもあまり馴染《なじ》みのない街だったけれど、ご依頼とあらばもちろん行く。それも私を指名してくれたとなれば、いつもの二割増しくらい張りきって行く。

「よろしくお願いします」

そのお店のコンセプトは当初、「ホストクラブ＋アイドル劇場」というものだった。

「えーと……それはつまり、ショーパブを兼ねたホストクラブ、ということでしょうか」

「いえ、秋葉原《あきはばら》にあるような、アイドル専用劇場の、ホスト版ということです。よりステージパフォーマンスに軸足を置いている、といったらいいかな。ゆくゆくはホストでバンドも組んで、生演奏なんかもできるようにしたいです。ＥＸＩＬＥみたいに」

ＥＸＩＬＥって、バンドじゃないでしょ――。

もう初歩の初歩、基本コンセプトを共有するところからかなり手こずったし、オーナーとプロデューサーと店長が別々で、一人ひとり言う事が違うものだから、それらをまとめて一つの形にしていくのは想像以上に難易度の高い仕事だった。

それだけに、完成したときは本当に嬉しかった。完成披露パーティにも出席したが、今までで一番というくらい楽しかった。

特に、プロデューサーの坂口《さかぐち》さんには感謝された。

「田嶋さん、本当にありがとう。あなたの女性ならではの視点、斬新《ざんしん》なアイデア、あと、予算を抑えるテクニックね。すごい勉強になった。まさか、ステージの予算が二百万も浮くなんて思わなかった」

そこは、私もちょっと自慢に思っている。

「ね、私もいい勉強をさせていただきました。生演奏に耐えられるステージってことで、当初はちょっと、構え過ぎてたんだと思います。材料から根本的に見直して、消音、吸音の役割を果たしてくれる素材であれば、極端な話、見えないところは発泡スチロールだってかまわないわけですから……結果、喜んでいただけてよかったです」

そのパーティで披露されたホストたちのパフォーマンスは、正直、まだまだだったと思う。バンドもセミプロみたいなのを連れてきていたので、演奏自体は上手かったけれど、お店のコンセプトとはかなりズレているように感じた。申し訳ないが、それじゃ普通のライヴハウスでしょ、と思ってしまった。でもまあ、楽しかったことに変わりはない。お店としても上手くいってほしいと、心から願っている。

そんなパーティの途中。

あれは、いつ頃からだったのだろう。

私は、誰かの視線を感じるようになっていた。

それがずっと同じ人物の視線だったのかどうかは分からない。でも、視線の主を探ろうと周りを見回すと、決まって、一人の人と目が合った。黒っぽいスーツを着て、白ワインの入ったグラスを手にしている男性だ。

身長は百八十センチくらい。もう、昨今では特に長身というわけではないけれど、でもスラリとしている印象はあった。

面長で、目鼻立ちがキリッと整っていた。口角が上がっているからか、なんとなく、ずっと笑みを浮かべているように見えた。それと、前髪をピッチリと上げているので、とても額が綺麗《きれい》に見えた。一生ハゲる心配のなさそうな生え際《はえぎわ》だった。

本当に、目は何度も何度も合っていた。己惚《うぬぼ》れとかそういうことではなく、こんなに何度も目が合ったら、声くらいかけてくるのが普通だろうと思った。名刺を差し出しながら、初めまして、私、これこれこういう者です、と自己紹介する方がむしろ自然だ。

でも、彼はそうしなかった。

ただじっと私を見つめ、目が合うと微笑《ほほえ》み、しかし目を逸《そ》らすことはせず、私が堪《たま》らず視線を外し、少ししてから彼のいた場所に目を戻すと、もうそこにはいない。違う場所から彼は、また私のことをじっと見ている。

たぶん、私が気づくまで、ずっとだ。

「夏希ちゃん、飲んでる？」

少しぼんやりして見えたのだろうか。店長が、驚かそうとするようにいきなり私の肩を抱いてきた。こういう街だし、こういうお店だから、特に驚きもしなかったけど。

「ああ、野崎《のざき》さん、お疲れさまです」

ちょうどいい。彼に訊いてみることにしよう。

「ねえねえ、あの右側の、ミラーの円柱に寄り掛かってる、あの男の人って、どなたですか」

店長は、すぐに私が示した柱の方を見てくれた。

「……ん、どれ？　誰？」

もうそのとき、彼はそこにはいなかった。

私は江戸切子《えどきりこ》が好きだ。

休日を使って専門店やショールームに行くのもいいが、ちょっとした空き時間に百貨店の売り場を覗《のぞ》くだけでも、絶大なリフレッシュ効果がある。見ているだけで、真っ新《まさら》に心が洗われた気分になる。それくらい、私は江戸切子が大好きだ。

蒼《あお》いグラスの一つを、真上から覗く。彫り込まれた模様は顕微鏡《けんびきょう》で見る結晶の如《ごと》く精緻《せいち》で、繊細で鋭角的で、弧を描いて並べられたその流れを見ていると、そのまま万華鏡の世界に吸い込まれていくような錯覚に陥る。

もちろん、いくつも持っている。ロックグラス、ペアのワイングラス、お猪口《ちょこ》のセット、花瓶、変わったところだと、帯留とか。気に入ったものは色違いも買うし、好きな作家の新作は、無条件に欲しくなる。

しかし当然、限界というものはある。

三十五歳といっても独身だから、多少は自由になるお金も持ってはいるけれど、そんな、月に二十万も三十万も江戸切子のガラス細工に注ぎ込むわけにはいかない。あと、置き場所の問題だってある。

こういうとき、洋服やバッグを集めるのが趣味の人って楽だろうな、と思う。畳めば小さくなるし、ギュッとどこかに押し込んでおくことだってできる。

その点、江戸切子は融通《ゆうずう》が利《き》かない。カチャカチャ当たってもいけないと思うから、せまい食器棚なのに隙間《すきま》を空けてディスプレイしなければならない。もう自宅に飾れる場所なんてとっくになくなってるから、新しいのを買ってきたら、それを飾るために古いどれかはしまわなければならない。それも、新聞紙に包んで適当に、なんてできない。ちゃんと買ってきたときの箱に納めてクローゼットとかにしまっておく。いずれそうなることが分かっているから、買ってきたときの木箱も処分できない。もう、私の部屋に江戸切子が飾ってあるのか、江戸切子の倉庫に私が住み着いているのか、よく分からない状態になっている。

今日もまた一つ、諦《あきら》めた。

新宿の百貨店で中川育子《なかがわいくこ》さんの展示即売会が催されていて、寸胴《ずんどう》の酒盃《しゅはい》がすごくよかったから欲しかったのだけど、いくらなんでも高かった。うわ高い、と思ってその場を離れ、十分くらい冷静に考えてからもう一度見に戻ったら、もう【売約済み】になっていた。当然だと思った。今回は縁がなかったと諦めるしかない。

あーあ、と声は出さずにボヤき、百貨店を出て一人、靖国《やすくに》通りを歩いた。

夕方の打ち合わせまでは、まだかなり時間がある。そんなにお腹が減ってるわけでもないけれど、パスタでも食べておこうか、などと考えていた。

そうだ。この前オープンしたお店の真ん前が、確かイタリアンバルだった。あそこに行こう。

そう思いついて、方向転換した瞬間だった。

「あっ……と失礼」

チャコールグレーのスーツを着た男性とぶつかりそうになり、でも向こうの方が断然機《き》敏《びん》で、余裕を持って避《よ》けてくれた上、さらりと謝ってもくれた。

でも、悪いのはむしろ私の方だ。私も、こちらこそごめんなさい、くらい言うつもりで顔を上げた。

すると、彼だった。

目鼻立ち、背恰好《せかっこう》も記憶にある通りだったが、何より笑みが——あの、口角がキュッと上がったまま固定されたような微笑が、彼を彼たらしめていた。

最初に交わしたのは、先週のパーティでお会いしましたね、みたいな会話だったと思う。ほとんど同時に名刺を受け取った。私も慌《あわ》てて渡した。昼飯は食べましたか、そう彼から訊いてきたのだと思う。私から訊くはずはないから、そう、彼からだ。

あれよあれよという間に、私が行こうと思っていたイタリアンバルに連れて来られた。わりと窓が大きな、明るいお店だ。不思議なことに、煌《きら》びやかなホスト劇場で見かけても、昼過ぎの落ち着いたお店で向かい合っても、彼の印象は全く変わらなかった。どこにいても、この人はこの人なのだろう。そんなことを思った。

ワインくらいいいでしょう。そう訊かれたので、一杯だけなら、と私は答えた。ワインの銘柄も料理も、全部彼が選んでくれた。

「私、やります」

「大丈夫。俺が誘ったんだから、任せて」

運ばれてきたワインを注ぐのも、料理を取り分けるのも、全て彼。そういうのが好きな人みたいだった。

しかも、急にウェイターを呼んで何か手渡した。

「使うから、洗ってもらえるかな」

「はい、かしこまりました」

数分して持ってこられたのは、あの中川育子作の、まさに私が購入を躊躇《ためら》った、あの寸胴の酒盃だった。

黒と透明のコントラストが鮮やかなそれに、薄い緑色をしたワインをたっぷりと注ぐ。

「もう一杯くらい飲める？」

彼が酒盃をこっちに向ける。

「ごめんなさい……今日は、このあとまだ打ち合わせがあるから。そんなには」

「じゃあ、ひと口だけ」

てっきり、それを渡してくれるのかと思ったら、違った。

なんと彼はそのまま、彼が持ったまま、私の唇に酒盃を宛《あて》がってきた。

こぼすわけにはいかないから、傾けられたら、私も飲むしかない。

「……ん」

「美味《おい》しい？」

私が目で頷くと、彼はさも楽しげに酒盃を引き揚げた。

同じ酒盃から、彼もひと口飲む。

その口元には、ずっとあの微笑が刻まれている。

「……打ち合わせは、何時から？」

「五時から」

「どこで」

「北新宿。百人町《ひゃくにんちょう》の交差点の、すぐ近く」

「何時まで」

「分からない。でも一時間か、一時間半か。二時間はかからないと思う」

「そのあとはどうするの」

そう言ってもうひと口、ワインを口に含む。

喉仏《のどぼとけ》がぐるりと上下し、ワインがその裏側を伝い落ちていく。

「……会社に、戻ります」

「じゃあ、この江戸切子はどうしたらいい。会社に持っていく？　君の部屋に届けておく？　それとも、俺が預かっておこうか」

私はいつ、彼のことを好きになったのだろう。

私はいつから、彼に夢中だったのだろう。

一つはっきりしているのは、このときすでに、私は彼の振る指揮棒の動き、そのしなやかさに魅せられていたということ。彼が心に想い描く演奏を、私も聴きたいと乞《こ》い願《ねが》っていたということ。

三上亮。

彼は、私にとって「そういう存在」だった、ということだ。

その夜、私は歌舞伎町の先にある彼の自宅を訪ねた。俗に「軍艦《ぐんかん》マンション」と呼ばれる建物のすぐ近くにある、十階建てマンションの最上階だ。

「すごい……夜景、綺麗」

そう言ってはみたものの、本当は、ちょっと怖いと思っていた。

もっと、二十階とか三十階くらいの高さだったら、街の明かりは個々の意味を失い、融《と》け合《あ》い、光の海となって揺蕩《たゆた》うのだろう。でも十階だと、まだそこそこリアルに意味が読み取れてしまう。ラブホテル、焼肉屋、オフィス、住居、バッティングセンター、あるいは公園か何かの暗闇。

彼が部屋の明かりを消した。

驚いて振り返ると、彼はデスクのスタンドライトを背にしており、シルエットしか見えなかった。上着は着ていない。ワイシャツにスラックス。今、ネクタイを解《ほど》き始《はじ》めた。

「……脱いで」

聞き間違いかと思った。

まだ、何もない。恋愛感情、性欲、そういうものに至るまでのプロセスを、私たちはまだ、何一つ経ていない。

それでも彼は繰り返す。

「服を、脱いで」

私が着ているのは仕事用の、グレーのスーツだ。

別に、上着くらい——。

ジャケットから片腕を抜くと、自分のブラウスの肩と、彼のワイシャツの肩、その質の違いを強く意識させられた。

目線の高さにあって、大きくて、硬《かた》そうで、丸くて、幅が広い。

彼の指が、私の、薄っぺらい肩に伸びてくる。

「全部、脱いで」

逆光で表情はよく見えない。

「そんな」

「いいから、脱いで」

「……カーテン、開いてるし」

「ここは、このまま開けておく」

「そんな……外から見えちゃう」

「閉めたら夜景が見えなくなる」

「でも……」

もう、ブラウスのボタンが三つも外されている。でも、そこまで。彼の指先はすでに私の脇腹を通過し、クロップドパンツのホックを探し始めている。

「だめ」

「目、閉じて」

「え？」

「目を閉じて、絶対に開かないで」

私は、新宿の夜景を直《じか》に背にしている。上半身はもう下着が見えている。その上、私は目まで閉じなければならないのか。

「……待って」

「いいから、目を閉じて」

「ちょっと、お願い」

「目を閉じて」

仕方なく、目を閉じた。

「手を上げて」

さらに両手を上げさせられ、頭の後ろで組まされた。シュルシュル、という音がなんだったのかは、すぐに分かった。

ネクタイが、私の両手首を一つに括る。

同じ感触が私の両目を覆《おお》い、一周して手首に巻きつけられる。

「ねえ……怖い」

彼はそれに応えないばかりか、急に私から体を離した。

「ねえ」

あたたかくも、冷たくもない部屋の空気が、私を包む。

ぽん、とウエストの締めつけが失せた。続いてジッパーが下がる音がし、腰回りの束縛も、重力に従って床に落ちた。

「ねえ……待って」

なぜ、触らないの。両手の自由を奪い、視覚を奪い、羞恥心《しゅうちしん》まで掻《か》き乱《みだ》しておいて、なぜあなたは、私に触れようとしないの。

「……どこ」

それでいて私は、手を伸べて彼の存在を確かめることすらできない。

ブラウスの裾が揺れる。胸から下、足首まで、全身に空気の流れを感じる。へその下、脚の付け根辺りに、微《かす》かな熱。

私じゃない。

彼の体温だ。

「あっ……」

顔だ。顔を、押しつけられた。

腰を引いて避けようとしたけれど、すぐ窓ガラスに追い詰められてしまった。

聞いたことのない誰かの声が、自分の口から弱々しく漏れてくる。

こんな都会の、夜景の見える窓辺で思うのは奇妙だが、私はひどく残酷な、剝き出《むだ》しの「野性」を感じていた。サバンナの草原でライオンに襲われている。両脚は自由なのだから、まだいくらでも逃げられるはずなのに、私は膝を固く合わせることに必死で、一歩も動くことができない。

そこに彼の鼻が、唇が、歯が、舌が、容赦なく挿し込まれてくる。どんなに拒んでも、野性の牙《きば》が私の腸《はらわた》を貪《むさぼ》ろうとする。

命が、たらたらと流れ落ちていく。

3

彼はベッドで、いろいろなことを私に尋ねた。

「事務所にはいつも、何人くらいいるの」

「いつも？　日中は、一人か二人かな」

「誰と誰」

「いるとしたら社長と、事務の松尾《まつお》さん」

「松尾さんは、女の人？」

「そう。五十歳くらいの、おばさん」

「松尾さんは、太ってる？」

彼は言いながら、添い寝をする私を抱き締める。

「うん……わりと、ふくよか」

体の表面を、彼の手がゆっくりと散歩する。

「松尾さんのデスクは、君のデスクの前？」

「うーん……斜め前」

「右？　左？」

「左、斜め前」

「座ってたら、目が合う？」

「顔を上げたら、合うかな」

「じゃあ今……松尾さんと、目が合ってるよ」

右手を、私の脚の間に挿し込んでくる。

「なに……合ってないよ」

「合ってるんだ。松尾さんが、君を見ている」

「見てない」

「見てるよ、じっと。君が今、どんな表情をしているか……こんなふうにされて、どんな声を出すかも、聞いてる」

「聞いてない……あっ」

「ほら、そんな声出すから。社長にも気づかれちゃった」

「やだ……」

他にも、デスクの上に置いてあるもの、製図板の大きさ、パソコンの台数、複合機の位置、給湯室の場所、棚に並んだ建材のカタログの背表紙の色、壁掛け時計の文字盤の色。

彼は事細かに、私に尋ねた。

訊かれたことには全て答えた。そして翌日、私は会社に行き、彼に説明したものの実物を目にする。

自分のデスクにある電話、ペン立て、小物入れ、パソコン、共有の作業デスクに置いてある製図板、松尾が何かコピーしている複合機、私が一番好きなメーカーのカタログの背表紙は緑、壁掛け時計の文字盤は濃い茶色、壁材や床材でいうところのウォールナット色。

それらが視界に入るたび、私は彼にされたことを思い出す。その説明をしたとき、彼にどこをどんなふうに触られ、どれくらい感じたのか、それについて彼になんと言われたのかを思い返す。

「松尾さんが見てるよ」

松尾と目が合うだけで、彼の掌《てのひら》が背中に蘇《よみがえ》った。力強い舌使いを内腿《うちもも》に感じた。

他にもある。

「電車はどこに乗るのが好き？」

「別に……真ん中くらいの車両」

「じゃなくて、ドア付近とか、空いてれば座りたいとか」

「あんまり座らないかも」

「へえ、じゃあ立ってるんだ。どこら辺に？　ドアの近く？」

「うん、ドアに……寄り掛かってることが多いかも」

そう答えたときの彼の指の動きを、もう体が勝手に自動再生し始める。電車のドアに寄り掛かるだけで、彼の手が私の下着の中に出現する。

途中下車して、でもトイレを探している間に、ふと我に返る。冷静になる。何やってんだ、私。可笑《おか》しくて、駅の地下通路で一人笑い出しそうになるけれど、それで終わりではない。

再び乗車し、もう一度ドアに寄り掛かると、やはり彼の手が現われる。彼の手が、私の中から生えてきて、私自身を犯す。

声まで聞こえる。

「……ほら、電車が揺れている」

その上、ネクタイだ。

彼は私の目の前でネクタイを解いて、それを使う。手を縛る、足を縛る、目隠しをする。くすぐるみたいに優しく、ゆっくりと体の上をすべらせるだけ、という使い方もする。

電車に乗ったらもう、周りはネクタイだらけだ。彼とは似ても似つかない太った男や、くたびれた初老の男、学校によっては高校生だってネクタイを締めている。

幸い、電車の中でネクタイを外す人は滅多《めった》にいない。夜、一杯飲んで帰るくらいの時間だったら、弛《ゆる》めてあるのくらいは見かけるけど、でも少なくとも、私の目の前でシュルシュルと解き始める人はいない。

そんなこと、目の前でされたら——。

正気でいられる自信が、今の私にはない。

自分の部屋のことも逐一説明させられた。

ベッドの位置、窓の高さ、大きさ、食器棚の数、入れてあるもの。あの江戸切子は？サイドボードの一番目立つところに飾ってある。床の色は、壁紙は、照明は、カーテンの柄は——。

その一方で、ふと気づかされる。

私は、彼のことを何も教えられていないと。

「株式会社ＦＳＱ」という投資会社の取締役であることは聞いているが、会社で何をしているのか、どういう仕事をしているのか、社長はどんな人で同じ部屋にはどんな人がいて部下は何人いるのか、そういうことを、私は一切聞かされていなかった。

自宅は分かる。白い壁紙以外は全て黒で統一されたリビングダイニング。ソファもテレビ台も、ダイニングテーブルもチェアも黒。ベッドルームは、それにダークグレーを加えたスリートーン。ピローケースと布団カバーはグレー、でもシーツは白。

「その方が、君の体が美しく見えるから」

反射的に「いつから？」と訊いてしまった。別に、過去を詮索《せんさく》するつもりなんてなかった。知っても嫉妬なんてしないし、機嫌すら損ねない自信があった。

むしろ、機嫌を損ねたのは彼の方だった。

「俺が今までどんな女と寝てきたのか、そんなに知りたいの」

そういう瞬間の彼は、正直、少し怖かった。

上向きな口角に刻まれた笑みが消失し、全くの別人がそこに現われる。

「知りたいのか」

「んん、そんなんじゃない」

「知りたいのか」

「いいってば、知りたくないよ、別に」

「知りたいのかって訊いてるんだ」

「だから……」

「知りたいなら聞かせてやる。なあ、知りたいんだろう本当は」

殴られはしなかった。でもそれに近い空気はあった。私は震えを止められず、枕と枕の間に縮こまって、自分自身を抱き締めるしかなかった。

「ごめん……驚かすつもりはなかったんだ。ほんと、ただ俺は、君を傷つけたくなかった。それだけなんだ」

それが何を意味するのかはよく分からなかったけれど、それ以上は私も訊かなかった。訊けなかった。

彼を、失いたくなかったから。

彼はよく、耳元で囁《ささや》いた。

「……もっと、恥ずかしがる君を、見たいんだ」

紳士服量販店に連れて行かれ、ストライプの入ったネイビーのスーツを着せられた。髪は左後ろで結んで、上着の襟《えり》の中に隠した。会計を済ませて店を出て、通り沿いにある激安ショップで太い黒縁の伊達眼鏡《だてめがね》を買い、それを掛けて近くのオフィスビルに入った。

彼が選んだのは三階の男性用トイレだった。私たちが入ったとき、中にいたのは一人だった。立ってする用の便器を使っていた。そのすぐあとにもう一人入ってきた。一瞬だけ怪訝《けげん》そうな目で私を見たが、それ以上気にする様子はなかった。その人も立って用を足し始めた。

彼は何も言わずに、一番奥の個室に入ってドアを閉めた。私はどうしていいのか分からず、でもこのまま出ていくわけにもいかないので、仕方なく奥から二番目の個室に入った。

まもなく、外から水の流れる音、ペーパータオルを引き出す音、それを丸めて捨てる音が聞こえてきた。それが二回。人の気配が遠ざかると隣の個室のドアが開き、私のいる個室のドアがノックされた。

私は、碌《ろく》に確かめもせずに開けてしまった。

「……入れて」

彼が、笑いを堪《こら》えながら入ってくる。

ドアをロックするなり、彼は私を抱き締めた。サイズの合わないワイシャツの胸を鷲摑《わしづか》みにし、荒々しく両手で捏《こ》ね始《はじ》めた。

「やだ」

「似合ってるよ……ネクタイ」

耳元で囁きながら解き始める。それは当然のように、目隠しに使われた。

男の皮を剝がれ、女の私が露《あら》わになる。次に入ってきた人は、隣の個室で用を足し始めた。音も臭いもした。彼も私も笑いを堪えるのに必死だった。でもそういうときに限って、彼は私の中に直接入ってくる。ひと声も漏らせない状況で、私を試す。

思いきりコーラのボトルを振り、そうしておいて少しずつ、泡が噴き出さないよう慎重に、フタを開ける。

プシッ、と鳴りそうになったところで止め、

「あっ……」

それ以上大きな音がしないよう、フタを閉める。

しかし、またすぐに何度も、何度も何度も執拗《しつよう》にボトルを上下させる。中の圧は極限まで高まっている。いつ破裂してもおかしくはない。

「んっ……」

絶対に気づかれたと思う。

隣人は便器に水を流し、スラックスを上げてベルトを締め、ちゃんと洗面台で手を洗って出ていった。ひょっとしたら髪形くらい直していたかもしれない。それくらいの間はあった。おそらく、ずっと聞き耳を立てていたことだろう。

さっきの声はなんだ。女か？　いや、まさかな。でもそういう声に聞こえた。男に激しく突かれて、高まって高まって、思わず漏れてしまった、そういう声だった。しかし、こんなところで？

「……いや」

空耳ならいいが、幽霊だったら怖いな。誰か呼んでこようか。同じ部の後輩とか、警備員とか。

「だめ……もう……だめ」

そうだ、大勢呼んでこよう。それなら怖くない。みんなで確かめよう。一つひとつドアを開けて、中に何かいないか見てみよう。

「アァッ」

最悪、見つかってもいいんじゃないか——。

そんなふうに思い始めている、私がいた。


私は、こんなにも男に溺《おぼ》れるタイプだったろうか。セックスに依存するタイプだったろうか。よく分からない。でも、どうやらそうらしい。

彼とは毎晩のように会っていたけれど、たまには会えない夜だってあった。一人で食事をして、部屋に帰る。そういう夜だって普通にあった。

普通じゃないのは、私自身だ。

ハンバーガーショップの一人席で、フライドポテトを口に運ぶ。自分で摘《つま》んで、自分で口に持っていく。でも脳内では、彼がしてくれている。彼が三本くらいまとめて指で摘んで、向かいから差し出してくる。私は顎《あご》を突き出し、舌も使って、それを受け入れる。彼はときどき、わざと外したところに動かす。私はそれを追いかける。

こっちだよ。

やだ、動かさないで。

そんなことがやけに楽しくて、いつも二人で笑っていた。

ハンバーガーショップのトイレで自ら下着に手を入れ、彼を想う。今頃何をしているのだろう。仕事が長引いているのだろうか。接待とか、そういうことだろうか。

あるいは出張とか。だとしたら、地方のホテル。そうはいっても、私が仕事で泊まるようなビジネスホテルのシングルルームではない。もっと高級なホテルの、窓が大きくて、ソファセットもふた組くらい置いてあって、浴室はガラス張りで、外でブラインドを上げられたら全部見えてしまうような、そんな造りの部屋だ。

彼と旅行。いいかもしれない。今度誘ってみよう。そんなことを考えながら帰路につく。

そう。たまに一人になってみると、よく分かる。

ほんの短い間に、私はひどく淫《みだ》らな女になってしまった。彼を想うことに一日の大半を費やし、夜が待ちきれなくて、いく度も自分の指に彼の代役をさせた。

そんなあり様だから、えらく体力を消耗する。化粧を落とすと、急に三つも四つも歳をとったように見えた。ヘルスメーターに乗ると、実際に三キロ近く痩《や》せていた。そういえばスカートのウエストも、少し緩くなっていたかもしれない。そんなことにも容易には気づかないくらい、私の脳細胞はオーバーヒートし、ショートし、フリーズしていたのだろう。

体力回復には睡眠をとるのが一番なのだろうけど、眠るためには目を閉じなければならない。でも目を閉じたら――もう、そこに彼がいようといまいと関係なかった。

私にとっては、もはや瞼《まぶた》の闇こそが彼だった。

しかも、瞼の中の彼は決して果てたりしない。

そういった意味では、実物よりもむしろタチが悪い。


少し遅くなるから部屋で待っていてくれ、と言われた。鍵はもらっていたし、そういう事も初めてではなかったから、特に変にも思わなかった。

しかし、玄関に一歩入った瞬間にはもう気づいていた。

いつもと空気が違う。微かにだが、私ではない誰かの匂いが混じっている。

ベッドルームに直行した。シーツは替えたばかりだった。ピローケースも、パリッとプレスを掛けたようになっていた。

バスルームに行き、洗濯機の中を覗いた。空っぽだった。それが逆に怪しかった。彼は朝シャワーを浴びる。そのときに使ったタオルはどうした。洗いも干しもせずにしまったとでもいうのか。

バスタブや床を見た。いつも以上に磨き込まれていた。排水口まで綺麗になっていた。次はパントリーだ。ワインが二本減っている。彼が一人で二本も飲むだろうか。缶詰も、何がなくなっているのかまでは分からなかったが、いくつか減っているように見えた。野菜も、パプリカが一つも残っていない。ズッキーニもない。料理好きの彼にはあり得ない状態だった。

冷蔵庫、クローゼット、バルコニー、トイレ。何を見ても、どこを見ても私以外の誰かの存在を感じざるを得なかった。

決定的だったのは、テレビ台の横に置いてある屑籠《くずかご》の下だ。

小さな星形のチャームが付いたピアス。明らかに女性ものだ。そもそも彼はピアスなんて着けない。

嘘《うそ》でしょ――。

突如、玄関の方でドアロックが外れる音、続いて扉が開く音がした。私は玄関に向かった。小さく尖ったピアスを、血が出るほど左手に握り締めて。

私が行ったとき、彼は靴を脱ごうとしていた。雨が降り始めたのか、髪とジャケットの肩が濡《ぬ》れていた。一段上がったところには縦長の紙袋が立っていた。ワインを買ってきたようだった。

「ごめん、待った？」

いつも通りの彼が無性に憎らしかった。

私は、靴を脱いで廊下に上がってきた彼に、いきなり張り手を見舞った、つもりだった。

「……なに、危ないな」

彼はいとも容易《たやす》く私の右手首をキャッチし、瞬時に反対の手も摑んだ。強く握っていた私の左手を、より強い力で彼が握る。小指の付け根を押されると、私の意思とは関係なく、指は一本一本ほぐれるように開いていった。

そこにある私の怒りの理由を、彼が目にする。

彼は何も言わず、私を抱き締めようとした。

「やめてよ」

「おいで」

「やだ」

思うようにならないと分かると、彼は強引に私の手を引き、ベッドルームに連れ込もうとした。

「嫌だってば」

抵抗する私を突き飛ばし、ベッドに捩《ね》じ伏《ふ》せた。

私は、その体勢からでも殴ってやろうと思った。パーでもグーでも、当たればなんでもいいと思った。でも無駄だった。彼はいつものようにネクタイを解き、私の腕を一本一本捕《とら》え、ベッドのパイプに括りつける。

「いや……」

馬乗りになった彼が、ブラウスのボタンに手を掛ける。

「想像しろよ」

怖いくらい丁寧に、優しく、私の肌を解放していく。

「俺がここで、どんな女を、どんなふうに抱いたか、想像してみろ」

私は自ら目を閉じた。ここで彼に抱かれた女と、同じ天井を見上げるのが嫌だった。

「ほら、想像しろって。その女は、こんなふうに触られて、どんな声を漏らしたんだろうな。何回、イッたんだろうな」

心はズタズタに切り裂かれ、吐息すら沁《し》みるほど傷ついているというのに、体は、痺《しび》れにも似た興奮に支配されていった。

じゃぶじゃぶと、快楽が溢《あふ》れてくる――。

明らかに、いつもより大きな声を出していた。吠《ほ》えていた。獣に成り下がることに、もはやなんの抵抗も感じなくなっていた。

彼も、いつもより多く果てた。口角に張りついた笑みには、狂気すら滲《にじ》んで見えた。

キラキラした、大きな目を見開いて、私の頬《ほお》を撫《な》でる。

「……興奮した？」

もう、答える気力も残っていなかった。

「興奮、したでしょ。分かるよ……凄《すご》かったもん。見なよ、ここ。ビショビショだよ。こんなに濡らしたの、初めてでしょ」

空っぽだった。自分というものを、全部出しきってしまった感覚があった。違法薬物に手を出したことなどないけれど、それに近い罪悪感はあった。自分を、自分ではないものにしてしまった。そういう罪の意識だ。

彼が私から離れる。床に落とした衣服を拾うようだった。

拾い上げたのはスラックス。そのポケットから、彼が何やら取り出す。

「……見て」

掌に収《おさ》まるくらいの、四角い、厚紙のようなもの。

ピアスの台紙だ。星形のチャーム付きのピアスが、片方だけ残っている。

どういうこと。

「さすがだね。よく見つけたね」

驚いたことに、私は今までずっと、拾ったピアスを左手に握っていたようだった。彼がそれを丁寧に摘み出す。

台紙に残っているもう一方と、掌に並べてみせる。

全く同じものだった。

「昨日、歌舞伎町の激安ショップで買ったんだよ」

なんのために。

「片方だけ落としておいたら、君が勘違いするんじゃないかな、と思って」

なんで、わざわざそんなことを。

「あんまり分かりやすいところじゃ面白くないし、かといって分かりづらいところにして、見つけてもらえなかったら意味ないしね。いつ見つけるか、って問題もあるし……よかったよ。ちゃんと見つけてもらえて。タイミングも絶妙だった」

どうして。

「綺麗だったよ……嫉妬に狂った君も。初めて見たな、君の、あんな真剣な顔。俺も、久し振りに興奮したよ。このところ、ちょっと刺激が足りなくなってきてたろ。予想以上に、興奮した……これさ、一回こっきりでネタバラシするの、勿体《もったい》なかったかな。もう、同じ手は君も喰わないだろうし、目も肥えてくるだろうから、下手《へた》な手じゃ見抜かれちゃうだろうし。これからは俺も、もっと頭を使わなきゃいけなくなるな」

いま私が感じるのは、ただ一つ。

喉の渇《かわ》きだけだ。

4

俺と田嶋夏希との関係は、決して偶然から始まったわけではない。

一年半ほど前。知人の知人が新規出店する動物カフェに、少しばかり資金を融通することになった。猫カフェが二店舗、犬カフェが一店舗。俺は犬にも猫にも興味はないが、店舗のデザインは猫カフェより犬カフェの方がいいと思った。

オーナーの福田《ふくだ》氏に訊いてみた。

「ここの設計、どこに頼んだんですか」

「最近の三店舗は全部、三浦《みうら》設計事務所さんです。四谷《よつや》にある」

なぜか社名だけは聞いたことがあった。

「設計士はどなた？」

「タジマさんという若い女性です。なかなか優秀な方ですよ。しかも美人でね。明後日《あさって》のパーティにも、いらしてくださるんじゃないかな」

所用があり、そのパーティには途中からの参加になってしまった。関係者にひと通り挨拶をするくらいの時間しかなかったが、その短い間に福田氏が教えてくれた。

「あの、ウチの山口《やまぐち》といま喋《しゃべ》ってるのが、設計士のタジマさんです」

初めて見るはずなのに、不思議なくらい懐かしさを感じる顔だった。違和感がない、といったらいいのか。あるいは、心の中で思い描いていた女性像に近い、ということなのか。まあ、有体《ありてい》に言えば「ひと目惚《ぼ》れ」というやつなのだろう。

その少しあとに、別の古い知人から投資の依頼があった。歌舞伎町に、アイドル劇場的なホストクラブを出したいのだという。

そのプラン自体に問題はないが、一つ条件を付けた。

「だったら、設計には四谷にある三浦設計事務所の、田嶋夏希という設計士を使ってほしい。ここ何件かいい仕事をしていると聞いている。試してみたい」

オーナーの船越《ふなこし》は頭のいい男で、確かめるべきことは必ず、可能な限り早い段階で確認する。

「その設計士とお前は面識があるのか」

「ない」

「お前の推薦というのは、先方に伝えていいのか」

「いや、伏せてくれ」

「分かった。オファーしてスケジュールが空いているようだったら、その彼女を指名してみるよ。結果は後日連絡する」

建築途中の現場には二回ほど足を運んだが、二回とも彼女とは会うことができなかった。

船越に訊いてみた。

「どうだ、田嶋夏希は」

「いい女だな」

「だろう」

「頭もな」

やはり、船越はよく分かっている。

「メシくらい行ったか」

「一回だけ」

「趣味はなんだって」

船越は鼻先で笑った。

「……次までに確かめておくよ」

二日後に電話があった。

『江戸切子を集めるのが趣味らしい。でももう家には飾る場所がないんで、最近は買わずに、眺めるだけで我慢してるそうだ』

江戸切子については詳しく知らなかったので、ネットで調べた。すると翌々月に、新宿で中川育子という有名な作家の展示即売会があることが分かった。日程的には、ホスト劇場のオープン予定日にかなり近い。新宿なら、彼女の勤め先がある四谷とは目と鼻の先だ。

結果的には、劇場の完成披露パーティの方が先になってしまったが、それはそれで好都合だった。

お陰でじっくり、彼女を観察することができた。

よく洗ったマスカットみたいな女だと思った。

丁寧に皮を剝くと、透き通った果汁が滴《したた》るほど湧いてくる。ほのかに酸味のある、甘い甘い果汁だ。色は、ちょうど俺が手にしている白ワインくらいだろう。それを、俺が飲む。ゆっくりと体の中に取り込む。その甘さと共に、柔らかな熱が俺の内臓を包んでいく。

この店の野崎という店長が、いきなり彼女の肩を抱いた。

危ない――。

思わず、ワイングラスを嚙《か》み砕《くだ》くところだった。

案の定、彼女は中川育子の展示即売会に現われた。展示品の中では、二個セットになっている寸胴の酒盃が特に気になる様子だった。

夢を見るような目で、その酒盃を見つめている。俺はそんな彼女の唇を見つめた。とろけるような唾液《だえき》を思った。湿った吐息の熱を思った。同じ夢の中で泳ぎたいと思った。

彼女がふいに酒盃の前を離れる。買うかどうか、少し冷静に考えたいのか。あるいはきっぱり諦めたのか。

どちらにせよ、俺がすべきことは一つだ。

見にいくと、値札はセットで十二万円となっていた。

俺はスタッフを呼び、直ちに購入の手続きに入った。

まもなく【売約済み】の札が掛けられ、俺がサインをしているときだったか、彼女は戻ってきて、その札を目にした。

寂しげな笑み。スーツの上からでも分かる、小さな肩、肉の薄い背中。それらがさらに萎《しぼ》んで見えた。なんと分かりやすく落胆する女だろう。見栄《みえ》とか体裁とか、負け惜《お》しみとか、そういう感覚はないのだろうか。

そんな女が速足で歩くはずもない。俺は品物を包んでもらってからでも充分、彼女に追いつくことができた。

運命なんて、ぼんやりと空を見上げていても落ちてはこない。

自ら摑みにいく。渾身《こんしん》の力で引き寄せる。そういうものだ。


思った通りの女だった。

手足の自由を奪われても、視覚を奪われても、彼女は無防備なまま、全てを俺に委《ゆだ》ねた。

逆に、不安にすらなった。

こんな男でいいのか。こんな男に、そこまで許していいのか。脱げと言われたら脱ぐのか。開けと言われたら開くのか。何もかも俺に差し出すつもりか。こんなに震えているのに、俺が息を吹きかけただけでこんなにも肌が粟立《あわだ》つのに、それでも俺を受け入れるのか。確かに俺は、同じ夢の中で泳ぎたいと願った。実際にそうなっている。想像通り、いやそれ以上に、彼女は俺に溺れている。俺に溺れながら、それ以上溺れまいと俺にしがみつく。身をくねらせ、跪《ひざまず》き、俺を受け入れ、呑《の》み込《こ》む。

そう。俺を呑み込む――。

いつ頃からだろうか。ひょっとしたら俺たちは、始まりからそうだったのだろうか。俺の思うがままに、俺の望む通りに、俺は彼女を呑み込んでいるつもりだった。だがふと気づくと、呑み込まれているのは俺なんじゃないかという疑念に駆られた。

違う。俺が呑み込んでいるんだ。見ろ。俺が立てと言ったら、どんなに恥ずかしい恰好のままでも彼女は立ち上がるじゃないか。後ろを向け、両手を前について脚を開け。俺が言ったら全て、その通りにするじゃないか。

俺が、言ったら――。

まさか、俺以外の誰かに言われても同じことをするなんて、そんなことはないだろうな。そんなことは絶対に許さない。お前がそんな恰好をしていいのは俺の前だけだ。恥ずかしい声を漏らして、シーツを濡らして、泣きながら震えながら背中を反《そ》らしていいのは、俺が見ているときだけだ。お前は見なくていい。お前は俺を見なくていい。俺がお前を見るんだ。俺だけが、お前の誰にも見られたくない姿を見ていいんだ。

なあ、そうだろう？　そうだって、言ってくれよ。


芸能事務所の社長をしている知人が、面白いことを言っていた。

彼は、さして上手くもないのにギターを買い集めるのを趣味にしている。大半はエレキギターで、安いもの、珍しいもの、馬鹿らしくなるほど高いもの、いろいろ持っている。一番大事にしているのは、やはり何百万もするヴィンテージの、メーカー名もモデル名も俺は覚えていないが、壁に掛けてある黒いやつだと言っていた。

「昔はこれでよく、ホワイトスネイクを弾いたりしたもんだよ」

「その頃は上手かったのか」

「いや。当時も俺がソロを弾くと、みんなゲラゲラ笑ってた。お笑い芸人としては、かなり評価されていいレベルだった」

それでもギターのことになると、やけに熱く語る。

「ヴィンテージもののラッカー塗装は、経年変化でパリッパリになってるからさ、ちょっと触っただけで剝がれたりするんだよ。あと、金属部品は手汗とかで錆《さ》びるしね。フレットもすり減る。使えば使うだけ、壊れていくんだ……音はいいんだよ。やっぱり、オールドだから。カリッと、パキッと、シャキッとしてて、伸びてほしいところはグーンと伸びてきてくれる。でも、その音を出すたびに、少しずつ壊れていくんだ。大好きだから、ずっとその音で鳴っててほしいんだけど、変わっていっちゃうんだ」

そう悲しげに語る彼の心情が、俺にはまだよく分からなかった。

「錆びた部品なんて、交換すればいいじゃないか」

「そんなことしたら、オリジナルじゃなくなっちまうだろ」

「分かりゃしないだろ」

「分かるさ。パーツ交換してあるのに『フルオリジナル』なんて謳《うた》って売る店を見つけたら、俺だったら詐欺《さぎ》で訴えるね」

「でもその方が、コンディションはよくなるんだろ？」

彼は何度か小さく頷いた。

「よし。お前にも分かりやすいように、女に喩《たと》えてやろう」

「ああ、頼む」

「フルオリジナルのヴィンテージってのは、いわば病弱な美人だ。むやみに体にメスを入れたりしちゃいけないんだ。反対に、コンディションを保つためにパーツ交換をしたギターなんてのは、健康だけが取り柄のブスだ。しかも筋肉オバケの、ゴリラみたいにマッチョなブスだ。お前だったら、どっちを選ぶ」

二者択一の問題としては、非常にアンフェアだと思う。

「俺は美人が好きだ。ブスは嫌いだ」

「だろう。そういうことなんだよ」

全く納得はいかなかったが、そんな喩え話はどうでもいい。

「よく分からんが……弾くだけで壊れていく状態、なのに修理もパーツ交換もしないんじゃ、もう事実上、弾きたくても弾けないってことじゃないのか」

「そうだよ」

俺は思わず「ハァ?」と訊き返してしまった。

「何百万も出して買ったギターなのに、弾けなくていいのか」

「ああ、壊したくないからね」

「弾かない楽器を持つ意味なんてあるのか。価値なんてあるのか」

「あるよ。所有して、大切に保管して、ときどき出してきて、こんなふうに、壁に掛けて眺める。そういう楽しみ方だってある。ま、一種の美術品だな」

「それじゃ、抱けない愛人を囲ってるようなもんだろ」

「ああ、そうね。それに近いかもね」

やはり、そんな楽器に価値はない。

そのとき俺はそう思ったし、実際、彼にもそう言った。彼は「お前には分からないかもな」と呟《つぶや》いたが、それでけっこうだとも思った。

だが今になって、彼の言わんとしたことが少し、分かるようになってきた。

俺は、マスカットのように瑞々《みずみず》しい彼女が好きだった。そんな彼女を、夏希を、知人の言い方を借りるなら「所有」したいと欲した。そしてそのように実行した。

途中までは上手くいっていた。俺は思うがままに彼女を愛した。とことんまで愛し尽くした。

いや、そのつもりだった。

実のところをいうと、愛しても愛しても限界が見えない、そんな怖さはあった。俺はどこまでこの女を愛せばいいのだろう。骨の髄までか。でも、それがもし限界ではなかったとしたら、あとは何をしたらいい。骨を焼くのか。肉を屠《ほふ》るのか。裂いた腹に顔をうずめるのか。そのままもぐり込んで、彼女の一部にでもなってみるか。

しかしそれとは別に、俺はもっと、もっともっと恐ろしいことに気づいてしまった。

彼女が、夏希が、いつのまにか、俺と出会った頃の夏希ではなくなっている――。

大好きなギターなのに、弾けば弾くほど壊れていく。そう言ったときの知人の悲しみが、他人事《ひとごと》ではないように思えてきた。

俺が愛すれば愛するほど、夏希は壊れていく。夏希でありながら夏希ではなくなっていく。変質していく――。

焦った。益々どうしていいのか分からなくなった。自分で立てた仮説を否定したくて、さらに夏希を引きずり回した。その心を抉《えぐ》り出《だ》し、わずかでも不純物が混じっていないか確かめたくなった。

嫉妬。その甘くて痛い感情の細胞は、容易に癌化《がんか》するので注意が必要だった。

俺は、夏希が他の男と喋っているのを見るだけで、どす黒い嫉妬の煙に巻かれた。だが、異性と一切接点を持つことなく社会生活を営むなど不可能であることは、俺も分かっている。だから極力、二人の知り合いのいるところには出かけないようにしたし、飲食店での注文なども俺が全てするようにしていた。自分の嫉妬深さは嫌というほど分かっているから、そこに火種を作らないようにした。

でも、彼女はどうなのだろう。俺が他の女性に意識を向けたら、彼女も嫉妬するのだろうか。

思いついたら、もう試さずにはいられなくなった。小賢《こざか》しいとは思いつつ、この部屋に女が出入りしたような痕跡《こんせき》を作り、さらにそれを懸命に消そうとしたような細工を施《ほどこ》した。彼女のものではないピアスを片方だけ落とし、安物の香水を振《ふ》り撒《ま》いてから、半日換気扇《かんきせん》を回しっ放しにした。

彼女は素直な人だから、俺が目論《もくろ》んだ通りに勘違いしてくれた。嫉妬心を露わにし、憎しみに満ちた目を自ら閉じ、俺に抱かれた。裏切った男を受け入れ、その快楽をも受け入れるという二律背反が、彼女をいつもとは別次元の頂《いただき》に導いたのは間違いなかった。そしてそれを目にした俺も、これまでとは違う興奮と悦楽に歓喜した。

全てを知った彼女は、裸のままベッドの縁に腰掛けて呟いた。

「……喉、渇いた」

俺はキッチンに行き、彼女にプレゼントしたのとは別の江戸切子のグラスに水を注ぎ、彼女に飲ませた。いつものように、俺がグラスを持ったまま彼女の唇に宛がい、少しずつ傾けた。

なぜだろう。彼女の口から、たらたらと水がこぼれる。顎を伝い、首を伝い、乳房を濡らし、やがてそれは股間にまで達し、シーツに染み込んでいった。

俺はグラスを傾けるのをやめた。

そのグラスを彼女は両手で包み、いきなり、横に払った。

硝子《ガラス》が厚かったので割れはしなかったが、当たったクローゼットの扉と床には凹《へこ》みができた。黒い表面板を抉るように、三日月形の打痕がついていた。

「……帰ります」

下着を着け、服を着直し、拾ったバッグを肩に掛ける。男のような所作だった。服を着るところを誰かに見られている、それに対する羞恥心みたいなものが、根こそぎ失われて見えた。

速くも遅くもない足取りでベッドルームから出ていく。俺はそのあとを追い、しかしリビングのドア口で立ち止まった。彼女はそれにも気づかぬ様子で廊下を進み、玄関で靴を履《は》き、出ていった。その間、俺を振り返ることは一度としてなかった。

　俺が最後に見たのは、そんな彼女だった。


いま俺は、目隠しをされている。かつて俺が彼女にしたように、ネクタイで弛めに、ではない。ガムテープで雑に、しかし三周ほどぐるぐると執拗にだ。目だけではない。両手首にも、両足首にも巻かれ、ソファに座らされている。よく彼女と隣合って座った、五百万ほどする黒い革張りのソファだ。

　ここに帰ってきた時点で、まさか誰かが入り込んでいるなどとは思ってもみなかった。指先が、リビングの照明のスイッチを見つける前に、体の自由を奪われた。それもやはり、俺が彼女にしたような「プレイ」のレベルではない。もっと格闘技的な、戦闘術的な、有無《うむ》を言わせぬ圧倒的なテクニックでだ。

最初は相手が何人いるのかもよく分からなかった。それを確かめる間もなく視覚を奪われたからだが、話している限りでは、相手は一人なのではないかと思われた。

「あんたが、三上亮ということで間違いないな」

口は塞《ふさ》がれていないので返事はできる。

「ああ。俺が、三上だ」

「落ち着いたもんだな」

よく通る、魅力的な低音ボイスの持ち主だった。石原裕次郎《いしはらゆうじろう》なんかを唄わせたら上手いのではないか。そんなことを思った。

「いや、落ち着いてなんていないさ……怖くて震えてるよ」

それも決して嘘ではなかった。視覚を奪われるだけでこんなにも不安な気持ちになるものかと、今さらではあるが実感させられている。

侵入者は、それを鼻で笑った。

「もう分かってるとは思うが、あんたを殺してくれという依頼があった。しかし俺は、金がもらえれば誰でも殺す類《たぐい》の業者じゃないんでね。引き受けるからには、それなりに筋ってものを確かめるようにしている。大雑把《おおざっぱ》にいったら、あんたはこの世にいてはならない悪人で、そんなあんたに泣かされた人間がいて、その恨みからあんたを殺してほしい、そういう依頼でないと都合が悪いんだ」

そうだろうと、俺も思っている。

侵入者は続けた。

「そういった意味じゃ、この依頼は審査を通らなかった。そりゃそうだよな。田嶋夏希という女は、別にあんたに殺されたわけじゃない。彼女は交通事故で亡くなっている。それがもし、仕組まれた事故だったのだとしたら、交通事故を装った殺人なのだとしたら、もちろん話は違ってくる。だがどうも、そういうことではないらしい。一応、その筋にも手を回して調べたんだが、田嶋夏希が死亡した一件は完全なる交通事故だった。加害者も逮捕され、自身の過失を認めている。近々裁判も開かれるだろう」

やはり、声のする真正面以外に人の気配はない。

俺はあえて、首を傾げてみせた。

「……それでも、あんたはここにきた。ということは、俺は殺される。そういうことなんだろう」

「そう結論を急ぐなよ。まだ話は終わっちゃいない」

カサリと、衣擦《きぬず》れのような音がした。いや、革かもしれない。侵入者は、革のジャケットのようなものを着ているのかもしれない。しかし、そう思った途端可笑しくなった。視覚を奪われると、それを補おうとして他の感覚が鋭敏化する。俺は散々、その作用を利用したセックスをしてきた。そして今、俺自身がまさにそれを仕掛けられ、聴覚の確かな鋭敏化を実感している。これを、笑うなという方が無理だ。

顔も知らない侵入者の、厳しい視線まで想像できた。

「……笑い事じゃ、ないんじゃないのか。あんたは俺に、殺されるかもしれないんだぜ」

「すまない。フザケてるわけじゃないんだ」

「まあいいさ。話を続けよう……門脇美也子って女。この一件の依頼人だが、俺は、彼女もFSQ、あんたと同じ会社の人間だと聞いていた」

俺は「おい」とそれを遮《さえぎ》った。

「あんたみたいな稼業の人間が、依頼主の素性なんて明かしていいのか」

「別にいいだろう。どうせすぐに殺すんだ。冥途《めいど》の土産《みやげ》に聞かせてやることだってあるさ
……普段はな。だがこの一件は、もうこの時点で話がおかしい。門脇美也子なんて名前は、FSQの社員名簿には載っていない。そればかりか、あの女は門脇美也子なんて名前じゃない。宮原真紀《みやはらまき》、またの名を『メル』……歌舞伎町の元キャバ嬢じゃねえか。ずいぶんと、舐めた真似《まね》をしてくれたもんだな」

驚いた。殺し屋風情《ふぜい》が、そこまで細かく裏取りするとは思ってもみなかった。

「三上さんよ。この一件の、本当の依頼人はあんたなんだよな。あんたは宮原真紀を使って、この手の始末をつけるプロを探した。見事というべきかなんというか、行き着くべきところに話は行き着いた。他の業者なら、こういう依頼も引き受けてくれるのかもしれない。でも、俺は駄目だ。三上亮の依頼で三上亮を殺す。そんな馬鹿な話はない。三上亮を恨んでいる三上亮が金を出して、三上亮を殺させる。こんな面倒臭えこと、よく思いついたな。人様の手を煩《わずら》わせるくらいだったら、テメェでテメェの首でも括りゃいいだろう」

侵入者の言うことは尤《もっと》もだが、しかし、俺がそうしたのにも、それなりの理由がある。

「……何度も試したさ。首吊りも、飛び下りも、薬物の過剰摂取も。いろいろ試してはみ

たが、要するに度胸がないんだろうな。寸前で怖気《おじけ》づいて、失敗を繰り返しただけだった」

「だから、プロを雇おうと」

「ああ」

「そりゃ残念だったな。この件は俺にとっちゃ、とんだ筋違いだ。とても受けられる筋合いじゃない」

俺は上半身を前に傾けた。追いすがろうとする——これが今の俺にできる、せめてもの表現だ。

「そうとも言いきれないだろ。俺は俺を恨んでいる」

「屁理屈こねんなよ」

「屁理屈じゃないさ。俺は彼女を、田嶋夏希を愛していた。あんな気持ちは初めてってくらい、彼女のことを愛していたんだ。でも、分からなかった。どうやって彼女を愛したらいいのか。もっと深く、もっと激しく……そうしているうちに、彼女は、どんどん壊れていった。古いギターみたいにさ、弾けば弾くほど壊れていって、終《しま》いには、音も出なくしてしまった……全部、俺がやったんだ。俺が、悪かったんだ。彼女を殺したのは俺だ。そんな俺を、俺は恨んでいる。赦《ゆる》せない」

まさか、殺し屋に溜《た》め息《いき》をつかれるとは思わなかった。

「……どうしようもない野郎だな。でもたまにいるよ、お前みたいな甘ったれのお子ちゃまも。特に、中途半端に金持ってる奴《やつ》に多いんだ。こっちもよ……こんな人でなし稼業を営む身だ。人の愛し方なんざ、そもそも人様に指南できる立場じゃないさ。ただ……それを仕事のせいにするのも間違いかもしれないが、俺は……あんたのやってるみたいな、今どきの投資ってのが、大嫌いなんだよ」

なんの話か分からなかったが、黙っていた。もう少し、男の話を聞いてみたかった。

「俺はこの歳まで、何かに投資するような余分な金を持ったことがないんでね、あまり偉そうなことは言えないが、そもそも投資ってのは、その会社のやることに惚れ込んで、よし、じゃあ俺が金を出してやるから思いきりやってみろって、そういう心意気みたいな、漢《おとこ》気《ぎ》みたいなもんから、するもんじゃなかったのかね。それが、今じゃどうだ。儲かるって噂《うわさ》を耳にしたら、実体のない、幽霊みたいな通貨にだって投資するんだろ、あんたらは。それで、ひと儲けしたらさっさと売り抜ける……そりゃそうだ、いつまでも持ってて損したくないもんな。価値が下がる前に手放す。逆に言ったら、そんなものに価値なんざ、最初から感じてなかったんだろ、あんたは」

少しずつ、男の言いたいことが見えてきた。

黙って続きを聞く。

「女も、そんなふうに見てるとこあったんじゃないの。顔と体で買うかどうか決めて、楽しむだけ楽しんだら、価値が下がる前に売り逃げる。そこに気持ちがないから、平気でそんなことができる……いや、できていた。これまでは。田嶋夏希に出会うまでは」

そう、かもしれない。

「だからあんたは戸惑《とまど》った。気持ちのある相手にどう接していいか分からないから、これまでのやり方でなんとか押し通すしかなかった。しかも売りどきが分からない。かといって価値の上げ方も分からない。そうこうしているうちに、田嶋夏希は死んでしまった……それだけのこと、と言ってしまったら身も蓋《ふた》もないが、少なくとも、俺なんかの出る幕じゃないってのは、ご理解いただけたんじゃないですかね」

悔《くや》しいが、ぐうの音《ね》も出なかった。

「……俺はこれから、どうしたらいいんだろうか」

「知らねえよ、そんなことは。ま、せいぜい香典でも奮発してやれ、と言いたいところだが、不祝儀を多く渡すのも却《かえ》って失礼だって言うしな。難しいところだな……あと、あんたにできることといったら、死ぬまで彼女のことを忘れないとか、それくらいじゃないの。彼女を想い続けて、彼女の分も長生きしてみるってのも、悪くないんじゃないか……じゃあ、俺はこれで失礼するぜ。ガムテープくらい、自分で剝がせるだろ」

そう言って、侵入者はなんと、玄関の方に向かっていった。ロックを解除し、普通に出ていった。少なくとも俺は、一連の物音からそう察した。

殺してほしかったのに、こんな人生、もう終わりにしてほしかったのに、そうはしてもらえなかった。

それこそが甘えなのだと、あの男なら言うのかもしれないが。

5

陣内に連絡をもらったので、杏奈がメンバー全員に声をかけた。場所はもちろん、いつもの「エポ」だ。

カウンターの奥から、市村、杏奈、小川、シンの順番で座り、ミサキとジロウは上のロフトスペース、陣内はカウンターの中という、これもいつも通りのポジションに落ち着いた。

まず、杏奈から確認しておく。

「ジンさん。結局、三上亮は始末しなかったんだよね?」

陣内が頷く。

「そういう筋の話じゃないからな。あと、二百万は玄関に置いて帰ってきた」

右上の方で、ミサキがロフトの柵から身を乗り出す。

「おい、あんた馬鹿じゃねえのか。くれるって言ってんだから、もらっときゃよかっただろうが」

陣内が苦笑いしながらミサキのいる方を見上げる。

「確かに返せとは言われてないが、かといってくれるとも言ってなかったぜ、三上は」

隣の小川が「ちょっと待ってください」と割って入る。

「あの三百万のうち、二百万を三上のところに置いてきた、ということですか」

「ああ、そうだよ。こっちも、裏取りにはある程度労力を割《さ》いてるからな。タダ働きをしてやる義理はないが、かといって三百万全額ってのは、いくらなんでももらい過ぎだろう。だから、百万だけ頂戴することにした」

小川がかぶりを振る。

「そういうことじゃないですよ。あの三百万は、だって最初に杏奈さんが数えたり、いろいろしたわけでしょう。陣内さんの指紋だって残ってたんじゃないですか」

それについては、杏奈が説明する。

「ああ、それは大丈夫。最初の三百万は、シンちゃんが仕事で使ってる偽名口座にいったん入れて、それを少しずつ引き出して、もうＡＴＭから取り出す段階から手袋してたから、あたしたちの指紋はどこにも残ってない」

小川が「はあ」と息をつく。

「それなら、よかったです」

「うん。それくらいの用心は、ちゃんとあたしたちだってしてるよ」

市村が、短く咳払《せきばら》いをする。

「……じゃあ、そういうことで、分配ってことでいいか」

「はい、お願いします」

いつものように、人数分用意した茶封筒を市村がカウンターに並べる。今夜、杏奈は直前まで配達の仕事があったので、封筒に詰めるのは市村に任せてあった。

でもやはり、配るのは元締め、杏奈の役目だ。

「じゃ、これがジンさん」

「はい、どうも」

「これがシンちゃん」

「どうも、ありがとうございます」

「これが……小川さん、ミサキさん、ジロウさんの分」

三枚まとめて小川に渡す。小川はすぐにスツールから下り、三枚のうち二枚をロフトにいるミサキとジロウに手渡した。

「どうも」

「サンキュー」

あとは、市村と杏奈だ。

「はい、じゃこれ市村さん」

「へい、遠慮なく」

そう市村が言い終わらないうちに、

「あっ、おいちょっと待てコラ」

ロフトから声がした。ミサキだ。

「どうしたの、ミサキさん」

「どうしたも糞《くそ》もあるかよ。なんであたしらが十万で、ジンさんのそれよ、ちっとコラ、もっとよく見せろ……なんだよ、十万より多く入ってんじゃねえかよ」

やはり気づかれたか。

「あの、それは……今回はもろもろイレギュラーな案件だったんで、ジンさんと市村さん、シンちゃんが二十万ずつ、他の四人は十万ずつということにしました」

シンがこっちを向く。

「それいったら、元締めだって二十万でよくないですか」

「あたしはいいの、大したことしてないから」

よほど納得がいかないのか、まだミサキは上で騒いでいる。

「テメェコラ、なに勝手なこと言ってやがる。あんたらは、まあいいだろう。小川以外の『目《め》』は、裏取りとかいろいろ動いたんだろうから、そこはご苦労さんの駄賃があったっていいさ。それくらいはあたしだって分かってる。でも、ジンさんは違うだろ。あんた、三上を始末しないで帰ってきたんだろ？　だったら、ギャラはあたしらと同じはずじゃないか」

そこも、やはり説明が必要か。

「そうはいっても、ジンさんはちゃんと三上の部屋に忍び込んで、ケジメをつけてきたんだから」

「それだけだろ。要するに、三上と喋って帰ってきただけじゃねえか。始末なんざ、一つもしてねえじゃねえか。そんなんだったら、あたしにだってできたよ。あたしに行かせてくれたってよかったじゃないか」

ジロウが「それはねえな」と呟くと、シンも「ミサキさんじゃなあ」と笑いを漏らす。

それがまた、ミサキは癪《しゃく》に障ったようだ。

「シン、テメェ今なんツッた。もういっぺん言ってみろこのヤロウ。言わねえと、テメェでテメェのケツの穴舐めるまで前屈させっぞ、コラ」

「えっ……言わないとそれで、もういっぺん言ったら、どうなるんですか」

「エビ反りで同じことをさせる」

「死んじゃいますよ、僕」

「なんだ、舐めたら死ぬほどテメェのケツの穴は汚《きたね》えのか」

陣内が「もうよせ」と掌をかざす。

「欲しけりゃくれてやるよ、こんな金。ただな、俺がなんの始末もしないで帰ってきたと思ってんなら、それはちょっと違うぜ」

ミサキが、眉をひそめて陣内を睨《にら》む。

「なんだよ、三上は殺さなかったんだろ？　だったら、始末はしてねえってこったろうが」

「確かに、三上亮という男は殺さなかった。そこまでする筋じゃないというのが、みんなで話し合った結果、出てきた結論だったろ」

「だから」

今一度、陣内が掌を向けて制す。

「待て待て。三上自身は殺さなかった、って言ってるんだ。ただし、別のものを俺は殺してきた」

「なんだよ、それ」

ニヤリと、陣内が片頰を持ち上げる。

「……心さ。三上の中に巣喰う、現代人の卑《いや》しき心の病魔を、俺は始末してきたんだ」

すかさずシンが「上手い」と手を叩《たた》く。

市村が「ジンさん、粋《いき》だねえ」と指を指す。

陣内も、満更《まんざら》ではなさそうだ。

「おう、こちとら江戸っ子よ」

陣内が江戸っ子だったとは、杏奈も知らなかった。

いつもより、やけに陽気な陣内に違和感を覚えなくもなかったが、ひょっとすると、三上を殺さずに済んだことで、少しほっとしているとか、そういう部分もあるのかもしれない。

ミサキだけは、まだまるで納得がいっていないようだが。

「何が江戸っ子だ。そんなこたァどうだっていいんだよ……ジンさん、あんた今、言ったよな。その金、欲しけりゃくれてやるって言ったよな。そういうことなら、もらう。あたしがもらう。全額よこせ」

「馬鹿。差額のことを言ったんだよ、俺は」

「言ってないね。ただ『欲しけりゃくれてやる』って言っただけだね。あたしは聞き逃さなかったよ。騙《だま》されないからね」

やれやれ。今回は試験的に、仕事内容を報酬に反映させてみたが、どうやらこれはこれで問題がありそうだ。

やはりこれまで通り、報酬は全員一律にしようか。

その方が、何かと問題がなさそうだ。

改竄《かいざん》御法度

1

セブンのメンバーはあまり関心がないようだが、シンは表社会でもれっきとした掃除屋、一般でいうところの清掃員だ。西新宿八丁目にある「有限会社　杉山《すぎやま》ビルメンテナンス」という会社に社員として雇われ、税金だってきちんと納めている。

ただし、この会社の給料だけで生活が成り立つかというと、現状は「極めて困難」と言わざるを得ない。

現在、会社にはシンの他に、八十歳近い社長と経理担当の社長夫人がいるだけ。たった三人の小さな小さな会社だ。四年前まではもう二人いたのだが、一人は年齢的なことを理由に退職し、もう一人は無断欠勤を続けたのち行方不明になってしまった。

現場担当が三人いる頃はまだよかった。ある程度大きな物件でも受注できたし、作業中に世間話をすることだって、個人的な愚痴《ぐち》を聞いてもらうことだってできた。仕事帰りに一緒に飲みにいくことだってあった。

今はもう完全に、現場担当はシン一人だ。

さらにいうと社長は、シン一人では手に負《お》えない物件だと判断すると、勝手に依頼を断わってしまう。掃除屋は他にもいるのだから、たとえば同業者に声をかけて、三人なり五人なり集めて、シンが一時的に親になって現場を仕切る方法だってある。

それなのに、社長は断わってしまう。

「社長、そういう依頼があったら、ちょっとひと言、僕にも相談してくださいよ」

「いやぁ……石井《いしい》くん、あの物件は無理だよ」

「そう、かもしんないですけど、でも半日あったら、いや二時間でもいいから時間もらえたら、何人かに連絡してみて、それで空《あ》いてる人を三人でも集められれば、できなくはないじゃないですか」

「いやぁ……その人たちの手間を考えたら、合わないって」

社長のいう「手間」とは「手間賃」のことだ。つまりギャラ。この社長は、そっちに多く取られたら、ただの「骨折り損のくたびれ儲《もう》け」になってしまうと、そういう考え方をする人なのだ。

「でもね、社長。そうやって断わってばかりいたら、古いお得意さんだって、いつか仕事くれなくなっちゃいますよ」

「いやぁ……そこはさ、世の中、信頼関係だよ」

実際、シンの言った通りになっていった。ジリジリと、少しずつ少しずつ、杉山ビルメンテナンスの仕事は減っていった。

ある日、ちょっと前まで杉山が請《う》け負《お》っていたビルの清掃を、他の会社がやっているのを見かけた。別の日には、社長から「四丁目の共青《きようせい》ビル、今月から来なくていいって」と聞かされた。そのまた別の日には、ここは大丈夫だろうと思っていたビルが、いきなり解体されているのを目撃した。

この会社、長くないな――。

そう思って、それを口に出すことが、そんなにいけないことだったのだろうか。それも仕事中、一人でカーペットのシミ抜きをしているときだったのだから、独り言くらい言っても罰《ばち》は当たらないはずだった。

なのに、当たってしまった。

「……石井ちゃん。いい仕事、紹介しようか」

このヤクザ者の甘言《かんげん》に乗ってしまったのが、自分の人生最大の過ちだったと思う。清掃用の濃塩酸で、ちょっと溶かしてもらいたいものがある、十万払うから頼むよ。そういう話だった。

最初は本当に、死体の顔と手の指紋を溶かすだけだった。しかし、その仕事を脅《おど》しのネタのように使われ、続く依頼を断わることができなくなり、結局、何度も何度も自らの手を汚すようになってしまった。やがて、埋めるのも手伝ってくれ、今回は解体してくれ、知り合いにも頼まれちゃったからやってくれよと、注文は次第にエスカレートしていった。

「石井ちゃん、凄《すご》いね。時間かければ、ほとんど全部、なかったみたいにできちゃうんだね」

凄くなんてない。ただ必死だっただけだ。誰かが人を殺し、その死体処理を手伝ったことで、警察に捕まりたくなんてなかった。それも、一回や二回なら「脅かされて仕方なく」という言い訳もできたのかもしれない。だがさすがに、十回を超えたらなんの言い訳もできない。だったらもう、技術を磨くしかない。徹底的に研究して、日々新しい方法を、さらに効率的な方法をあみ出して、絶対にバレない仕事をやり続けるしかなかった。

ただ一つ、最初に仕事を頼んできたヤクザ者に感謝していることがある。当初、シンは「石井ちゃん」と本名で呼ばれていたのだが、彼は若干滑舌《かつぜつ》が悪く、一緒にいた別の関係者が「シンちゃん」と聞き間違いをした。「イシイちゃん」「シイちゃん」「シンちゃん」という完全変態だ。

後日、シンは彼に頼んだ。

「せっかくだから、訂正しないでください。こんな闇仕事の現場で、本名で呼ばれるの、あんまり気持ちのいいもんじゃないんで」

「そりゃそうだな。じゃ、これからは俺もそう呼ぶよ。掃除屋のシンちゃん……これからも、よろしくな」

その半年後、彼は覆面《ふくめん》パトカーとカーチェイスを演じた末、環状八号線の中央分離帯に激突し、乗っていた車はペシャンコ、彼自身も帰らぬ人となった。覚醒剤の運搬中だったらしい。

その日、シンは会社前の路上で清掃用具の片づけをしていた。

会社といっても自社ビルとか、そういうものがあるわけではない。見た目はごく普通の二階建て民家。会社の看板すら出していない。かろうじて【杉山】という表札の横に、【(有)杉山ビルメンテナンス】という薄汚れたアクリル製のプレートが掛かってはいるが、でもそれだけ。それらしい事務所が社長宅の一階にあるわけでもなければ、敷地内に駐車場や倉庫があるわけでもない。

あるのは、斜め向かいの月極駐車場に軽のワンボックスカーが一台と、その隣、車一台分のスペースに設置されている物置のみ。社員が着替える部屋すらない。よって着替えは現場か、せま苦しい車内で済ませることになる。とはいえ、今はシン一人しかいないので、それでも特に不自由はない。

現場で洗ったモップ類を物置の所定の場所に掛け、掃除機やらバケツやら洗剤やらを棚に納め、鍵を閉める。恐ろしいことに、死体の顔を溶かした濃塩酸やその他の溶剤なども、この物置や車内に保管している。その気になったら小学生にだって簡単に持ち出せる。完全に法令違反だと思うのだが、今のところトラブルにはなっていない。なんというか、怖ろしい世の中である。

さてと。あとは着替えて、社長に「帰ります」と挨拶をして、少し早いがいつものラーメン屋で一杯やってから帰るとするか――などと呑気《のんき》に考え、一歩、道に出た瞬間だった。

道といっても、車が一台ギリギリ通れる程度の狭い路地。そこに、全速力で駆け込んでくる人影が見えた。碌《ろく》に手入れもされていない生垣と、猫避《ねこよ》けのペットボトルが並んだ角を、体を斜めに傾《かたむ》けながら曲がってくる。デニムのシャツに、やはりデニムのホットパンツを穿《は》いた女の子。髪をポニーテールに括《くく》っている。

すげーな、スピードスケートのコーナリング並みだな、よく転ばないな、と思っていたら、転んだ。しかも、かなり見事に。

ビターン、と勢いよく地面に手をつく音、肘《ひじ》とか膝《ひざ》とか、骨を直接アスファルトに打ちつける鈍い音、あと、カラコロロッ、という軽い音。そんなものがいっぺんに聞こえた。その様子をひと言で表現するとしたら、「ステーン」以外には思いつかない。

シンだって、大丈夫？　くらいの声はかけてやるつもりだった。見たところ中学生か高校生くらいの娘なので、下心とか、そんなものは全くない。ただ純粋に、立てないなら手を貸してやろう、なんなら、消毒薬と絆創膏《ばんそうこう》くらい出してやってもいい、そう思っただけだ。

だがどうやら、彼女はそんなタマではないようだった。

歯を喰《く》い縛《しば》って中腰に立ち上がり、一瞬、自分が通ってきた道に目を向け、でもすぐにシンの方を見て、シンを指差し、同じ手で「頼む」とでも言いだけに片手で拝み、踵《きびす》を返して反対側、シンに背を向けて走り去っていった。

なんだ？　と呆気《あっけ》にとられたのも束の間、一分もしないうちに状況は理解できた。

別の足音が、彼女が通ってきた道の方から聞こえてきたのだ。

今度は男だった。まあ、チンピラ風といって差し支えないだろう。

刺青《いれずみ》をそのまま写し取ったような柄物のシャツに、黒いパンツ。足元はスニーカー。靴下は穿いてない。そんな男が、彼女が転んだ角まできて、一応十字路なので、右を見て左を見て、どうしてそっちだと思ったのかは謎だが、彼は直進方向に再び走り始めた。たぶん、シンの存在は視界にすら入っていなかったと思う。

逃げる少女。追うチンピラ。

この界隈《かいわい》にはありがちな構図だが、一点、妙なものがシンの足元に残った。

見た感じは、ＩＣレコーダーのようだが。

いつものラーメン屋で、今年初の冷やし中華を注文した。あと、ツマミのチャーシューと生ビール。

冷蔵ケースの上に据えられたテレビが映し出す、夕方のニュース番組。さっきまでは政治家のセクハラ疑惑について報じていたが、今はコンビニエンスストアに乗用車が突っ込んだ事故の話題に変わっている。おそらく、車がないと買い物にも行けないような田舎《いなか》の年寄りが、アクセルとブレーキを踏み間違えたのが原因だろうと思っていたのだが、違った。面白半分で父親の車を乗り回していた中学生の起こした事故だった。

「はい、冷やし中華お待たせ」

「どうも」

普通の店なら、生ビールとツマミ類を先に持ってくる。だがこの店は違う。違うというか、何度お願いしても直らない。ラーメンとかチャーハンとか、腹に溜《た》まるものが先に出てくる。でも、それにももう慣れた。錦糸卵《きんしたまご》とトマトを食べ終わる頃には、生ビールくらいは持ってきてもらえるだろう。

「……はい、生ビール。遅くなってごめんなさい」

「どうも」

今日はチャーシューが最後だった。残すのももったいないのでレモンサワーを追加し、締めて千三百二十八円、釣りのないようにきっちり払って店を出た。

歩きながら、もう五、六年は使っている防水腕時計を見る。七時五分前。見上げれば空もまだほんのり明るい。このままだと、アパートに着くのが七時ちょっと過ぎ。寝るまでに、映画を一本見るくらいの時間は充分ある。レンタルショップに寄って、何か借りて帰ろうか、と思ったところに電話がかかってきてしまった。

嫌な予感しかしなかった。

携帯電話をポケットから出してみると、案の定、ディスプレイには知り合いの、ヤクザ者の名前が表示されていた。辻井《つじい》という、古澤《ふるさわ》組の組員だ。

「……はい、もしもし」

『あ、シンちゃん。今夜空いてる？』

むろん、飲みのお誘いなどではない。

「ええ、まあ」

『よかった。急ぎでイッコ、頼めないかな』

今夜、これから二体はキツいが、一体くらいならやれなくはない。

「ああ、はい。いいですけど、どんな感じですか」

『若い男』

「方法は」

『フルコースで』

解体から廃棄までか。

「現場はどんなですか」

『いや、もう運び出したから、現場の清掃はいい。今「ホテルゴールド」にある』

何回も使ったことのあるホテルだ。勝手は熟知している。

「シングルですか」

『いや、ダブルにしたよ、ちゃんと』

狭い部屋は作業がしづらいので、ホテルなら、できるだけ大きな部屋を取ってくれるよう常連客には頼んでいる。

「分かりました。ええと……一時間後でもいいですか」

『もうちょっと早くこれない?』

「じゃあ、なるべく早く伺《うかが》います」

『うん、よろしく頼むね』

電話を切り、すぐ会社に引き返した。いつものように、社長には黙って物置から必要な道具を選び出し、自宅に寄って、さらに何点か揃《そろ》えて現場に向かった。

ホテルゴールド前に着いたのが八時十分前。約束通り、一時間はかかっていない。

「もしもし」

『おおシンちゃん、早くきてよ』

「いま下まできましたけど」

『六二二号室だから、そのまま入ってきちゃって』

「分かりました」

ここは長らく古澤組が面倒を見ているホテルだし、辻井とも話ができているのだろう、シンがエントランスから直接エレベーターホールに向かっても、フロントにいるスタッフからは何も言われなかった。かなり大きなキャリーを引いているのだが、変な目で見られることもなかった。

エレベーターを六階で降り、案内表示に従って六二二号室の方へと進む。途中までは一つずつ部屋番号を確認していたのだが、シンの数メートル先でふいにドアが開き、辻井が顔を覗《のぞ》かせた。

無言で手招きをするので、シンも会釈《えしゃく》をしながらそこまでいく。立ち止まらずにドアを入り、そのまま部屋まで進んだ。

背後でドアが閉まる。ロックを掛ける音もした。

「……なんか、ごめんね、いつも急なお願いで」

全くだ。

「いえ、それはいいんですけど」

ベッドとドレッサーデスクの間、カーペットの床に転がされた荷物に目をやる。いかにも旅行用トランクに押し込んできた感じの、縮こまった死体だ。現状は工事現場等で使われるブルーシートで包んである。

それでも、血と糞尿《ふんにょう》の臭いはかなり漏《も》れてくる。

「辻井さん、臭《くさ》かったでしょ」

「いや、俺が来たのは今さっきだから、そうでもないけど……そうね。来たときは、臭《にお》ったね、確かに」

なるほど。見たところ、辻井の着衣に乱れはない。黒いシャツに純白のベスト、同じ色のスラックス。とても人を殺したり、それを運んできたようには見えない。おそらく、実行犯は辻井の下の者なのだろう。

それはいいとして。

この状態でこれだけ臭うということは、ブルーシートを剝《は》がしたら、かなりヤバい状態だと思わなければならない。ということは、あらかじめシンが用意してきた新しいシートに載《の》せ換えておいた方が安全だ。

自分のキャリーを倒し、ベルトをはずす。ケースのロックを解除し、フタを開ける。まず必要になると思ったので、白いビニールシートは一番上に載せておいた。

それを取り出し、死体の三倍くらいの大きさまで広げ、

「辻井さん、ちょっと頭の方、持ってもらえますか」

「はいよ」

死体を中央に配置する。それから、ロープだのビニール紐《ひも》だのを解《ほど》き、ガムテープを剝がし、ブルーシートを捲《めく》る。

一応、辻井たちも努力はしたようだ。

死体の下半身を食品用ラップでぐるぐる巻きにし、血や糞尿の漏れを防ぐ処置はしてある。ただ、トランクに押し込めるときに相当無理な力を加えたのだろう。服があるにも拘《かか》わらず、大量の汚物がラップの中に漏れ出してしまっている。

「うわ……くっさ」

「そういうものなんですよ、人体って。ご存じだとは思いますが」

死体は二十代くらいの男性だ。ホストっぽくも見えるし、チンピラのようにも見える。ただの大学生だと言われたら、そのようにも見える。

手術用の手袋をはめながら、辻井に訊《き》く。

「どうします？　見ていきます？」

「いや、できれば、お任せしたいけど」

「じゃあ、ギャラだけ先にいただけますか。あとはやっておきますから」

「うん……ちなみに、今日はどういうプランなの？」

古澤組の息のかかったホテルの一室、という特性は最大限に利用させてもらう。

「そうですね。まずは細かくバラしまして、ミキサーは持ってきてますんで、肉と内臓はそれでミンチにして、トイレに流しちゃいます。骨はここでは処理できないので、持ち帰ります。少し時間はかかりますが、ポロポロになるまで煮込んで、それも最終的には流しちゃいます」

　辻井は「そうなんだ」と言いながら、尻のポケットから長財布を抜き出した。一万円札を二十五枚。二回数えてからシンに差し出す。

　シンも一応、一回だけ数えさせてもらった。

「……はい、毎度どうも」

「ちなみにさ、血痕とか、警察が調べたら出るっていうじゃん。なんとか反応ってやつ。そういうのは大丈夫なの？」

「辻井さん、意外と他人任《ひとまか》せにできない性格ですか」

「いや、そういうんじゃないけどさ」

「でしたら、途中まで見ていったらいかがですか？　実際に見たら、案外自分でもできるかも、とか思うかもしれないですよ」

　真《ま》に受けたのか、辻井はいったん死体に目をやり、それからシンの顔を見て、もう一度死体を見てから、首を横に振った。

「いや、いいや。俺、シンちゃんのこと信頼してるし」

「そういう問題じゃないでしょ」

「まあ、ね……メシも、何日か喉《のど》通らなくなりそうだし」

「何日かで済めばいいですけどね」

「シンちゃんは、最初どうだったの？　最初から平気だったの」

ベッドにもシートを広げ、道具を並べていく。

「そりゃ僕だって、最初は嫌でしたよ。でも幸い、いきなり解体から始めたわけじゃないんで。証拠隠滅《いんめつ》レベルから、徐々にハードな作業まで請け負うようになったんで、現場で吐いたりしたことはないですね。食事が喉を通らなくなったこともないです。今なんて、面倒臭いときは肉とか心臓とか、たまには内臓も食べちゃいますからね」

辻井が「ゲェ」と言いながら上体を反《そ》らす。

「マジで。シンちゃん、人肉食っちゃうの」

「はい。まあ、今の季節はまだ、食中《しょくあた》りが怖いんで。心臓とか、内臓系は食べませんけど」

「でも、冬なら、食べちゃうんだ」

「はい。まあ、人にもよりますけど。当たり前ですけど、あんまり太った人は食べきれませんし、痩《や》せっぽちとか老人はね、実際マズいんで、食べませんね。あと、目玉と耳も食べません。どう処理したら食べられるのかよく分からないんで。僕、煮魚の目玉は好きなんですけど、人間のはね……さすがに、ちょっと気持ち悪いなって、僕でも思います」

分からん、とでも言いたげに辻井が頭を振る。

「……うん、もういいや、その話は。俺、帰るわ」

「はい、お疲れさまでした。辻井さん、途中経過の写真って、要《い》らないんでしたよね」

「うん、要らない。っていうか、それ欲しい人いるの？」

「いますよ。確実に処理されたかどうか、知りたいんでしょうね。中には、顔が違う、ニセ物だろ、作り物だろとか言う人もいますけど、それもね……死体の顔って、筋肉が完全に弛緩《しかん》しますから、たいてい作り物っぽくなっちゃうっていうか、生きてるときと全然、雰囲気変わっちゃうんで、そう見えちゃうのも、分からなくはないんですけど、かといってね、ニセ物呼ばわりされても……なんで僕が、そんな手の込んだことしなきゃならないんですかって、さすがにそのときは言い返しましたけど」

辻井は「もういい、もういい」と言いながらシンに背を向けた。

「ここ、チェックアウト朝の十時だけど、それまでには終わるよね」

「はい、夜中の二時か、三時には終わると思います。終わったら電話しましょうか」

「そうだね。そしたら、もう一回くるわ」

「はい、よろしくお願いします」

辻井が出ていき、ロックを掛け直したら、いよいよ作業開始だ。

最初は浴槽《よくそう》と便器の養生《ようじょう》だ。

それぞれ内側をビニールシートで完全に覆《おお》って、血液や体液が付着するのを防ぐ。排水口にはポリ製の漏斗《ろうと》をはめ、S字トラップの先までゴムホースを挿入する。さらにその先まで、となるとさすがにカバーしきれないが、浴槽や便器からルミノール反応が出ないのに、下の階の排水管まで入念に調べる警察関係者は、まずいない。この養生をしっかりやっておくと、あとの作業が格段に楽になる。たぶん、こういう段取りを徹底するかしないかが、プロと素人《しろうと》の差なのだと思う。

ちなみに、人肉を食べるというのは全くの嘘《うそ》だ。いくらプロの死体処理業者だからって、そんなものを食べるわけがない。なんの病気を持ってるかも分からない人間を食べるくらいなら、コンビニ裏のゴミ箱を漁《あさ》って腐りかけの弁当を食べる方がまだマシだ。

あれはジョーク。単なるサービストークだ。

2

その後の三日間は清掃の仕事が休みだった。休みというか、仕事の依頼が入ったという連絡が会社からなかった。連絡がなければ、シンも会社には行かない。行っても居場所がないのだから、そうせざるを得ない。

ここ二年は、ずっとそんな感じだ。

一日働いて、二日休み、半日働いて、一日休んで、三日働いて、また二日休み、みたいな。それでも社長はちゃんと給料を払ってくれるので、そこは感謝している。いや、むしろ最近は心配になってきている。会社として採算は合っているのかと。まさかとは思うが、清掃の売り上げだけでは足りず、二人の年金でシンの給料を補塡《ほてん》しているのではないかとすら疑っている。それはさすがに申し訳ない。それだったらもう日給制にしてもらうか、いっそフリーになってもいいかくらいに思っている。

休み四日目の昼頃になって、ようやく連絡がきた。

『マルーンさんから、依頼が来たんだけど、今日入れる？』

「はい、大丈夫ですよ」

『今すぐ行ける？』

「はい、じゃあ今すぐ行きます」

ラブホテルの「今すぐ」は、けっこう危険度が高い。高いが、その分ギャラもいい。

普通、ホテルは自前で清掃のスタッフを雇用している。ラブホテルならなおさらだ。ベッドメイキングから浴室、トイレ、洗面所の清掃など、普通のホテルと変わらないことから、大人の玩具《おもちゃ》の補充といった、ラブホテル特有の作業まで様々ある。

そんなところにシンが呼ばれるのは、どういうときか。それは即《すなわ》ち、部屋が常駐スタッフでは対応しきれない、あるいはしたくないような状況にされてしまったときだ。

ベッドでの失禁くらいなら、常駐スタッフでも対応可能だろう。しかし過激なスカトロ趣味の客、アナルセックスのために浣腸《かんちょう》を使用する客などが入った部屋だと、対応は難しくなる。そうなったらもう、シンのようなプロの清掃員を呼ぶしかない。

結果から言うと、まあ、今日の部屋もなかなか、気合いの入った状況だった。

なんでそういうモノを壁にこすりつけるんだ、とか、わざわざカーペットの上でするなよ、とか、全身に塗《ぬ》りたくって何が面白いんだ？　とか、利用客に言いたいことはあるが、それをやってくれたからこそシンが呼ばれたとも言えるわけで、心情的には複雑なものがある。

とはいえこっちはプロなので、覚悟もできているので、なるほどねと、一つ頷《うなず》いたあとは地道に作業をするだけだ。汚物の除去、洗浄、乾燥、消臭、道具の清掃まで済ませて、ざっと四時間。いい仕事をしたなと、自分で自分を褒《ほ》めたくなるくらいには綺麗《きれい》にできた。

マネージャーも喜んでくれた。

「さすが、杉山さんはプロだよね。元の臭いも、消毒の臭いも全然ないもんね。ほんと助かるよ。ありがとうございました。お疲れさまでした」

シンも頭を下げ返す。

「こちらこそ、ありがとうございました。またぜひお声かけください。いつでも飛んできますんで」

ギャラを受け取って現場を出た。ちなみにこういう現場は、作業着で入って、着替えてから帰る。さすがにシンも、アレの臭いのする服で車に乗りたくはない。

会社の駐車場に着いたのが、夕方の六時過ぎ。いつものように道具を物置に納めて、ギャラを社長に渡して帰ろう、と思って車を降りたのだが、

「うわっ」

いきなり、物置の陰から女の人が出てきたので、普通に驚いてしまった。しかも、顔の半分近くを大きな絆創膏で覆ってある。ミイラというほどではないにせよ、不気味さは否めない。

ヤバい奴《やつ》か、と一瞬思ったのだが、

「……どうも」

声が意外と可愛《かわい》かったので、それ以上は身構えずに済んだ。冷静にもなれた。

「えっ、なに……なん、ですか」

いや、この娘、見覚えがある。どっかで見たことがある――。

だが、シンがその答えに行き着く前に、彼女から話し始めた。

「あの、この前、そこで、あたしが転んだとき」

そうだそうだ。あの、角を勢いよく曲がってきて、ステーンと転んだ女の子だ。

「ああ、はい、覚えてます……それ、怪我《けが》、あんときのですか」

シンが指差すと、彼女はそっと左頬《ほお》の絆創膏に手をやった。

「はい、けっこう、ズリッと、やっちゃいました。あと、肘とか、この辺も」

腿《もも》から膝の辺りを示すが、ジーパンを穿いているのでそっちは分からない。肘の絆創膏は、そんなに大きなものではない。

今ここにいるということは、あのあと、この娘はチンピラ風の男には捕まらず逃《に》げ果《おお》せた、ということなのだろう。奴はまんまと騙《だま》され、すぐそこの道を直進していったのだから。

彼女は、目だけを動かしてシンと車を見比べている。

「……僕に、何か、ご用？」

そう訊くと、浅く頷く。

「あの、あれ、拾ってくれましたか」

すぐにピンときた。

手で、大体の大きさを示してみせる。

「……ICレコーダーのこと？」

「はい」

「うん、拾ったよ」

「中身、聴きましたか」

一応再生してはみたのだが、妙にノイズが多くて聴きづらかったので、最初の三分くらいでやめてしまった。

「いや、聴いてない」

「返してもらえますか」

それは一向にかまわない。

「うん、返すけど、今は持ってないよ」

「どこにありますか」

「僕んち」

キッ、と彼女が眉《まゆ》をひそめる。その気持ちはよく分かる。本当は部屋にもないのに、ICレコーダーを餌に連れ込まれて、大人しくしろとか脅されて、最終的には姦《や》られるに違いない、そう踏んだのだろう。至極《しごく》真っ当な警戒心だ。

しかし、こっちにはこっちの懸念がある。十代の少女だからといって、そのバックグラウンドが分からない以上、迂闊《うかつ》に自宅を知られたくはない。先日は追われていたようだが、少なくともああいう連中と接点のある娘なのだ。下手《へた》に関係ができて、探りを入れられて、死体処理の裏仕事や、「歌舞伎町《かぶきちょう》セブン」に関わるネタなんぞを握られでもしたら目も当てられない。

彼女が長く息を吐き出す。少し、震えている。

「……四日、待ったんですよ」

清掃の仕事がなかった日数、プラス一日だ。

「はあ、四日」

彼女が頷く。

「そこで転んだ、次の日、またここにきて……あれが落ちてないか、探して。なかったから、あなたが拾ったんだなって思って、そのあとも、ずっと、あなたを待ってて……あたし、頼んだじゃないですか、あのときあなたに」

頼んだ？

「……って、何を？」

「お願いって」

一瞬、片手で拝むようにした、あれのことか。

「だから、何を」

「それ、拾っといてって」

そういう意味だったなんて、いま初めて気づいた。

「うん、だから……いや、別に、だからってわけじゃないけど、拾ったよ。確かに」

「返してよ」

目上の人間にものを頼むときは——とか、そんなことまでは考えられないのだろうから、ここは大目に見ておいてやる。

「うん、だから返すよ。でも今は持ってないの。僕んちにあるの」

「持ってきてよ」

「いいよ。じゃあどっかで待ってなよ」

「……え？」

部屋まで来ないと返してあげない、みたいに言われると予想していたのだろうが、そんなはしたない真似《まね》をするつもりはない。

「僕が取りにいってる間、ファミレスでもコンビニでもいいから、近くで待ってればいいじゃない。そしたら、そこまで持ってってあげるよ」

彼女の眉間《みけん》から力が抜けていく。

「……いいの？」

「何が」

「姦らせろとか、言わないんだ」

「言わないよ」

「なんで？　あんた、もしかして……」

違います。

「いやいや、僕は普通に女の子が好きだけど、そういう問題じゃないでしょ。余計なお世話かもしれないけど、その歳《とし》で、男なんてみんな一緒みたいに考えるの、よくないよ」

「どうだか。男なんて、結局みんな姦りたいだけっしょ」

「うん。確かに、大多数はそうだと思うよ。でも、そうだとしても決して『みんな』じゃない。そうじゃない男だっているよ」

それで彼女が納得したかどうかは分からない。

そもそも、問題はそこでもない。

彼女は急に、思い出したように辺りを見回した。大丈夫。誰も近づいてきてないし、話を盗み聞きされてもいない。

安全確認ができたのだろう。彼女がシンに向き直る。

「……あんた、もう帰るの」

「うん、仕事終わったからね」

「じゃあ、一緒に行く」

「いいよ。でも、もうちょっと待ってて。道具片づけたり、会社の人に挨拶したりしなきゃいけないから」

「何分くらい？」

「十分か、十五分くらい」

するとまた、さも不満げに眉間をすぼめる。

なんで。四日も待ってたんなら、あと十五分くらいどうってことないでしょう。

シンのアパートまでは、歩いて十分ちょっと。

その道すがら、彼女はシンが尋ねたわけでもないのに、勝手に自己紹介をし始めた。

「あたし、ノムラヒナ」

「へえ、ヒナちゃん」

「太陽の『ヨウ』に、奈良の『ナ』」

陽奈、か。

「あんたは？　名前」

「……ねえ、一応、僕の方が年上なんだからさ」

「呼び方が分かんないから訊いてるんでしょ」

「石井」

「石井くんか」

「なんで『くん』付けなの」

「その方が可愛いから」

なるほど。自分でもたまに、鏡を見て「僕って、カッコいい系というよりは、むしろ可愛い系かな」と思うことはあるが、他人から言われるのは初めてだった。

しかも、こんな若い娘から。

「そういうこと、年上に言うかな……っていうか、陽奈ちゃんっていくつなの」

「十七。だから、ほんとはエッチしちゃ駄目なんだよ」

「分かってるよ」

「ほんとはしたいんでしょ」

かなり濃いめの顔ではあるが、それでも充分美形の部類に入るとは思うので、彼女、陽奈がそういう「自信」を持つのは分からなくない。

「だからさ、男を一律にそういう目で見るのはよしなさいって」

「石井くん、もしかして真面目《まじめ》？」

「どうだかね。わりと普通だとは思うけど」

本当に、裏の仕事に関すること以外は、自分はごく普通の人間だと、シンは思っている。いや、むしろかなりの常識人だとすら思う。

今も、陽奈が必要以上に警戒しなくて済むように、いつもより明るい表通りを選んで歩いている。なので、アパートまでは若干遠回りになる。

クリーニング屋の明かりが、陽奈の、絆創膏のない横顔を照らし出す。

「石井くんの仕事って、あれ、なんなの」

「お掃除屋さんだね、分かりやすく言うと」

「分かりづらく言うと？」

「清掃員」

「馬鹿にしてんの？　清掃員くらい分かるっツーの」

「それは失礼いたしました」

口調のわりに、陽奈が口を尖《とが》らせたのはほんの一瞬だった。

「石井くんって、ヤクザの知り合いいる？」

「んん……まあ、いるっちゃいるけど」

セブンのメンバーの市村《いちむら》とか、この前依頼をくれた辻井とか、ちゃんと数えたことはないが、二十人か三十人はいると思う。

陽奈が小首を傾《かし》げる。目線の高さはシンとほとんど変わらない。

「でも、石井くんはヤクザじゃないんでしょ？」

「うん。ただのお掃除屋さん」

「清掃員で分かるっツったろ……じゃあさ、マスコミは？」

いきなり、今度はなんだ。

「そっち系は、いないかな」

土屋《つちや》昭子《あきこ》は、実際のところどうなのだろう。

陽奈の質問は続く。

「石井くん、あのレコーダー、本当に再生してないの？」

アレをマスコミに売りたいとか、そういう話か。

「いや、最初のとこだけ、ほんのちょろっと聴いてはみたけど、ノイズばっかりでなんだか分かんないから、すぐにやめた」

「……ノイズ、ばっかり？」

さっきの「聴いてない」と矛盾するとか、そういうことは、陽奈はどうでもいいらしい。

「うん、少なくとも僕が聴いた部分はね」

「おかしいな。そんなはず、ないんだけどな」

「陽奈ちゃんは、聴いたことあるの？」

それにはかぶりを振る。

「んーん、ない。けど、重要なことが録音されてるのは間違いない、はずなんだ」

陽奈はあの日、重要な何かが録音されたICレコーダーを持って、あのチンピラ風の男から逃げていた、ということか。しかもそれを、できればマスコミに売りたいと。これはもう、予感とか予想のレベルではなく、面倒臭い話であることは間違いないと思っていい。

「なんで聴いたこともないのに、重要なことが録音されてるって分かるの」

「ヤクザが大切そうに、机にしまってたから」

「それを、なんで陽奈ちゃんが持ってたの」

「あたしが盗んだから」

「なんでそんなもの盗んだの」

「悔《くや》しかったから」

「なんで悔しかったの」

「無理やり姦られて、ビデオ撮られたから」

きちんと説明する気がないのか、あるいは説明能力が著《いちじる》しく乏しいのか。

「なんで、無理やり撮られちゃったの」

「騙されたから」

あっけらかんと喋《しゃべ》っているように聞こえるが、陽奈の内心は分からない。というかシンは、こういうことに対する女性の心理が、そもそもよく分からない。

遊ぶ金欲しさに、数千円で体を売る女性はいくらでもいる。一方で、性に関わる発言をしただけで「セクハラで訴える」「マスコミに話す」と目を吊《つ》り上げる女性もいる。レイプ被害者も様々で、自殺するほど精神を病むタイプもいれば、「チクショウ、あのヤロウ」と復讐心を燃やすタイプもいる。それもこれも全部「女性」だし、どんな心情もリアルなのだと思う。

それだけに、シンには分からない。

なぜなら、シンは男だから。

「……でも、よく逃げてこられたね。相手、ヤクザだったんでしょ」

「うん。それは、コウキが助けにきてくれたから」

陽奈は、決して説明する気がないわけではない。これは間違いなく、その能力の問題だ。

でももう少しだけ、我慢して聞いてみようと思う。

「コウキって誰」

「あたしの幼馴染《おさなな》み《じ》。あたしもコウキも施設で育った」

それはシンも一緒だが、今はさて措《お》く。

「んーと、陽奈ちゃんはヤクザに騙されて、姦られちゃって、ビデオも撮られちゃった。そこに、幼馴染みのコウキくんが助けにきてくれた」

「うん、そう」

「コウキくん、凄いね。陽奈ちゃんを助けるために、一人でヤクザんとこに乗り込んでいったんだ」

「うん。コウキは、あたしのこと妹みたいに思ってる。これまでも、ずっとあたしのこと助けてくれてた。あたし、コウキに会いたくて、歌舞伎町に行ったんだ」

ということは、どういうことだ。

「コウキくんは、つまり、どっか他の組の人？」

「ヤクザかってこと？」

「うん」

「違う。コウキはホスト。お店ではユウトって名前だった」

ホストが、幼馴染みを助けるためとはいえヤクザのところに単身乗り込むとは、いくらなんでも無謀《むぼう》が過ぎるというものだろう。

「……で、コウキくんが助けにきてくれて」

「うん」

「陽奈ちゃんはそこから逃げてくることができた」

「うん」

「そのときに、あのICレコーダーを盗んできた」

「そういうこと」

「もう一度訊くけど、陽奈ちゃんは、なんでそのICレコーダー盗んだの？　そんなもの盗んだら、余計、向こうは必死になって追っかけてくるじゃない」

陽奈が、ふいに足を止める。

自販機の明かりに浮かんだ表情は、これまでのどの瞬間よりも真剣そうだった。悲しそうだった。

「コウキ、たぶん今も捕まってる。だから、助けたいの。アレを出せば、ヤクザも交換にコウキを放してくれると思う」

シンがいま思うのは、二つだ。ヤクザはそんなに甘くない、ということと、やっぱり面倒な話だった、ということ。付け加えるなら、すでに自分はそれに関わってしまっているということ。その三つだ。

3

アパートに一番近いハンバーガーショップに陽奈を待たせ、シンは急いで部屋に戻った。古い木造アパートの一階。狭い台所の奥にあるのは、万年床の敷かれた六畳間。目的のものは、寝転がったままでも届く位置にある、小さなテーブルの上に置いたはずだ。

あった。銀色の、量販店なら二千円か三千円で売ってそうなICレコーダー。本当に、陽奈が訪ねてくるまでは全く興味のない代物《しろもの》だったが、こうなったら話は別だ。できることは可能な限りやっておく。

やや旧式のノートパソコンを開き、電源を入れる。メーカーのロゴが表示されたり、ハードディスクが回って立ち上げの準備をしている間が、とにかくもどかしい。

ようやくスタート画面が表示されたので、早速ICレコーダーの底部にあるキャップを外し、USBコネクターをパソコンの側面に挿《さ》し込《こ》む。とりあえず、レコーダーに入っているファイルは全部パソコンの方にコピーしておく。パスワードを要求されるとか、そういう面倒な手続きは一切なかった。

終わったらレコーダーを抜き、パソコンを閉じる。キャップをはめたレコーダーをポケットに突っ込み、すぐに部屋を出た。

店に着いてみると、陽奈は入り口からも窓からも遠い奥の席で、アップルパイを齧《かじ》っていた。シンが買い与えたハンバーガーのセットだけでは足りなかったようだ。

「お待たせ」

買ったばかりで熱いのか、陽奈は忙《せわ》しなく息を吸い込みながら、口の中にあるものを舌で転がしている。

「……うん」

一応、周囲を点検しておく。ワイシャツ姿のサラリーマン風の男性、制服を着た女子高校生グループ、小さな子供を連れたママ軍団など、客の顔触れは様々だが、特に警戒しなければならないような人種は見当たらなかったし、一番近い女子高生たちの席とも、ある程度距離はあった。

「ちょっと、僕も何か買ってくるよ」

「じゃああたしにも、ポテトのM追加でお願い」

なんでこっちが奢《おご》らなきゃなんないんだ、という疑問は大いにあったが、そこはその、大人の余裕というやつで、黙って頷いて済ませた。

注文カウンターは案外空いており、シンは五分もかからず席に戻れた。

「じゃあまず、これね……お返ししておきます」

ポケットからICレコーダーを出し、手の中に隠したまま、陽奈に差し出す。

「……あんがと」

陽奈は、まるで釣銭でも受け取ったかのように、それを無造作にポケットに捩《ね》じ込《こ》んだ。

シンは、自分のフィッシュバーガーの包みを手に取った。

「あの……これは、お節介かもしれないけどさ」

「ん？」

「陽奈ちゃんは、その……つまり、コウキくんを捕まえてる相手と、どうやって交渉するつもりなの」

黄色に、薄く灰色が混ざったようなアップルパイの中身。

陽奈はそれを、初めて見る物のように見つめる。

「……どうしよう」

マジか。

「相手がヤクザだっていうのは、間違いないの」

「たぶん」

「組の名前とか、分かる？」

「分かんない」

「事務所の場所とか」

「知らない。連れ込まれたの、ホテルだったし」

「なんてホテル」

「……覚えてない。っていうか、確かめもしなかった」

駄目だろう、完全に。

「相手は何人だった？」

「最初は一人だったけど、あとから三人きて、全部で四人」

そこに、コウキというホストは乗り込んでいったわけか。

「その四人の、誰かの名前とか、恰好《かっこう》とか、特徴みたいなのは覚えてない？」

すると、うーんと考え込む。

「一人は茶髪で、なんか、派手な柄物のシャツ着てて」

「それ、陽奈ちゃんを追っかけてきた人？」

パッ、と花を咲かせるように陽奈が目を見開く。

「そう、石井くん、知ってるの？」

「いや、知らないよ。ただ、陽奈ちゃんを追っかけてったのを、見ただけだから」

「なぁんだ」

勝手に期待して、勝手に落胆されても困る。

「あの男の名前、分かる？」

「分かんない」

「他のは？」

「分かんな……」

しかし、陽奈は「い」までは言いきらなかった。

「どうした？　なんか、思い出した？」

「そういえば、誰か、ツジさんって呼ばれてる人が、いたような」

非常に、嫌な予感がする。

「……さん付けってことは、ちょっと、偉い人だったのかな」

「かも」

「その四人で、一番偉そうだったのは、どんな感じの人だった？」

「偉そう、だったのは……なんか、丸刈りの」

嫌な予感、強まる。

「服は、どんなだった」

「えっと、何着てたかな……白黒、みたいな」

「白は、なに」

「パンツと、なんか、ベストみたいな。で、シャツが黒だったような……なんか、そんな感じ」

マズい。ほとんど決まりだ。

「それ、さ……ツジさんじゃなくて、辻井さん、だったんじゃないかな」

「あ、そうかも。なに、石井くん、知ってるの」

幸か不幸か、いや完全に不幸の方だが、辻井なら知っている。しかも、かなりよく。

「うん……ちょっと、知り合いに、そんな感じの人がいるかなぁ」

「マジで。じゃあ、そいつに連絡とってみてよ」

そんな簡単にいくか。

「いや、実際の連絡はさ、もうちょっと、慎重にした方がいいかな……それより陽奈ちゃんって、絵ぇ描ける？」

「なんの。イヌとかネコとか？」

「いや、コウキくんの」

陽奈が「ああ」と頷く。

「描けるよ。っていうかあたし、絵ぇ上手《うま》いよ」

とりあえず、紙はこれ、トレイに敷いてあるチラシみたいなのの裏でいいだろう。ペンは、シンが注文カウンターにいって鉛筆を借りてきた。

「……はい、お待たせ。じゃ、描いてみて」

「うん」

それは正直、他人に「絵ぇ上手いよ」と自慢できるほどの腕前でもなければ、出来栄えでもなかった。少なくとも、なんの予備知識もなく誰なのかを当てろと言われたら、完全に無理なレベルだ。

ただし、正解を知っているかもしれないシンには、かろうじて推測できる程度の情報は盛り込まれていた。ライオンのたてがみ風ヘアスタイル、細く整えた眉、面長の輪郭。

シンの思い浮かべた男と、陽奈が描いたそれが同一の人物なのだとしたら、はっきり言って手遅れもいいところだ。それがコウキなる男なのだとしたら、彼の体はもう、シンがこの手で、髪の毛から足の爪まで全て、ミンチにして下水道に流してしまったのだから。

これは、どうしたものだろう。

「陽奈ちゃん。まあ、この絵の人が誰かは、僕には分かんないけど、その……うん。心当たりは、とりあえず、当たってみるよ。それをその、白黒のね、僕の知り合いの人に、まあ、訊いてみて、上手くいくかどうかは、今のところ、なんとも言えないけど……うん。そう、だね……頼んでは、みるよ」

そう言い終えると、陽奈はハッと息を呑《の》み、自分の、ジーパンのポケットに手を突っ込んだ。

「あの、じゃあさ……これをさ、どうにかして、お金に換えることはできないかな」

「今度はなに」

「あたしとか石井くんが、これと交換にコウキを返してって交渉したって、なんか弱いじゃん。また捕まって、あたし、姦られちゃうかもしんないし。だったらさ、これをお金に換えて、別のヤクザを雇ってさ、コウキを助け出してもらうっていうのは、どうかな」

話が余計複雑になる上に、成功率も著しく下がるように思うが、そもそも、取り返すべき対象がこの世にいない可能性が高いわけだから、なんにしろその案には乗れない。

「陽奈ちゃん、ちょっとさ……もう少し、僕にも考える時間をちょうだいよ。これってさ、そんな簡単に、解決できる問題じゃないと思うんだ」

というか、円満な解決は、絶対にあり得ない。

陽奈は十六歳で施設を出て自立、最近までは練馬《ねりま》区内の日本蕎麦屋《にほんそばや》で働いていたのだという。しかし、その店が先々月一杯で廃業してしまい、以後は収入が一切なくなってしまった。新しい仕事はなかなか決まらず、その半年前から家賃を溜め込んでいたので、月末にはいよいよアパートを追い出されてしまう。何かいい方法はないか——そう、コウキに相談するため、彼女は歌舞伎町までやってきた。

一応、コウキに会うことはでき、話も聞いてもらえたと陽奈はいう。コウキには、とりあえず今すぐはどうにもならないから、夜までどっかで待ってろ、と言われたらしい。だが「どっか」と言われても陽奈は困る。店に入るような、余計な金はない。

仕方なく、陽奈は歌舞伎町をブラブラ歩き始めた。そこで声をかけてきたのがあの日、陽奈を追いかけてきた男だった。おそらく辻井の舎弟《しゃてい》だろう。

いいアルバイトがある、メイド衣装のカタログのモデルなんだけど、やってみないか、ギャラは撮影が終わったら現金で払う、よし、じゃあ今すぐ撮影現場に行こう――。

まだ昼間だったので、陽奈もそんなに危ない話ではないと思ってしまった。シンから見たら使い古された陳腐《ちんぷ》な手口にしか思えないが、それに騙された陽奈を今さら責めたところで意味はない。問題はむしろ、陽奈が盗んできたICレコーダーだ。これが重要なものであればあるほど、辻井は陽奈のことを諦《あきら》めない可能性が高い。

どうも陽奈の話を聞いていると、撮影現場もコウキを殺害した場所も、あのホテルゴールドだったように思えてならない。あそこなら、辻井は部屋をいつでも、いくつでも自由に使えるし、実際、辻井が事務所代わりに使っている部屋もある。

シンが思うに、全体としてはこんな経緯だったのではないか。

例の舎弟が陽奈を騙してホテルに連れ込み、あとから辻井たちが来て、そのうちの誰かが陽奈をレイプ、その様子をビデオに収めた。ビデオさえ撮ってしまえば、こんな小娘くらいどうにでもコントロールできると思った辻井たちは、事務所代わりにしている部屋に移動した。撮影に使った部屋を空けたのは、清掃を入れるためとか、隣室に客が入るとフロントから連絡が入ったとか、そんな理由だったのかもしれない。

そこで辻井たちは、迂闊にもICレコーダーに関する会話をしてしまった。しかも陽奈に聞こえるところで。決定的なことは言わなかったのかもしれないが、陽奈ですら「何かある」と察するような、そんな会話だ。これさえあればまだまだ稼《かせ》げるとか、大事にしまっておけとか。

そこに現われたのがコウキだ。彼が、どうやってホテルゴールドのその部屋を探り当てたのかは分からない。陽奈が辻井の舎弟に連れていかれるのをどこかで目撃し、追いかけてきたとか、そういうことなのかもしれない。なんにせよ、もはや辻井に確かめてみる以外に真相を知る方法はない。

とにかくコウキが部屋に現われ、陽奈を逃がすために乱闘を演じた。そのドサクサに紛れて、陽奈はICレコーダーを引《ひ》っ摑《つか》み、部屋を逃げ出した。例の舎弟が追いかけてはきたが、途中で派手に転びもしたが、結果的には逃げ果せることができた。

何度考えてみても、やはり問題は例のICレコーダーだ。

あれさえなければ、コウキはすでに殺されてしまっているのだし、死体もシンが処理したのだし、あとは陽奈が大人しくしていればいいだけの話だ。撮られたビデオは何かしらのルートで流通するだろうが、それは諦めるしかない。モデルの仕事があるなどという嘘八百に騙された自分の愚かさを呪うしかない。シンだってそうやって、いろんなことを諦めて生きてきた。人間、最終的には諦めが肝心だ。

しかし、商売のネタになるＩＣレコーダーが盗まれたとなったら、辻井は黙っていない。どんな手を使ってでも陽奈を捜《さが》し出《だ》すだろう。もしかすると、コウキが殺された原因はそれかもしれない。陽奈の居所を教えろと拷問《ごうもん》され、その結果、命を落としたのかもしれない。シンの記憶の限りでは、致命傷は腹部の刺し傷だったように思うが、その前に水責めをされていたとか、そういう可能性はある。

本音を言ったら、シンだってこんなことに首を突っ込みたくなどない。ただ、あの陽奈の、コウキを助けたいと訴える真《ま》っ直《す》ぐな熱意と、そんなこととは知らずにコウキの死体を解体して便所に流してしまった罪悪感、その二つが今、シンの普段通りの損得勘定と、激しくせめぎ合いをしている。

とりあえず、この話がどれくらいヤバいことなのか、それを知っておいて損はない。どうせＩＣレコーダーの本体は陽奈に返してしまったのだから、パソコンにコピーしたファイルをシンが聴こうが聴くまいが、事態が悪化することはない。

シンはノートパソコンを開き、電源を入れた。あのときは使用可能になるまでの時間がもどかしくて仕方なかったが、今は逆に、使えるようになるのが怖くすらある。用意が整ってしまったら、自分はあのファイルに何が録音されているのか、聴いてしまう。内容を知ってしまう。自分に対処できるレベルの話だったらいいが、どうもそんな気はしない。もっともっと、ヤバい何か。そんな予感がしてならない。

用意が、整ってしまった。

仕方ない。聴いてみるか。聴いて、聴いて、みよう。

フォルダーはいくつかあったが、音声ファイルが入っているのは一つだけだった。他のは管理用のプログラムとか、そんなものなのだろう。

その、唯一の音声ファイルを再生してみる。

最初の数分は、当たり前だが拾った日に聴いたのと同じ、ノイズばかりの、まるで意味のない音声だった。大音量で鳴らしたら何か分かるかもしれないと、ヘッドホンを繋《つな》いで聴いてもみたが、やはりノイズ以外には何も聴こえてこなかった。

それが、六、七分した頃だ。

ドアの開閉音のようなものが聴こえ、シンは慌《あわ》ててボリュームを下げた。危うく鼓膜がイカレるところだった。

パタパタ、という軽い足音。スリッパか？　ということは室内か。続いたのは、ガサーッというか、ワサーッというか、盛大な衣擦《きぬず》れ。とにかく、大きな布の音だ。

そしてようやく、人の声が聴こえてきた。

《……おいで》

低い男の声。
《ほら、もっとこっちにおいで……そう……うん、可愛いね》
そこそこ年配なのではないか。少なくとも若い感じはしない。むろん相手がいて喋っているのだろうから、ホテルの一室とか、そういう状況なのだろう。ということは、さっきの大きな衣擦れは布団を捲った音だったのか。
《ああ……綺麗だ。綺麗な肌、してるね》
雰囲気的にはもう触っている感じだが、そういう音までは聴こえない。レコーダーは多少、距離があるところに仕掛けられているのだろう。
《何歳って、言ったっけ》
《……十、五歳》
おやおや、それはいけませんね。確かに声は子供っぽい。
《こういうの、初めて？》
それに対する答えはなし。相手が、首を振ったような間だけが空く。
《何回目？》
これも、指を立てて答えたとか、そんな感じか。
《じゃあ、もう慣れてるんだ》
それってつまり、何回目くらいなのだろう。

《……慣れては、ない》
《エッチするの、好き？》
これに対する答えも、なし。
《好きじゃないけど、お金もらえるなら、いいってこと？》
《んん……まあ。はい》
あれ、なんだろう。この会話、なんか、どっかで聴いたことがあるような気がする。というか、知っている。
なんだ、なんで知ってるんだ。そもそも、こんな会話を自分が知ってるなんてことが、あり得るだろうか。
だが、すぐに思い至った。
ニュースだ。
いま話題になっている、民自《みんじ》党衆院議員、飯崎輝《いいざきあきら》の、セクハラ疑惑報道で流れている音声だ。ただし、いま聴いた会話がそのままニュース等で流されているわけではない。相手の声は基本的に伏せられ、番組によってはアフレコや字幕でその部分が補われている。
ネットで調べたら、すぐに動画が見つかった。
そうそう。シンが観たニュースでもこんな感じだった。男の声はそのまま、相手の女性の返答は字幕だった。

《何歳って、いったっけ》
【二十四歳です】
《こういうの、初めて？》
【何がですか】
《何回目？》
【（無言）】
《もう慣れてるんだ》
【何がですか】
《エッチするの、好き？》
【やめてください。好きじゃないです】
《好きじゃないけど、お金もらえるなら、いいってこと？》
【よくないです。嫌です】
　個人的に、そんなに興味のある話題ではないので、これが飯崎輝の声であるのかどうか、その辺の調査がどうなっているのかは知らない。でも仮に、これは間違いなく飯崎輝の声であると、科学的に証明されているのだとしたら、もう疑惑では済まない。完全にアウトだ。実際に性行為に至ったかどうかはともかく、金で女を買おうとしたことは明白な事実なのだから。

ただし、だ。

ニュースを観ているときから、なんか変だなと思っていたのだが、やはりそういうことだったのだ。

ニュースでは、飯崎輝はけしからん奴、金で女を買おうとした鬼畜《きちく》、ということになっている。対して、女性はそれを毅然《きぜん》と拒否した潔癖な人、完全なる被害者、という論調が一般的だ。声を伏せたのはあくまでも相手女性の人権を守るためであって、問題は飯崎輝の側にあるのだから、情報としてはこれで充分でしょうというわけだ。ところが、本当はそうではなかった。相手女性は二十四歳ではなく十五歳、しかも性行為を承諾している。

マスコミはなぜ、この部分を伏せたのだろう。

4

杏奈《あんな》に連絡し、歌舞伎町セブンのメンバーを集めてもらった。ただし、現段階ではまだ始末云々《うんぬん》の話ではなく、あくまでも相談なので全員でなくていい、と言い添えておいた。

それなのに、全員が「エポ」に集まってしまった。

しかも、なんだか空気がおかしい。

最初にシンをイジり始めたのはミサキだった。

「シンよぉ、お前からネタ持ってくるなんて、ずいぶん積極的じゃねえかよぉ、おい」

「いやいや、ですから、まだそういう話じゃなくてですね」

あの真面目な小川《おがわ》でさえ、妙にニヤニヤしている。

「シンさんって、ここには嫌々来てるのかと思ってましたけど、そうでもないんですね」

「ちょっと、だから、そういうんじゃないんですってば」

市村に至っては、みなまで言うな、とでも言いたげに深く頷いている。

「結局、最後に頼りになるのはこういう仲間、ってことなんだよ。な、シン。お前にもそのありがたみがよ、ようやく分かってきたってことだろ」

黙っていたのはジロウだけで、陣内《じんない》にも杏奈にも似たようなことを言われた。お陰で、本題を切り出すまでにやけに時間がかかった。変な汗も掻《か》いた。

「……そんなわけで、レコーダー本体は、その娘に返しておいたんですが、コピーしたファイルがあるんで、聴いてください」

携帯にコピーしておいたファイルを再生し、全員に聴かせる。

話題が話題だけに、メンバーの反応はまちまちだった。

杏奈は「サイテー」と呟《つぶや》き、陣内は「偏向報道っていうより、すでに捏造《ねつぞう》だな」との正論を吐いた。ミサキは「十五歳だったら、いくらもらえんの？」と的外れな疑問を口にし、ジロウに「黙ってろ」と窘《たしな》められていた。

問題の核心を突いてきたのは小川だった。

「シンさんは、これをどうしたらいいと思ってるんですか」

まさに、それを相談したかったのだ。

「そこ、なんですよね……まず、陽奈ちゃんが騙されてビデオを撮られちゃったことについては、法的に云々は別にして、しょうがない面はあると思うんですよ」

杏奈が「うん」と頷く。

「不服があるなら裁判でもなんでも起こせばいいんだし、セカンドレイプがどうこうで嫌だって言うなら、じゃあそういうことに巻き込まれないように注意してたのか、って話だしね。十七歳の娘に自業自得っていうのは酷かもしれないけど、女のあたしから見ても、ちょっと迂闊過ぎたかな」

いつもの三階席にいるミサキが「あたしがレイプされそうになったときはさ」と言いかけたが、それもジロウが「黙ってろ」と止め、有耶無耶《うやむや》になった。

シンが続ける。

「……で、コウキくんが殺されたことについても、真相は分からないわけですよ」

小川がこっちを向く。

「遺体はどうだったんですか。死因とか」

「腹部に深い刃物傷はありましたね。それが死因だとは思いますけど、僕は、そもそもそう目で死体を見てないですから。他にも傷はあったのかもしれないですし、致命傷を見逃している可能性は多分にあります」

市村が「続けろ」と促す。

「はい……で、さらに言ったら、確かに陽奈ちゃんは無理やりビデオを撮られちゃったわけですが、代わりにレコーダーを盗んできてるわけで、変な話、そこは痛み分けっていうか、どっちもどっちって気がします。なので、今はっきりしている問題点って、一つだけなんですよ。いくら助けたくても、おそらくコウキくんはもうこの世にはいない。一番望ましいのは、ICレコーダーを辻井さんに返して、もう陽奈ちゃんを追いかけるような真似はしないでくれって、そういう話で済ませる、ってことだと思うんですが」

陣内が、小さく二度頷く。

「確かに、始末云々の話じゃないな」

杏奈も同じ意見のようだ。

「要するに、その陽奈ちゃんって娘が助かれば、いいわけだよね」

「ええ、それで丸く収《おさ》まってくれれば、僕的には」

市村が体を捻《ひね》り、スツールごとこっちを向く。

「……ということは、これにはセブンとしての、正式な決《けつ》も必要ないと」

杏奈が曖昧《あいまい》に頷く。

「そう、ね。現状では」

「それなら、この件はいったん、俺に預からせてくれ。俺なりに裏を取ってみる。その結果『手《て》』が必要だとなったら、そのときまた改めて相談する。決もとる」

「うん。それでいいと思う」

「それからシン」

話はついたのかと思って、ちょっと油断していた。

「……あ、はい、なんでしょう」

「その、レコーダーの本体は、やっぱりこっちにあった方がいいな。それを返さねえことには、辻井だって納得しねえだろう」

確かに、それはそうだ。

＊

富田《とみた》、あいつは駄目だ。

辻井は心の中で、日に三回は呟く。

富田は、本当に駄目な奴だ。

性格が明るく、お調子者なところはいい。一緒にいて楽しい男ではあるし、それだけに女を騙すのも上手い。

辻井は当初、そんな見え透いた嘘を信じる女がいるものかと、馬鹿にして相手にもしていなかったのだが、実際に何人も女を連れてきて、下らない話をしているうちにスルスルと服を脱がせて、富田もいつのまにか「マッパ」になって、結果的にはガチの本番でいい作品を撮る。実績を残せば辻井も文句は言わない。

今日日《きょうび》のヤクザに、シノギのネタを選んでいる余裕なんぞありはしない。振り込め詐欺《さぎ》だろうが振り込ませない詐欺だろうが、危険ドラッグだろうが安全な覚醒剤だろうが、金になるならなんでもやるし、なんでも売る。仁義や漢気《おとこぎ》で金儲けができるほど、今の世の中はヤクザに優しくないのだ。

それと比べたら、裏ビデオなんざ健康的な部類だ。素人女なんて、三万、五万のはした金でいくらでも脱ぐ。いくらだって姦らせる。たまには諦めの悪いガキもいるが、そういうときは無理やり姦るだけの話だ。あとのことはあとで考えればいい。

しかし、アレはマズかった。

十七歳の「ガキもの」を一本撮り終わって、事務所に戻ってきたときだった。

長峰《ながみね》が富田に「例のアレ、持ってきたか」と訊いた。富田は得意気に「大丈夫っすよ、持ってきましたよ」とポケットからブツを取り出した。民自党の衆院議員、飯崎輝が十五歳の中学生とホテルに入ったときの音声記録だ。

富田は嬉《うれ》しそうに、肩を上下させながら言った。

「これでまた、ガッツリ搾り取れますね」

辻井は思わず「馬鹿野郎」と怒鳴り、富田の後ろ頭を引っ叩《ひぱた》き、ブツを取り上げ、机の引き出しに放り込んだ。

引き出しに鍵を掛けなかったのは、辻井の失敗だ。それは認める。しかし、レイプされてビデオまで撮られたガキがすぐそこにいるのに、恐喝ネタについて嬉しそうに話す馬鹿がどこにいる。

結果、まんまとブツを奪われた。しかも富田は、追いかけていったにも拘わらずそのガキを見失って帰ってきた。

「まさかお前、アレのバックアップとってねえなんてこたぁ、ねえだろうな」

「そ……それは、ないっす、大丈夫っす。とってあります」

嘘だった。富田はとってなかった。一応やったんだけど上手くできてなかったとか、散々言い訳をしていたが、そんなはずはない。昔の予約録画じゃないんだから、ICレコーダー本体をパソコンに挿して、アイコンをあっちからこっちにヒョイッと動かすだけなんだから、上手くいくとかいかないとかの話ではない。

「馬鹿かテメェはッ」

徹底的に、ボコボコにしてやった。それで組を抜けたいと言うなら抜けていい。ただし、それはあのICレコーダーを取り返してからだ。それまでは、死んでもヤクザは辞めさせない。

富田には、外に出たら二時間に一回連絡を入れろと言ってある。今どこを捜しているのか、誰と会ってどういう情報が得られたのか、それをもとにこれからどこにいくのか、逐一報告しろと命じてある。

そろそろ、また連絡が入る頃だ。

そう思ったところにかかってきたので、てっきり富田だと思って携帯電話に手を伸ばしたのだが、違った。

ディスプレイには【関根《せきね》組　市村】と出ている。

なぜ、こんなときに。

「……もしもし」

『ああ、市村だ。久し振りだな』

「どうも、お世話になってます」

関根組は白川《しらかわ》会系、辻井のいる古澤組は大和《やまと》会系。白川会と大和会はかつて対立関係にあったが、今現在は小康状態というか、取り立てて悪い関係でもなくなってきている。四代目関根組組長の市村も、上の方がどうかは別にして、俺たちは同じ歌舞伎町の住人なんだから仲良くやろうや、というスタンスの男だ。だからといって特に仲が良いわけではないが、会えば挨拶くらいするし、何かあれば大事になる前に話し合いができるよう、連絡先くらい交換できる間柄ではある。

「どうしたんすか。珍しいじゃないですか、市村さんから電話してくるなんて」

『んん、ちょいとな……おたくと話がしたいんだが、時間、作ってもらえるか』

関根組の四代目がなんの用だろう。

「なんすか。ウチの若いもんが、何かやらかしましたか」

『そういうんじゃねえんだが、事によったら、お互いに、ウィン・ウィンの話ができるんじゃねえかと思ってな』

市村は辻井よりひと回り以上年上、四十代後半ではなかったか。その年頃のヤクザが『ウィン・ウィン』とは。洒落《しゃれ》ていると褒めてやるべきか、無理に若ぶるなと助言してやるべきか。

「いいですよ、どこにしましょうか」

待ち合わせは辻井の提案で、歌舞伎町一丁目にある個室カラオケになった。

一応年下なので、辻井は少し早めに店に入った。

ここのケツ持ちは関根組でも古澤組でもない。というか、辻井の知る限りどこの組の手も入っていない。大手チェーンの歌舞伎町店なので、下手にちょっかいを出してコンプライアンスがどうのこうのと、面倒な話になるのが嫌なのだろう、どこも手出しをしない。

ここはフリー、中立地帯と、なんとなく歌舞伎町ではそういう認識になっている。

市村も、待ち合わせの五分前には現われた。

「……おう、急に呼び出して、悪かったな」

「いや、かまいませんよ。何せ『ウィン・ウィン』の話ですから」

微妙に、揶揄《やゆ》するようなニュアンスが出てしまったのか。

市村が、片頬を持ち上げて「からかうなよ」と呟く。

「まあ……掛けてください。飲み物、なんにしますか」

「じゃあ、ビールをもらうかな。生で」

生ビールを二つ、あと乾き物の盛り合わせをリモコンで注文し、それが揃ってから本題に入った。

「……で、今日はなんのお話で」

市村が、ビールを飲み込みながら「うん」と頷く。

「まあ、ヤクザが単刀直入っていうのも、洒落にならん気はするが……こういうことだよ」

市村が、薄手のジャケットのポケットから何やら取り出し、テーブルに置く。

ＩＣレコーダーだった。しかも見覚えのある形だ。まさに富田があの日、長峰に言われて見せびらかし、まんまとあの小娘に奪われたＩＣレコーダーと同型のものだ。

「……それが、何か」

「俺が単刀直入と言ってるんだ。下手な芝居はよせや」

「芝居なんかしてませんよ。そいつぁただのICレコーダーでしょう。同じものはドンキにだって売ってますよ」

「飯崎輝の買春疑惑のマスターファイルが入ったレコーダーも、ドンキで売ってるのかい」

マズい。これは本物だ。市村は本気だ。

「……すんません。試したわけじゃないんで、確かめたかっただけなんで、気を悪くしないでください」

しかしまさか、あの小娘が関根組に駆け込むとは思わなかった。

確かに、このところの白川会と大和会は「凪《な》ぎ」だ。だからといって、過去の因縁が消えてなくなったわけではない。

かつて、大和会の幹部数名が逮捕され、組織がバラバラになりかけたところに抗争を仕掛けてきたのが白川会だった。そのことを、大和会の人間は決して赦《ゆる》してはいない。まだ辻井が盃《さかずき》をもらう前の時代の話だが、そういう空気はいまだ色濃く残っている。誰も口には出さなくても、肌身で感じる。

それは向こうだって同じだろう。常に大和会の足をすくって引っ繰り返してやろうと狙っている。この市村だって、肚《はら》の底ではそう思っているに違いない。

あの小娘がそこまで分かっていて市村を頼ったとは思わないが、逃げ込む先としては最良の、辻井にとっては最悪の選択をしたことになる。

手札を先に切ったのは市村だ。

今は、辻井の番だ。

「で……市村さんは、どうしろと仰《おっしゃ》るんで」

「これは返すよ。おたくのなんだろ、そもそも」

どこまで善人振るつもりだ。

「いくらですか」

「金はいい」

しかし、タダほど高いものはない。

「そんな、虐《いじ》めないでくださいよ。単刀直入なんでしょ、今日は」

市村が、さも意味ありげに片頬を持ち上げる。

「まあ、な……じゃあ、順番に教えてくれ。これを、おたくのところから持ち出したのは、誰だ」

あの小娘が直接、市村のところに持ち込んだわけではないのか。

「それを聞いてどうするんです」

「順番にと言ったろう。話はそっからだよ」

別に隠し立てするほどのことではないが、市村の意図が読めない以上、迂闊なことも言えない。

「誰かって……十七の、名前も知らない小娘です」

「名前も知らないのか」

「ええ」

「身元、分からねえのか」

「はい。全く知りません」

「嘘じゃねえだろうな」

馬鹿馬鹿しい。

「こんなことで嘘なんかつきませんよ。本当に、ウチの若いのがナンパ紛《まが》いのスカウトで連れてきた、家出娘みたいなガキです」

「その若いのは知らないのか」

「名前くらいは知ってるのかもしれませんが、それも、本名かどうか分かりませんしね。今ここにそれがあるってことが、何よりの証拠でしょう」

市村が怪訝《けげん》そうに片眉をひそめ、手元のレコーダーを見る。

「……証拠？」

「捜してたんですよ、ウチも、必死こいてそれを。それを持ち去った小娘を。でも、今の今まで取り戻せずにいた。それこそが、ウチが小娘の身元すら知らないってことの、確たる証拠でしょう。知ってたら、とっくに取り返してますって」

多少は納得できたようだ。市村が頷く。

「なるほどな……で、なんでこれを、家出娘みたいなガキに掻っ払われたりしたんだ」

「なんで。そりゃ、ウチの若いのが馬鹿だからですよ。そこはね、ただひたすら身内の恥なんで、詳しくは勘弁してください」

「舎弟が下手こいたって、ただそれだけか？」

なんだろう。この市村の、上からの物言いは。

「……と、仰いますと」

「吉田晃希《こうき》って男が、そこには絡んでるんじゃねえのか」

知ってるのか。知ってて、市村は訊いているのか。

ひょっとして、本題はそっちか。

「ああ……ご存じ、でしたか」

「勿体《もったい》つけねえで、洗いざらい喋れよ。悪いようにはしねえからよ」

そう親切そうに言われても、簡単には信用できない。

「じゃあ逆に、一つ教えてもらえますか。市村さんは、吉田の何を知ってるんですか」

意識してのことだろう。市村が、数秒間を空ける。

「……ユウトって名前で、二丁目でホストやってる男だよな」

「ええ、その通りです」

「しかもおたくに、六十万ほど借金をしている」

よく調べたな、そこまで。

「仰る通りで」

「その男が消えた。どうなったか知ってるか」

「いいえ、知りません」

市村が首を横に振る。

「言ったろう、洗いざらい喋れって。悪いようにはしねえって。俺はその、ユウトってホストが生きてようが死んでようがどうでもいいんだ。そんなことで俺は何か捩じ込んだりはしねえから安心しろ。ユウト、吉田晃希はどうなった。おたくでバラしたのか」

どこまで分かってて訊いてるんだ、この男は。

「……ええ。お察しの通りです」

「そこまでする必要があったのか」

「必要……が、あったかどうかは、分からないです。まあ、成り行きですよ」

「どういう成り行きだ」

マズい。一方的に、分《ぶ》が悪い。

ここは、最低ラインを決めておく必要がありそうだ。

「市村さん。これ喋ったら、本当にそれ、こっちに戻してもらえるんですか」

「ああ、そのつもりだ。今テレビで流れてるのとこれを聴き比べりゃ、こいつにいい値段がつくくらいのことは誰にだって分かる。それを、俺はタダでおたくに返そうって言ってるんだ。それにまつわる楽屋話くらい、聞かせてくれたって損はねえだろう」

確かに、その提案を額面通りに受け取れば、こっちに損はない。だが市村の真意が読めない以上、迂闊に乗ることもできない。

迂闊には乗れないが、乗らざるを得ない状況にあるのもまた、事実ではある。

「その、つまりですね……うん、分かりました。じゃあ、事の始まりについて、正直に、お話しします。きっかけは、吉田です。吉田の方から、ウチの若いのに連絡があったんですよ。借金の形《かた》に女を売りたいって。なかなかの上玉《じょうだま》だし、十七歳だから、ビデオを撮ってから裏風俗に流せば、六十万でも釣りはくるでしょって。ただ、自分がそういったことを当人には知られたくないんで、いつもみたいにナンパして引っ張ってってください、あとは俺が責任持つんで、って……何が責任だって、あとで聞いて笑っちまいましたけどね。でも確かに、顔も体もよかったんで、それなりの額にはなったと思いますよ……その後に何も、起こりさえしなければね」

市村が小首を傾げる。

「その後って、こいつを掻っ払って、その娘が逃げ出したあと、ってことか」

「いえ、その前です。いくらウチの若いのが馬鹿揃いだからって、何もないのにブツを奪われて、その女を取り逃がすなんてことはないです……吉田ですよ。吉田が、その場に乗り込んできたんです。それもわざわざ、碌に使えもしねえのにジャックナイフなんざ振り回しやがって」

あの場面を思い出すと、今でも心底腹が立つ。

市村が訊く。

「なんで女を売った吉田が、そんなカチコミみたいなことを」

「知りませんよ。でもどうも、あの小娘と吉田は、同じ施設で育った幼馴染みみたいですからね。一度はテメェの借金の形に売ったくせに、あとになって、自己嫌悪にでも陥ったんでしょ。俺はなんてことしちまったんだぁ、って。妹同然に思ってきたあの娘を、ヤクザに売るなんて、俺は最低だぁ、って……馬鹿が。だったらそう言ってくりゃいいのに、ビデオは撮り終わっちまってんだから、風俗だけは勘弁してくれとか、その映像は買い取らせてくれとか、やり様は他にもあるだろうに、いきなりナイフ構えて、その娘を放せときたもんだ」

市村が小さく頷く。

「だから、返《かえ》り討《う》ちにしてやったと」

「誤解のないように言っときますがね、こっちだって最初っから殺すつもりじゃなかったんですよ。実際、若いの二人は刺されましたからね、吉田に。奴も、下手に根性見せたりするもんだから……仕方なかったんですよ。一種の、正当防衛です、これは」

「ああ、言いたいことは分かる」

「でしょう？　あんな借金塗《まみ》れのホスト、ただ殺したって意味ねえんですから。じゃなくたって、こっちは六十万の貸しがある。加えて、正当防衛とはいえバラしちまってるんでね、大人しく警察に届けるか、プロに金払ってでも死体を処理するかっていったら、そりゃプロを頼むでしょう、常識からいって」

「……だな。それも、よく分かるよ」

市村は急に腰を浮かせ、手元にあったICレコーダーをこっちに押し出してきた。

「話は、よーく分かった。もう充分だ。これは、約束通りお返しするよ」

思わず「え？」と言いそうになった。

「……いいんですか」

「ああ、もともとおたくのブツだからな。遠慮するこたぁねえさ」

なんなんだ。市村が知りたかったのは、吉田晃希に関する顛末《てんまつ》だったのか。そんなことって、あるだろうか。

「市村さん、本当にいいんですか」

「ああ、できれば、そのビデオも破棄してもらいたいところだが、おたくも何かと入用だろうから、そこは無理にとは言わねえよ。実を言うと、最初は、これ以上その娘を追っかけ回すのはやめてくれって、言おうと思ってたんだが、名前も身元も分からねえんじゃな、おたくだって、追っかけようがねえやな」

辻井が、あの小娘の名前も身元も把握していないのは事実だ。しかし市村は、そのことを本当に信じたのだろうか。本当は知っているんじゃないか、今後も追いかけ回すんじゃないかと、疑っているのではないか。

そう、市村は辻井の言うことを信じてなどいないはずだ。

だとしたらもう一枚、市村には手札があるはずだ。

「市村さん……これの中身、コピーとったりしてませんよね」

「とったよ。とったに決まってんだろ」

あまりの即答で、逆に辻井には意味が分からなくなった。

「えっ……とって、る？」

「とってるさ。今おたくが言ったことが嘘だったり、約束したことを守ってくれなかったら、そんとき俺はどうしたらいいんだい。コピーはあくまでも、そういうときのための保険さ。おたくが約束を守ってくれさえすれば、そんなコピーはこの世に存在しねえも同然ってことよ。おたくが飯崎から大金をせしめようが、民自党から強請《ゆす》り取ろうが知ったこっちゃねえ。好きにやってくれ」

市村は「よっこらしょ」と立ち上がり、そのついでのように、辻井の手元にあるレコーダーを指差した。

「大事なものなんだからよ、もう失くすなよ。ま、仮に失くしても、コピーは俺んとこにあるから。そんときはそんときで、次は有料になるけどよ、ちゃんとコピーして届けてやるから、大船に乗ったつもりで商売してきな」

そう言って、市村は肩越しに手を振り、部屋を出ていった。

なんだったのだろう、これは——。

労せずしてICレコーダーを取り戻すことができ、自分は得をしたのだろうか、損をしたのだろうか。

辻井には、よく分からない。

5

シンはいつものラーメン屋でテレビを観ていた。

頼んだのはチャーハンと餃子《ギョーザ》、それとレモンサワー。前回のパターンだと、チャーハン、レモンサワー、餃子の順番で出てくるはずだが、なぜか今日はレモンサワーが最初に来た。

それはいい。仕事帰りの客が多いこの時間、酒類を先に出すのはむしろ常識的とすらいえる。しかし、次が出てこない。かれこれ十分以上、シンはツマミが何もない状態で、次第に薄くなっていくレモンサワーをチビリチビリと舐《な》めている。メンマとか枝豆とか、そういうのも別に頼むべきだったのか。しかし頼んだら頼んだで、それがレモンサワーを飲み干し、チャーハンも食べ終わったあとに出てくる可能性だってある。そう思うともう、とてもではないが怖くて頼めない。

じゃあ、なんでこんな店に来るのか。料理が抜群に旨《うま》いのか。いや、そんなことはない。味はわりと普通だ。チャーハンなんて、ちょっとベチャッとしているくらい素人臭い。

再び自らに問う。なぜこの店に来るのか。それは、シン自身にも分からないとしか言いようがない。

「はい、チャーハンと餃子、お待たせねぇ」

強《し》いて言うなら、この意外性だろうか。今日はふた品いっぺんに持ってきたよ、珍しくサービスがいいな。ほんのちょっとでもそう思ってしまった時点で、自分の負けのような気がする。知らぬまに、この店の虜《とりこ》にされてしまっている気がする。

まあいい。いただきます。レモンサワーのピッチも上げていこう。

ちょうどテレビでは、今日の午後に行われた飯崎輝の辞職会見が流れ始めた。

《ええ、私、飯崎輝は、本日を持ちまして、衆議院議員を辞職し、民自党も、離党することにいたしました。離党届は西野《にしの》総裁に直接お渡しし、すでに受理していただいております》

雷が落ちたかのような、フラッシュの嵐。

《今月七日に、刊行されました週刊誌の、私に関する報道は、これまでも繰り返し、申し上げております通り、事実誤認、あるいは意図的に、事実を捩じ曲げられている部分が多く、これは重大な名誉棄損《きそん》に当たりますため、以後は、飯崎輝個人として、法廷で争っていく所存ではございますが、このような私事で現在も、国会が空転し、重大な法案の審議が滞り、これ以上、国民の皆様に多大なるご迷惑と、ご心配をお掛けするのは忍びないという想いで、このたび、議員辞職と離党を、決意した次第でございます》

事実誤認は確かにそうだが、その隠蔽《いんぺい》された真実の方がひどいってなんだよ、というツッコミは、決して口に出してはならない。

記者の質問に移る。

《ご自身は、報道されている内容について、事実誤認だとされていますが、このやり取りについて、相手女性に謝罪するお気持ちはありませんか》

その相手女性もな、そもそも二十四歳じゃないからな。

《事実の全てが公表されているわけではありませんし、伏せられている部分も含めて、再度検証していただければ、今現在、皆さまが思われているような、セクハラ云々という事案には当たらないと、私は認識しております》

同じ記者かどうかは分からないが、質問が続く。

《公表されている男性の音声が、ご自身のものかどうかについてはいかがですか》

《私自身は、あのようなことを申し上げた記憶はございませんが、それも含め、今後の再検証で、明らかになるであろうと思っております》

明らかになって困るのはあんただろ、とは思うが、それも心の中にしまっておく。

今度の質問は女性記者からだ。

《これが飯崎さんご自身ではなかったとして、別の方がこういった会話をしたと仮定して、そういう目で見た場合、この会話についてはどのような印象を持たれますか》

《ええ……そういった、仮定のご質問への回答は、控えさせていただきます》

《一般論としてお伺いしているのですが、それでもお答えいただけませんか》

《仮定のご質問には、申し訳ございません。回答を控えさせていただきます》

《一般論として、このような会話が交わされた場合、それはセクハラに当たるとはお考えになりませんか》

《ですから、会話全体を再検証しない限り、それについて見解を申し上げることは、不適切であると考えております》

真相を知っている立場からすると、なんとも、珍妙な会見だとしか言いようがない。

市村に、夜七時に事務所に来いと言われていたので、六時四十五分にラーメン屋を出て歩き始めた。

事務所といっても関根組の本部ではない。市村が個人でやっている「フューチャー・ライセンス企画」の方だ。社名だけでは何をやっている会社かは全く分からないが、それは、実際に中に入ってみてもよく分からない。

「……お疲れさまです」

金貸しをしているようでも、不動産関係の仕事をしているようでもない。観葉植物のレンタルをしているふうでも、もちろん土建業でもない。

「おう、お疲れ。ま、座れや」

一応応接セットがあって、社長デスクの他にも二つ机はあるのだが、市村以外の人間がここにいるのを、少なくともシンは見たことがない。たぶん、ダミーの会社、幽霊企業の類《たぐい》であろうとシンは思っている。

「何か飲むか」

「何が、ありますか」

市村が、社長デスクのすぐ近くにある冷蔵庫を覗きにいく。

「缶ビールと、チューハイと……あとは青汁かな」

「じゃあ、チューハイで」

「牛乳もあるけど、いつのかな、これ」

「……チューハイで」

缶を二つ持った市村が正面に座り、チューハイの缶を差し出す。

「いただきます……乾杯」

「何にだよ」

それはこっちが訊きたい。

「……っていうか、僕に何か、用があったんですか」

「ああ。今日の昼間に、辻井に会ったんでな、その話をしておこうかと思ってよ」

「なるほど」

市村の報告には、そうだろうなと、予想通りの部分もあれば、嘘だろと言いたくなるような、全く想定外の部分もあった。

「コウキ、すっげー嫌な奴じゃないですか」

「そうか？　テメェの女を売る男なんて、歌舞伎町にゃごまんといるぜ」

「テメェの女じゃないですよ。陽奈ちゃんは、ただの幼馴染みだって言ってましたよ。いつも私を助けてくれる、頼りになる兄貴、みたいな感じで言ってたのに」

うん、と市村が頷く。

「それだけに、罪悪感が芽生えたんだろ、野郎にも。だから、辻井のところに殴り込んでいったと」

「まあ、そうなんでしょうけど……その結果、返り討ちに遭《あ》ってしまったと」

「そしてお前に、解体されて便所に流されてしまったと」

脳裏に突如、あのホテルゴールドのトイレが浮かび上がってくる。

「それ……なんか、人聞きが悪いんですけど」

「なに言ってやがんでぇ。事実だろうが」

「そうですけど、そこを悪く言われちゃうとなぁ……僕の存在そのものを、否定されてるみたいで」

「いやいや、否定はしねえさ、誰も。そもそも、肯定してねえんだから」

「もっとひどいじゃないですか」

市村が、軽く鼻先で嗤《わら》う。

「……ま、なんにせよ、早トチリして、辻井を始末したりしなくてよかったぜ。法律云々はともかく、奴のやったことは、裏社会のルールからしたら、至極真っ当なことだしな」

シンは「ですね」と、当たり前のように相槌《あいづち》を打ってしまう自分が怖くなった。

とはいえ、市村が本当に話したいのは、そんなことではないようだった。

「それとよ、例の音声ファイルだがな」

「はいはい」

「アレ、なんであんな使い方されたんだと思う？」

さて。シンには質問の意味すらよく分からない。

「……と、申しますと？」

「飯崎は、この前の総選挙前までは民自党の幹事長だった男だ。その前には防衛大臣、外務大臣と、なかなかの経歴を持ってる」

確かに。市村ほどスラスラと諳《そら》んじることはできないが、シンでさえ、大臣をいろいろやった有名な政治家というイメージは持っている。

「ええ、民自党にとっては、大きなダメージになりますよね」

それについては、市村は小首を傾げてみせた。

「果たして、そうかな……この一連のスキャンダルの裏を読み解くには、あの音声データを誰が改竄《かいざん》して、誰が得をするのかって部分を考える必要がある。まず、辻井は関係ない。奴は今も、あの生データで商売をする気満々だ。確かに、ひと粒で二度おいしい商売になるという利点はあるが、あの辻井がだ、飯崎輝の児童買春疑惑を伏せて、ちょっとしたセクハラ問題で片づけようとしたとは、到底思えない」

「それは、確かにそうですね」

グビリとひと口、市村がビールを呷《あお》る。

「……じゃあ、マスコミか？　いや、マスコミはそんなことをしても、なんの得にもならない。報道する過程で、あくまでも演出として出し惜《だ》《お》しみするってのはあるだろうが、今回のこれは違う。今になって、本当はセクハラなんかじゃありませんでした、飯崎はもっとひどい、児童買春をしてました、なんて伏字を外したら、今度叩《たた》かれるのは、むしろマスコミだ。なんでそんな重要な部分を伏字にした、ってな。何か裏があるんじゃないか、表に出せない取引を民自党と、あるいは飯崎本人としたんじゃないか、と勘繰られることになる。だからマスコミも、この企《たくら》みのメインキャストからは外れる。マスコミは単に、使われた駒に過ぎなかった」

政治に詳しくないシンには、どうにも先が読めない。

「じゃあ、誰が黒幕なんですか」

「そりゃ、今回の件で一番得をした奴だよ」

「誰、ですか、それは」

「俺はな……西野総理だと思ってる」

益々分からない。

「いや、いま国会は大混乱で、いろんなことがストップしてるんでしょ？　そんなの、総理だって迷惑してるんじゃないんですか」

いやいや、と市村が手で扇《あお》ぐ。

「さっき俺が話したこと、覚えてるか。飯崎輝は、この前の総選挙前までは民自党の幹事長だった。つまり、党の実務を執《と》り仕切《しき》るポストにいたわけだ。それが、今の党人事では無役、内閣にも入っていない。これは、次期総裁の座を睨《にら》んで、飯崎が西野総裁と距離をとり始めたからだと言われている。しかも飯崎は今年になって、それまで所属していた派閥から離脱、独自に勉強会を立ち上げ、党内に飯崎派を作る準備を始めた。それとは別に、新民《しんみん》党の若手とも交流を持ち、一部では新党の立ち上げまで噂《うわさ》されている。そんな飯崎を、西野は切り捨てる決心をした……というのが、一連のスキャンダルの真相ではなかろうかと、俺は思ってるんだがな」

それはそれで辻褄《つじつま》が合っているように聞こえるが、分からない部分も多々ある。

「じゃあ、じゃあですよ。だとしたら、辻井が持っていた音声ファイルは、どういう流れでマスコミにまで渡ったんですか」

「それは分からん。分からんが、そもそもあれは、辻井から出てきたもんじゃないのかもしれねえぜ」

市村が、ニヤリと頬を持ち上げる。

それだけでは、シンにはチンプンカンプンだ。

「……と、言いますと」

「飯崎がどういう性的嗜好《しこう》の持ち主かくらい、西野は摑んでいただろうよ。どういうところで、どういう遊びをするかまでな。そこで、狙いをつけたのが辻井のところだった。辻井か、その手下が十五歳の少女を飯崎に宛《あて》がい、まんまと会話を録音した。辻井はコピーしたファイルを……辻井が、それを民自党関係者と認識しているかどうかは別にして、とにかくクライアントに提出。残ったマスターファイルは、飯崎との直接交渉のネタに使う、と……おそらく、そういう絵図だったんだろうと思うぜ」

もう一つ、と市村が人差し指を立てる。

「……むろん、これの黒幕が西野総理ではない可能性だって、多分にある。飯崎を失脚させることによって、西野総理に、あるいはそのブレーンに、誰かが恩を売ろうとして仕組んだ、ってパターンも考えられるからな」

もう、話が複雑過ぎて、シンには全くついていけない。

「たとえば……それは、どういう人なんですか」

「さあな。総理に恩を売りたい人間なんざいくらだっているさ。ただ、ある程度裏社会に通じていて、マスコミを手足のように使うことができて、なお表に出てこない存在となると、数は限られてくる」

それが誰なのかは、シンが訊くまでもなく、市村の口から聞けた。

「この一連のスキャンダルが、あの……ＮＷＯの描いた絵図だったとしても、俺はちっとも驚かねえぜ」

マジか。

シンは、ちょービックリだが。

恩赦《おんしゃ》御法度

1

おそらく、人の生き死にについて考える機会は多い方だろうと、自分では思う。

事故や事件で突然断たれる命。余命を宣告され、以後、刻々と音もなく抜け落ちていく命。退屈に淀《よど》み、それでもまるで終わりを意識されることのない命。その全てが、命。どれも人の生き方であり、死に方であろう。

陣内《じんない》はベッドから半身を起こし、傍らのローテーブルに置いておいたタバコの包みに手を伸ばした。

ラークの赤箱。【LARK】の文字が縦にデザインされるようになったのは、いつ頃からだろう。全く記憶にない。

中に押し込んでおいた使い捨てライターで火を点《つ》ける。

濃い煙を胸いっぱいに吸い込み、ゆっくりと吐き出す。カーテンの隙間《すきま》から射し込む細い陽光に、それが白く浮かび上がる。板か、薄い壁のようにも見える。何を防ぐことも、隔《へだ》てることもしない、役立たずの、まさに吹けば飛ぶような、壁。

役立たず。

人殺しの何が悪い、などと開き直るつもりはない。己の罪深さは、後ろ指を指されるまでもなく骨身に染みている。そのまま見過ごせば天寿を全うするかもしれない他人の命、それを一方的に悪と断じ、有無《うむ》を言わせず葬《ほうむ》り去るのだ。良いはずがない。そんなのは悪いに決まっている。

ただ、他人の命を奪って自分は生きている、という感覚も、またない。自分の命も奪われている、日々痩《や》せ細《ほそ》っていると感じる。あるいは、蝕《むしば》まれている。ある日突然、ここぞという始末の勘所《かんどころ》で体が動かなくなり、抗《あらが》う術《すべ》もなく刺される、撃たれる、頭を踏《ふ》み潰《つぶ》される、首の骨を圧《へ》し折《お》られる——そのいずれかも定かではないが、でもそうやって、自分は死ぬのだろうと思っている。

そうなりたいと、願っているのかもしれない。

色のない、短い夢を見るように。

メンバーの小川《おがわ》とは、たまに二人きりで会う。

場所はその都度《つど》変える。古い映画館だったり、閉店間際の釣り堀だったり、サウナの休憩室だったり。

小川は「そっち系のおにいさん」にわりと好かれる顔をしているようで、サウナだと必ずと言っていいほど声をかけられる。陣内がビールを買いにいったり、トイレで離れたりすると、戻ったときには誰かに言い寄られている。

一度、あまりにも面白いのでしばらく放っておいたら、あとでひどく機嫌を損ねられた。

「……陣内さん、ひどいですよ。なんですぐ助けにきてくれなかったんですか」

膨《ふく》れっ面《つら》こそしないものの、口は分かりやすく尖《とが》らせている。

困った坊やだ。

「助けるも何も、向こうは好意をもって誘ってきてくれてるんだから、邪魔しちゃ悪いじゃないか」

「なに馬鹿なこと言ってるんですか。僕、そういう趣味ないですから。分かってるでしょう」

小川が「歌舞伎町《かぶきちょう》セブン」の元締め、斉藤杏奈《さいとうあんな》に気があるのだろうことはだいぶ前から察しているが、でも、陣内が知っているのはそれだけだ。

「かといって、女連れてるのも見たことないからさ。俺としても、そっち系じゃないっていう、確信は持てないわけだよ」

「いい加減にしてくださいよ。それとも、アレですか……下手《へた》に助けに入って、逆に陣内さんに矛先《ほこさき》が向いて、ミイラ取りがミイラになっちゃうのを警戒してるんですか」

「ああ、あり得なくはないね。そういう経験も、決してないわけじゃないから」

「げっ……マジですか」

マジだが、あまり生々しい話をして、以後そういう目で見られるのも嫌なので、それ以上詳しくは説明しなかった。

そんなことが二、三度あり、サウナはもう嫌だと小川が言うので、今日は高田馬場《たかだのばば》にあるコンビニエンスストアのイートインスペースで落ち合うことにした。安上がりな上、喫茶店や居酒屋より隣との席が近いので、案外、内緒話をするのには適しているのだ。

先に着いて壁際の席を確保したのは陣内。小川はそれから五分ほどしてから店に入ってきた。

レジでドリップ式のカップコーヒーを購入した小川が、なに喰《く》わぬ顔で陣内の隣に座る。

一応「面識はない者同士」という体《てい》なので、挨拶はしない。

BGMで流れているJ-POPとバランスをとりながら、低めの声で話し始める。

「……何か、進展あった」

そもそも今日、「会って話しませんか」と誘ってきたのは小川だ。

その小川が、カップの縁にある小さな飲み口を引き開ける。目線は正面、窓の外に向けたままだ。

「代々木《よよぎ》の特捜が……合同庁舎の方に、移ることになりました」

小川の言う「代々木の特捜」とは、セブンのメンバーだった上岡慎介《かみおかしんすけ》が殺された事件、その捜査本部を指している。「合同庁舎」がどこのどういう施設なのかは知らないが、とにかく、代々木以外のどこかに引越すということだろう。

「……なんで」

「もうすぐ五ヶ月ですから。会社にもいろいろ、人事とかの都合がありまして、いつまでも代々木には置いておけないんですよ」

「会社」が「警察」あるいは「警視庁」の意味であることは、これまでの付き合いと話の流れから理解できる。

「打ち切り、じゃないんだ」

小川が小さくかぶりを振る。

「打ち切りは、できませんね。規模を縮小して、捜査員を別の庁舎に移して、継続するということです」

かく言う小川も、捜査の初期段階では代々木署に設置された特捜に参加し、捜査に従事していた。小川自身は新宿署の刑事だが、そこら辺は何か、応援を出すシステムがどうとか、いろいろ決まりがあるらしい。だがそれも二ヶ月くらいの話で、その後は新宿署に戻り、元通りの勤務に就いているという。

陣内の立場からしたら、上岡事件の捜査はさっさと打ち切ってほしい。なぜか。どんなに捜査したところで、犯人を逮捕することなどできないと知っているからだ。上岡殺しの実行犯三人は陣内たちが間違いなく始末し、死体も出ないように処理した。下手に捜査を続けられて、こっちに火の粉が振《ふ》り掛《か》かるのは困る。

ただし、警察が簡単に捜査を打ち切れない事情も、なんとなく理解はできる。

事件現場に居合わせた生田治彦《いくたはるひこ》という男が、警察の事情聴取で、上岡殺しの実行犯三人の名前を挙げてしまっているからだ。名前も顔も、身元も分かっている。三人各々が事件でどういう役割を担ったのかも分かっている。警察が分からないのは今現在の、三人の居場所だけ。そんな状況で、五ヶ月捜してみましたけど見つかりませんでした、もうあの殺人犯三人の逮捕は諦《あきら》めます、とは口が裂けても言えないだろう。

「でも……解決は、絶対しないよな」

「ええ、しませんね」

「いつまで続けるの。今って、時効もないんでしょ？」

「さあ、いつまで続けるんでしょうね。最終的には、新情報の連絡窓口みたいなのだけ残して、なんとなく、未解決事件みたいになっていくんでしょうけど……」

その、語尾の据わりの悪さが気になった。

「けど、なんだよ」

「いや、僕ももう特捜の人間じゃないんで、詳しくは分からないんですけど、三人の他に

「もう一人、花城《はなしろ》って男が関わってたらしいじゃないですか」

花城數馬《かずま》。その名前なら陣内も、土屋昭子《つちやあきこ》から聞いている。写真も見た。これはあくまでも戸籍上の話のようだが、花城にはかつて、土屋昭子の夫だった時期があるらしい。

「……花城が、どうした」

「特捜は今、どうやらその、花城を必死になって追いかけてるみたいなんですよね。その花城の居所を突き止められれば、芋蔓式《いもづるしき》に他の三人の居場所も分かるはずだ、みたいな」

馬鹿な。花城を捕まえようが何をしようが、上岡事件の実行犯三人は土の下だ。とはいえ、上岡殺しを含む一連の犯行において、花城が主動的役割を担ったことは間違いない。警察が花城を捕まえてくれるなら、それに越したことはない。その罪状が何であるにせよだ。

コーヒーをひと口含んだ小川が、「ん」と小さく漏《も》らす。

「それと……例のカツマタって刑事は、もう捜査から外れたらしいんで。少なくとも、上岡さんの件で陣内さんのところに行くことは、もうないと思います」

捜査一課のカツマタか。あれは、本当に嫌《いや》な奴《やつ》だった。巨大化したナメクジがゴキブリの羽を背負ったような、さらに全身の毛穴という毛穴から毒ガスを発生させているような、危険性と有害性と嫌悪感の象徴と言おうか、もう、殺すために触るのも遠慮したいくらい嫌な男だった。

「そうか……それはちょっと、ほっとするな」

「ですよね。あの人はほんと、ヤバいと思います」

「話ってのは、つまり、そのことか」

もうひと口、小川がコーヒーを飲む。

「いえ、もう一つ……来月中に、消防署と合同で、ゴールデン街の一斉立入検査をやるらしいです。陣内さんのところは、火災報知機とかは大丈夫だと思いますけど、念のため、いつもの『道具』と、盗聴器発見器も外して、別のところに移しておいてください。つまらないことで疑われても、アレなんで」

確かに。警察官にあの「針」を見つけられ、何に使うのか訊《き》かれたら、とっさに上手《うま》い嘘《うそ》は思い浮かばないかもしれない。

「分かった。アパートに持ち帰るか、ジロウにでも預けておくよ」

「はい、それがいいと思います」

まあ、このところゴールデン街に火事が多いのは事実なので、その手の取締りをするのは悪いことではないと思う。

その夜は普通に「エポ」を開けた。

一番の客は、いつものようにソープ嬢のアッコだ。

「ジンさん、今日のあたしの晩御飯は、なぁにかな？」

「今日は新メニューだ。三種のチーズのひと口グラタン。中身も、挽肉《ひきにく》、ホタテとエビ、キノコの三種類をご用意。それを、船形に焼いたパンに載《の》せて、さらに焼く……お一人さま一個ずつ、三個で一人前、って感じかな」

アッコが、太めに描いた眉をキュッとひそめる。

「……ジンさん、それじゃあたしのオカズになんないじゃん。いつも通り、ご飯買ってきちゃったよ」

分かっている。アッコはいつも、コンビニで白飯だけを買ってくる。今もカウンターに載せたポーチの横には、小さめのコンビニ袋が並べて置いてある。

「だろうと思って、アッコには特別、具材とチーズとホワイトソースを残しておいた。これで、ドリアにしてやるよ」

アッコが、大きく張り出した胸の前で両手を合わせる。

「ええーッ、チョー嬉《うれ》しい。あたし、ドリア大好き。ジンさんも大好き」

「魚介もキノコも、苦手じゃないよな」

「なーい。なんでも食べるぅ」

作る時間も、熱いので食べる時間もいつもよりかかったが、アッコはドリアと大根のサラダを平らげ、「ごちそうさまァ」と満足げに帰っていった、というか出勤していった。

その後の客入りは、木曜日にしては多い方だったと思う。

一見《いちげん》の、サラリーマン風の三人連れ、続いて舞台女優のミカと連れの脚本家が来て、三人連れが帰ったあとに杏奈が来て、横浜のお土産《みやげ》だと言って中華まんを大量に置いて帰って、AV男優と歯科女医という珍しいカップルが来て、そのあとに、やけに無口な和服の男性が一人で来て、ミカと脚本家が帰って、入れ替わりで入ってきたOL三人組はロフト席に上がって、それが偶然にも歯科女医と知り合いで、二階とロフトで会話し始めたので居心地が悪くなったのか和服の男が帰っていって、まもなく男優と女医も帰って、その後に入ってきたのが、

「……こんばんは」

なんと、警視庁の東《あずま》だった。

「あ、どうも、いらっしゃいませ。ご無沙汰してます」

「こちらこそ、お久し振りです」

ちょうど下の席には誰もいなくなっていたので、東はゆったりと陣内の正面、奥から三番目のスツールに座った。

東は今日もスーツを着ている。ネイビーの上下に、それよりは少し明るいブルーのネクタイ。シャツにも薄くブルーのストライプが入っている。そのせいか、いつもより少し若く見える。

「お仕事帰り、ですか」

「ええ、まあ。いろいろ野暮用《やぼよう》もあって、近くまできたもので」

「ありがとうございます……何に、いたしましょう。いつもお飲みになるマッカランでしたら、普通の、ファインオークの十二年と、今なら、シェリーオークの十八年がございます」

東が「シェリーオーク？」と小首を傾《かし》げる。

「ええ。そもそもをいったら、シェリーオークの方がオリジナルなんだと思います。シェリー酒を作るのに使った樽《たる》で、熟成させたウイスキー、その代表格が、マッカラン。ただ近年、シェリー酒自体の生産が減少して、伴ってシェリー樽の数も減って、結果、シェリーオークのマッカランは希少なものとなり、代わりに登場したのが、リーズナブルなファインオークのマッカラン……だったんじゃないかな」

冗談めかして、東が体を反《そ》らせる。

「じゃあ私は、きっと今まで、その……シェリーじゃない方ばかり、飲んできたんでしょうね。マッカランが、そんなに高い酒だとは知りませんでしたから」

「いえ、十二年ものでしたら、そんなに高価ではないですよ。東さんにお出ししたかは、私も覚えてないんですが、ウチも、たまには仕入れてますし」

「でも今あるのは、十八年なんでしょう？」

ここは一つ、貸しを作っておこう。

ロフトのOLに聞こえないように、少し東に顔を近づける。

「実は……その十八年は頂き物でして。せっかくなら、常連のお客さまにも味見をしていただこうかと。なので、サービスさせていただきます」

東が、片頰《かたほお》で苦笑いを形作る。

「……見返りに、警察の裏情報を流せなんて言わないでしょうね」

「大丈夫です。駐車違反の揉《も》み消《け》しをお願いしたりもしません。私、自家用車は持っておりませんので」

「それなら安心だ。じゃあお言葉に甘えて、ロックでいただこうかな」

「かしこまりました」

陣内自身、意外で仕方がない。自分が、人殺しを裏の稼業《かぎょう》にしてきた自分のような人間が、まさか警視庁の刑事と、冗談を言い合う間柄になるなんて。

信頼、などというものではない。友情とも違う。親しみのような感情とも別物だし、ましてや、協力し合える仲間になど絶対になれないことは分かっている。

強《し》いて言えるとしたら、理解、だろうか。

東が何をしようと、何をしでかそうと、東から直接事情を聴くことができたなら、陣内はそれに理解を示せると思う。仮に、それによって陣内が不利益を被《こうむ》ったとしても、たとえ逮捕されるような、あるいは身の危険に晒《さら》されるような事態になったとしても、東が下した判断なら、陣内がそれを恨《うら》むことはないと思う。

いや、その逆、なのかもしれない。

陣内は、自分がやることを、自分が過去にやってきたことを、東に理解してほしいのかもしれない。赦《ゆる》さなくていい。庇《かば》い立《だ》てなどしてくれなくていい。ただ理解してくれれば、それで——。

「お待たせしました。マッカランのシェリーオーク、十八年です」

「ありがとう。いただきます……」

あえてカットのない、シンプルな筒形のロックグラスに注《つ》いで出した。ただし底は厚くなっているので、重厚感はある。

ひと口、喉《のど》に通した東が、目を閉じたまま頷《うなず》く。

「……確かに、いつもより、シェリーな感じというか……フルーティと言ったら、いいんですかね」

「はい」

「美味《おい》しいです」

「よかったです」

陣内はミックスナッツの用意を始めた。

「東さんは……確かもう、新宿署にはいらっしゃらないんですよね」

手首を返し、東がグラスの中で氷を遊ばせる。

「ええ。この春に、赤坂署に、異動になりました……私の異動については、どなたから？」

東なら、そう訊いてくるだろうと思っていた。

「そりゃ、東さんは有名な方ですから。方々から耳に入ってきましたよ。頼りになる人がいなくなってしまった、と嘆く方もいらっしゃれば……ほっと胸を撫《な》で下ろしている方も、いらしたんじゃないですかね」

「ほっとしたというのは、どんな人ですか」

「それは……ご想像にお任せします」

小鉢に入れたミックスナッツを出すと、東は首を傾げながらジャイアントコーンをひと粒摘《つま》み、口に放り込んだ。

もう少し、こっちから探りを入れておこうか。

「赤坂は、いかがですか。新宿とは、だいぶ違いますか」

シェリーオークの味が気に入ったのか、東は丁寧に、舌の上に広げるようにして、ふた口目を楽しんでいた。

「んん……まあ、いろいろ違いますね。アメリカの大使館があるのと、あとテレビ局もありますから」

なんだろう。若干、新宿が馬鹿にされたようで癪《しゃく》に障《さわ》る。

「それいったら、新宿には都庁があるじゃないですか」

「いや、警視庁は都の警察ですから。言わば、都庁は親会社ですから、むしろ変な気遣いはないんですよ。警備するにしたって、何も難しいことはない。それが、大使館とかね、芸能人が出入りするテレビ局ってなると、いろいろ難しい点も出てくるわけですよ。まあ、私は警備ではないですし、今のところなんの接点もないですが」

東と芸能人。これまで考えたこともない組み合わせだ。

「芸能人、ですか……というとやはり、薬物疑惑とか」

「それも、私の担当ではないんでね、あまり関係ないかな」

ちょっと、からかってみようか。

「じゃあ、東さんは普段、何をやってるんですか」

中には目くじらを立て、俺はこんな捜査をしている、こんな取締りもやっていると捲《まく》し立てる刑事もいるだろう。

だが東は、そこまで子供ではない。口元に微笑を置いたまま俯《うつむ》き、陣内を上目遣いで見る。

「……何をやってると、思いますか」

「分かりません。もっと、大きな事件の捜査ですか」

「いえ、捜査はしていません」

「え、捜査、してないんですか」

「はい。ほとんど、部下が書いた書類をチェックして、判子を押して、上司に渡しているだけです。あとはテレビを見て、お茶を飲んで……署長の機嫌をとっているくらいですかね」

絶対に嘘だ。東は決して、自分のデスクで大人しくしているタイプではない。むしろ、自分の担当であろうとなかろうと、何か「臭う」と感じたら非番だろうと、自主的かつ徹底的に聞き込みをして回る、そういうタイプの刑事だ。陣内自身が、そのいい被害例だ。何も悪いことはしていないのに目を付けられ、周辺を調べられ、実際に尻尾《しっぽ》を摑《つか》まれている。敵に回したら厄介な相手。その点では、東もカツマタと同じ部類に入る。

だから敵に回さぬよう、細心の注意を払っている。

「ちなみにテレビって、何を見るんですか」

「そりゃ、さすがに真昼間から映画なんか見ませんよ。ニュースとか、国会中継とかね。あとまあ、いろいろ速報とかも入るじゃないですか。地方の事件とかは、メディア経由の方が早かったりするんですよ」

なるほど。

「ああ、たとえば、アレですか、群馬《ぐんま》の逃亡犯とか」

「ん？　先週のですか」

「ええ」

「アレは群馬じゃなくて、茨城《いばらき》ですよ」

そう、だったかもしれない。

「ああ、茨城でしたか。あの、取調室から逃げ出したっていう」

珍しく、東が困ったような顔をしてみせる。

「それも、違います。自動車で事故を起こして、病院に担ぎ込まれたんですが、持っていた免許証が偽造だとバレて、それで病室から逃げ出したんです」

そうだったのか。

「なるほど。じゃあ、どこでしたっけ、面会室から逃げ出した件」

「大阪ですね、それは」

「アレよりは、まだ仕方がないというか」

それには首を傾げる。

「いや、ちゃんと病室前にも見張りはいたはずなんでね。確かに、署の面会室から逃げられるっていうのは、前代未聞の大失態ではあるんですけど、しかし、病室からなら逃げられても仕方がないかというと、そういうわけではないんでね。やっぱり、駄目ですよ、被疑者に逃げられるというのは。言い訳のできない大失態に、違いはないです」

ここは大きく頷いて、同意を示しておく。

「あんな失態は、警視庁だったらあり得ないと」

「……そう、思いたいですがね」

東にも、決して「ない」とは言いきれないわけか。

2

土屋昭子は、まさかこの歳《とし》になって、自分に年下の女友達ができるなどとは思ってもいなかった。

何度か一緒に仕事をしたことのあるカメラマン、谷本芳香《たにもとよしか》。彼女は今、昭子の向かいで箸《はし》を握り締め、目を細め、プルプルと打ち震えながらチーズタッカルビのひと口目を咀《そ》嚼《しゃく》している。

「んんーっ、美味しいィーッ……昭子さん、ここ、辛《から》くてめっちゃ美味しいです」

まるで、アイドル女優が食べ歩きをするテレビ番組の撮影に立ち会っているかのようだ。

実際、芳香にはそれっぽい可愛《かわい》らしさがある。いや、歳は昭子の四つ下、三十一だと言っていたから、もはや「アイドル枠」は厳しいかもしれない。

「昭子さんも、ほら」

「うん、食べる食べる」

この明るさ、朗《ほが》らかさ。これが芳香の本性でないことは承知している。いま芳香が見せているのは、自分の暗さや卑《いや》しさ、悪さや汚《きたな》さを隠すための芝居だ。自分も同じだから、それはよく分かる。分かった上で、昭子は羨《うらや》ましいと感じる。

この娘は自分を守るために、笑顔の仮面をかぶることを覚えた。昭子は唇に淫《みだ》らな紅を差し、男たちに肌を晒すことを選んだ。要は料理の不味《まず》さを誤魔化《ごまか》すのに甘味を使うか、辛味を使うかの違いだ。昭子は明確に後者。赤土のような唐辛子を山盛り一杯かければ、もとの料理の味などどうでもよくなる。そうやって昭子は、自身を傷つけることによって生き長らえてきた。

「うん……ほんと、美味しい。ビールが進んじゃう」

チーズタッカルビ。口に入れればその味を分析することはできる。甘辛い唐辛子ダレ、鶏肉、野菜、トッポギ、チーズ。まさにそういう味がする。これが「美味しい」と言われるのもよく分かる。分かるが、昭子はそうは思わないし、感じない。言うなれば、理解だ。味を理解することはできるが、それに感動する心がない。いや、心も一応存在はするが、一ミリも動かないのだ。

動かなく、なってしまったのだ。

「んーっ、幸せぇ」

嘘だろうと冗談だろうと、さしたる抵抗もなくそう言える芳香が羨ましい。しかも、年上の同性に向かって。逆の立場だったら、昭子は絶対にこんなことは言わない。何か別の話題、モデルの陰口でも編集部に対する不満でもなんでもいいけれど、毒を吐き出す代わりに料理を口に詰め込んで、とにかくその席を早く終わらせることに専念する。間違っても「幸せ」なんて言葉は使わない。

だから芳香といると、少しだけ前向きになれる。おそらく自分にも、今とは違う生き方があったはず、そしてその選択肢は、今もまだどこかに残されている、探せば見つかる可能性はある、諦めるのはまだ早い――そんなふうに思わせてくれる。

生ビールのグラスを、丸く湿った厚紙のコースターに戻す。

「……ねえ。芳香ちゃんは、なんでいつも、私を誘ってくれるの?」

芳香が、ステンレス製の箸を唇からつるりと抜く。

「えー、だって昭子さん、カッコいいですもん」

「私が? カッコいい?」

「はい。昭子さん、いつも言うじゃないですか。女が一人で生きていくためには、いくつも必要なものがあるって。私、そういうの見習いたいなって、そのうちの一つでもいいから、私も身につけたいなって、思うんです」

確かに、そんな意味のことを言った覚えはある。でもそれはとても狡《ずる》くて、汚い行為である場合が多い。

「そんな立派なもんじゃないよ。私なんて、見習ったら駄目だよ」

「そんなことないです。昭子さん、カッコいいです。私の憧れです」

こんなことを言われたのは、生まれて初めてだ。

昭子の実母は政治家の妾《めかけ》だった。だから、金はあったのだろう。小学校から私立に入れられ、そのまま高校まで通った。だが、エスカレーター式で進学できるのも良し悪しだ。何しろ、卒業という節目で人間関係をリセットすることができない。またすぐ、そっくり同じ顔触れで入学式を迎えることになる。

土屋昭子は、政治家の隠し子、愛人の子。

一度学校中に知れ渡ってしまうと、「昭子ってそういう娘」という見られ方をリセットするチャンスは永遠に訪れない。少なくともこの学校にいる限り、長ければ大学を卒業するまで、ない。

最初にレイプされたのは中学二年のときだった。相手は高校二年と三年の男子、六人。そのときは、自分が高校に進学する頃には連中も卒業していなくなると自身に言い聞かせ、耐え忍んだ。しかし、男の欲は際限なく膨らむ。伝播《でんぱ》もすれば、売買もされる。結果、中学高校時代は妊娠と中絶の繰り返しだった。費用は母親が出してくれた。理由は訊かれなかった。

だがその中で、昭子は学んだ。

自分の「女」を使えば、男を支配することができる――。

だから、高校も三年になる頃には完全に立場が逆転していた。

昭子は強い男子を抱き込み、その男子を自在に操ることで、自分の地位を自ら押し上げていった。高三男子を配下に置くためなら、躊躇《ためら》うことなく大学生を使った。その大学生を黙らせるためなら、ヤクザ者を使うことも厭《いと》わなかった。

一番役に立ったのは実父の息子だ。歳はちょうどひと回り上。彼は腹違いの妹を抱くことに、特別な興奮を覚えるようだった。昭子はそれをネタに、さらに彼を取り込んでいった。逆らえないよう雁字搦《がんじがら》めにしていった。

まるで、セックスの「わらしべ長者」だと、自分でも思った。その行き着いた先が、NWOの遣い走り。まあ、当然の成り行きだ。

そんな半生だから、女になんて見向きもしなかった。昭子が目を向けたのは、邪魔な女だけ。排除対象者だけ。自分を「憧れ」だなどと言う女は、今まで見たことも聞いたこともなかった。

むろん、出会ったこともない。

「昭子さんのお部屋って、どんな感じなんですか」

「どんな、って……別に、なんにもないよ。空《から》っぽな感じ」

「ステキッ。たぶんそうなんじゃないかな、って思ってました。カッコいい……見てみたいな、昭子さんのお部屋。今度、遊びに行ってもいいですか？　っていうか、今夜行ってもいいですか？」

参ったな。

改めて片づけるほど物もないので、そのまま、芳香をマンションまで連れてきた。

「わあ、ステキ、イメージ通り、ちょーシンプル」

一つ心配だったのは、昭子は帰宅するとまずトイレに駆け込み、飲み食いしたものを吐き出す癖があることだ。朝と昼は大丈夫なのに、夜は必ずそうなる。その様子を芳香に見られるのは、さすがに嫌だった。弱味は見せたくない。

「ちょっと、申し訳ないんだけど、先にシャワーだけ浴びてきていいかな。私、まず化粧を落としちゃわないと、落ち着かないタチだから。芳香ちゃんは、適当にくつろいでて。テレビ見ててもいいし……あ、そこにＤＶＤとかあるし、あと冷蔵庫に飲み物も入ってるから、自由にしてて」

「あ、はい……」

着替えも用意せず浴室に直行し、シャワーを全開にしてバスタブに放水、その音に紛らわせて胃にあるもの全てをぶち撒《ま》けた。

危なかった。あと一秒水を出すのが遅かったら、ゲボゲボと無様に嘔吐《えず》く声を芳香に聞かれるところだった。最悪、スーツを汚物塗《まみ》れにしていたかもしれない。トイレと違って、嘔吐物をバスタブの排水口に流すのは簡単ではなかったが、金属製の栓も引っこ抜いて、ひたすら水を流し続けていたら呑《の》み込《こ》まれていった。今日ばかりは、トイレ付ユニットバスの方が便利な場合もあるな、と思った。

さて、どうしたものか。化粧を落とす、シャワーを浴びると言った手前、髪くらいは濡《ぬ》れていないと辻褄《つじつま》が合わない。

仕方なく着ていたものを脱ぎ、普段通りに化粧を落とし、シャワーを浴びて出た。タオルは脱衣場にストックしてあるからいいが、着替えはどうしよう。たまに使う、あのバスローブでいいだろうか。女性とはいえ、初めて呼んだ客の前にそんな恰好《かっこう》で出るのもどうかと思うが、まあ芳香なら、また「カッコいい」とかなんとか言って、却《かえ》って喜んでくれるかもしれない。

もう一つ、気になったのは音だ。

昭子に、アダルトビデオ鑑賞の趣味はない。幸か不幸か、そんなものを見る暇もないほどセックスに明け暮れた半生だった。よって、所有している映像ソフトの中にその手のタイトルはない。誰かが忘れていったとか、わざと棚に仕込んでいったとかいう可能性も、ないと思う。昭子の部屋に来て、一緒にAVを見ようなどと言った男は、これまでに一人もいない。当たり前だ。男たちの目的はセックスで、昭子がそれを拒まない以上、AVの出番などあろうはずがない。

たった一人、陣内陽一《よういち》という男だけはセックスとは違う目的でここに忍び込んできたが、それは例外中の例外だ。そんな陣内が昭子の部屋にAVを置いていくなんて、到底考えられない。そういう遊び心、イタズラ心が陣内にあったなら、それはむしろ喜ぶべきだ。

だから、妙なのだ。

肌と肌、肉と肉とがぶつかり合う音、苦痛と悦楽がない交《ま》ぜになった呻《うめ》き声《ごえ》、何かのスプリングがリズミカルに軋《きし》む音、そんな諸々《もろもろ》が聞こえてくる。これでセックスを連想するなという方が無理だ。今日、たまたま芳香がAVソフトを持ち歩いていて、それを昭子が出てくるまでの暇潰《ひまつぶ》しに見ているということも、絶対にないとは言いきれないが、でもやはり考えづらい。さして深く知っているわけではないが、芳香は、そういうことをする娘ではないと思う。

脱衣場のドアを開け、廊下を覗《のぞ》いた——その瞬間だ。

昭子はある異臭を嗅《か》いだ。感じたままをいえば、不潔な男の臭いだ。もともとの体臭と、幾度となく上塗《うわぬ》りされた生乾きの汗、それらが混じり合い、蒸《む》れて熟成された腐敗臭。何日か風呂に入らなければ女でも同じ臭いになるのかもしれないが、昭子はそういう女に出会ったことがないので、やはり男だろうと思ってしまう。

しかし、なぜ。なぜ腐った男の臭いがする。

右手、芳香を残してきたリビングとを隔てるドアは開いている。点いていたはずの照明は消えている。廊下にも明かりはないので、よく見えるのは脱衣場の明かりが漏れて届く範囲だけだ。

あの音は続いている。でもテレビは点いていない。点いていたら、リビングがあんなに暗いはずがない。

昭子はその場にしゃがみ、脱いだスーツと一緒に置いておいたトートバッグに手を伸ばした。ここに持ち込んだのは、リビングに置きっ放しにして芳香に携帯電話を弄《いじ》られたり、現金やクレジットカードを盗まれたりしないようにするためだったが、今はその、十数分前の自分の用心深さに感謝したい。この状況で、携帯電話を手にできる安心感は大きい。いつでも撮影できるようカメラ機能をオンにし、ブック型のケースを閉じる。こうしておけば、側面のボタン一つでいつでも撮影できる。その状態で、バスローブのポケットに入れておく。

さらに用心のため、脱衣場の照明を消す。そこに誰がいるのかは分からないが、とりあえず、こちらが明かりを背負う不利はなくなる。暗さに目が慣れれば、立場は互角になるはずだ。

廊下に出て、音のする方に一歩、また一歩、近づいていく。

　すると見えてきた。

　リビングの正面奥、ベランダに出られる窓の手前にはソファがある。窓には、ブラウンを基調にしたリーフ柄のカーテンが引いてある。だが遮光《しゃこう》タイプではないので、外の明かりが透けて淡く滲《にじ》んでいる。

　ソファの角張ったシェイプが、仄明《ほのあか》るいカーテンから浮き上がって見える。もう一つ見えるのは、横向きの、かなり厚みのある、男の上半身だ。小刻みに伸び縮みする背中、力強い前後の動き。右手はソファの背もたれを摑んでいる。左手は、もっと下にある何かに向けられている。

　目が慣れ、徐々に詳細が見えてきた。

　芳香だ。

　ソファに仰向けに寝かされ、若草色のサマーニットを胸まで捲《めく》り上《あ》げられ、下着も剝《は》ぎ取《と》られ、乳房を鷲摑《わしづか》みにされているのは、間違いない、芳香だ。タイトなブルーデニムも今は穿《は》いていない。ソファ近くの床に放置されている。

　剝《む》き出《だ》しになった芳香の腰回りと、思ったより引き締まった右脚が、男の動きとは微妙にズレながら、力なく揺れている。

　芳香の顔は、こっちを向いている。殴られたのか、左目が青梅のように腫《は》れ上《あ》がり、塞《ふさ》がっている。鼻からも、口からも血を流している。右目から流れているのは、たぶん涙だ。

言葉にはならない、でも何かを伝えようとする、声。

昭子さん、助けて――。

だがそれを、男が断ち切る。

「……うるせえ」

芳香の顔に向かって、真上から右拳《こぶし》を打ち下ろす。

ゴツンと、ドスンの中間くらいの音がした。

いわゆる、普通の「パンチ」ではない。喩《たと》えるなら、呼んでも人の出てこないドアをさらに強く叩《たた》くときのような、拳の、小指側の平らな部分を当てる叩き方だ。自分はちっとも痛くないけれど、対象物に大きな衝撃を加えることができる、そういう殴り方だ。

その一撃で、芳香の顔面がさらに壊れた。

これは一体、どういう状況なのだ。

男の髪は短い。厚みのある上半身を包んでいるのは、茶色だろうか、色付きのTシャツだ。下半身は芳香同様、丸出しになっている。肉付きはいい方だが、太っているわけではない。いわゆる固太りというやつか。さっきの「うるせえ」の声に聞き覚えはなかった。

顔はまだはっきりとは見えないが、でも、昭子と面識のある人物ではないと思う。

誰？

そう訊いて、答えてもらえる雰囲気ではない。でも、訊かないわけにもいかない。

「……誰、あなた」

その声に反応したのかどうかは分からない。だが男がわずかに背筋を伸ばすと、その左手が、ただ芳香の乳房を鷲掴みにしているのではないことが分かった。刃物だ。男の左手には、包丁のような刃物が握られている。

男が、ちょうど左半分、横顔が見えるくらい昭子の方を向く。

「……動くなよ。分かるだろ」

動いたらこの女を殺す、そこまで言わなくても分かるだろ、という意味に昭子は解釈した。言われなくても、下手に動くつもりなどない。正直、運動神経には自信がない。仮に男と同じ武器を持っていたとしても、芳香を助け出せる気はまるでしない。

なんなんだ、この状況は——。

そもそも、男はいつこの部屋に入ってきたのか。脱衣場のドアを開けた瞬間に臭いを感じたくらいだ。昭子たちが帰ってくる前からここに潜んでいた、のではあるまい。それだったら、帰ってきた時点で臭ったはずだ。ということは、昭子が浴室にいる間に入ってきたのか。シャワーを全開で流しているときに入ってきて、包丁を使って芳香を脅《おど》し、自由を奪った上で犯し始めた。そういうことか。

侵入口は。玄関から入ってきたのなら、シャワー中でもさすがに気づいたと思う。だから、それはない。他に侵入可能な場所といったら、もうベランダしかない。今この瞬間、カーテンは揺れていないから、窓自体は閉まっているのだと思う。なんらかの方法で鍵を壊して侵入し、たまたま室内にいた芳香の自由を奪って暴行に及んだ、ということだろうか。あるいは、昭子たちが帰ってくるまではベランダに潜んでいた、という可能性もある。ベランダで室内の様子を窺《うかが》いながらチャンスを待ち、芳香が一人になったところで行動を開始した――。

男の動きが断続的になる。その代わり、ひと突きひと突きはより深く、強くなった。遠慮なく中出しか。芳香は目と口を両手で覆《おお》い、耐えている。男の、穢《けが》れた体液による辱《はずか》めと、認《みと》め難《がた》い自らの性感に抗おうとしている。

男が、芳香の股間から自分の「先っぽ」を引き抜く。この暗がりでも分かるほど、ぬるぬると光っている。

男は昭子の方を向いて、ソファに座り直した。包丁はなおも、横向きになって体を縮こまらせた芳香に向けられている。

ウチの包丁だった。ここのキッチンの包丁スタンドに差してあった柳刃包丁だ。まだ、綺麗《きれい》なように見える。芳香に危害は加えていないと思っていいか。レイプはともかく、その包丁で刺してはいないと思っていいのか。

男の顔に目を凝《こ》らす。暗い上に薄汚れているので断言はできないが、やはり覚えのない顔だった。作りは精悍《せいかん》だが、お世辞にも美男子とは言い難い。ゴリラ系、というよりはブルドッグ系か。鼻と右眉、額にある皮膚の変色、あれらは傷だろうか。無精《ぶしょう》ひげに覆われた口が、ゆっくりと開く。

「……分かるだろ、土屋昭子さんよ」

名前を、なぜ昭子の名前を知っているのだろう。下の郵便受けに部屋番号以外の表記はない。他に可能性があるとしたら、なんだ。昭子は二回ほど雑誌に顔を出したことがあるが、まさか、そんなことで住所まで特定して、わざわざ侵入してくるか。

いや、待て。

知らない顔ではない。というか知っている。

自分は、この男を知っている。

3

カウンター席には、陣内の正面に東が一人だけ。

あと、例のOL三人組もまだ、上のロフト席にいる。

「ちょっとそれさ……タケシタ、ヤバいよ」

「うん。私も、そう思う」

「ちゃんと、エグチさんに言った方がいいって」

「でも……チクったのあとでバレたら、その方がヤバいじゃん。何されるか分かんないもん」

「それは大丈夫じゃん？　きっとクビだよ、クビ」

「うん、さすがにそれはクビだって」

「そうかな……もしクビにならなかったら、って考えたら、私、怖くて言えないよ」

その会話は、東もなんとなく片耳で聞いてはいるのだろうが、むろん話題にしようとはしない。大変そうだね、くらいの苦笑いを浮かべるだけだ。

東の手元にはひと口グラタンを載せた皿がある。残りは、キノコのが一つ。小腹が空いているというので出したが、二つで充分だったのかもしれない。

また誰かが、階段を上がってくる。

陣内はタバコに火を点けた。

「……東さんは、洋服とか、どこで買われるんですか」

言われて、東がちらりと自分の袖の辺りを見る。

「スーツとか、ですか」

「ええ。ネクタイとか」

「こういうのは、伊勢丹《いせたん》が多いかな」

「やっぱり。なんか、そんな気がしました」

「陣内さんは？」

「私は、もっぱらユニクロです」

「そんなことないでしょう。他でも買うでしょう」

「いや、ほとんどユニクロですよ。あと、マルイはたまに行くかな」

陣内とて、さして東の着ている服に興味があったわけではない。ただ、東の気を逸《そ》らしたかった。徐々に大きくなってくる、そこの階段を上がってくる足音から、東の注意をこっちに引き付けたかったのだ。

重たい、ゴム底の靴音。たぶん、体重は八十キロ近くある。それもブヨブヨの八十キロではない。鍛え抜いた筋肉の、極めて密度の高い八十キロだ。この店にくる客で、そんな体をした奴は一人しかいない。

ジロウ――。

陣内も詳しいことは知らないが、ジロウも元は警察官だったという。こんな裏稼業に足を踏み入れるくらいだから、それなりのことが過去にあったのだろうことは想像に難くない。それも十中八九、殺しに関わることだ。おそらくジロウは、警察官時代に人を殺している。だから、こっちの世界に落ちてきた。いや、こっちの世界でしか、生きられなくなったのだ。

そんなジロウと東が今、鉢合わせしようとしている。できることなら避けたい。避けさせたい。だがその術が、今の陣内にはない。

やがて引き戸が開き、黒いボウリングの球を積み上げたような上半身が入ってくる。

やはり、ジロウだった。

「……いらっしゃいませ」

短髪の頭をちょこんと下げはしたが、ジロウは無言。カウンター席をひと通り見て、奥に進もうとする。横歩きで東の真後ろを通り、一番奥に座ろうとする。ジロウにしてみれば、自分のような男が入り口近くに座ったら、その後にくる客が座りづらくなる、そういう気遣いをしたのだろう。しかし、一番奥に座ったとしても、東との間には席一つ分しか空《あ》かない。あの東警部補とジロウが、スツール一つの距離で並ぶのだ。陣内にしてみたら、こんなに胆《きも》の冷える光景はない。

とはいえ、陣内にできることなどありはしない。せめて東に何も悟らせぬよう、平静を装うことくらいしかできない。

どの客にも出す、織物のコースターをジロウの手元に置く。

「何に、なさいますか」

「……焼酎」

ジロウが飲む焼酎はいつも「米」だが、あえて訊く。

「焼酎でしたら、麦、芋」

「米で」

「米焼酎ですと、『七田《しちだ》』でよろしいでしょうか。『鳥飼《とりかい》』も……」

ジロウが頷いたのは「七田」のタイミングだった。

「では『七田』で。お湯割り、水割り、ロック……」

「ままで」

「かしこまりました」

ジロウはいつもこんな感じだ。東も、至って普段通り。どうやら浮足立っているのは陣内だけのようだが、ここは踏ん張りどころだ。

一升瓶のフタを開け、九谷《くたに》焼の、銀箔《ぎんぱく》を適当に貼り付けたような柄のカップに、米焼酎「七田」を注ぐ。

「……お待たせいたしました」

焼酎に、小鉢に入れたミックスナッツも添えて出す。ジロウは小さく頷き、だがナッツには手を付けず、ちびりちびりと焼酎を舐《な》め始《はじ》めた。これも、わりといつも通りだ。

幸運だったのは、東がおそらく、この空気を嫌ったことだ。気を遣った、というのではないと思う。

最後のひと口グラタンを食べ終え、顔を上げる。

「じゃあ、お会計、お願いします」

「はい……ありがとうございました」

頭を下げながら、でも陣内は内心、ひやりとしていた。

東に「お会計」と言われて、自分はまさか、ほっとした顔などしなかっただろうか。この安堵《あんど》を、東に悟られたりはしなかっただろうか。

金額を告げ、札を受け取り、釣りを返し、今一度頭を下げる。

「また、いらしてください。赤坂でしたら、赤坂見附《あかさかみつけ》から丸ノ内線で一本でしょう」

「ええ。そういった意味じゃ、決して遠くはないんですがね……ま、また寄らせてもらいますよ」

こっちが怖くなるくらい、東は普通に帰っていった。

OLの一人の「それはないわァ」の声が、ひどく煩《わずら》わしく耳に響いた。

終電に間に合うくらいの時間にはOL三人組も帰り、ようやく客はジロウだけになった。

二杯目を空け、ジロウが低く息を吐く。

「あいうの……事前に、一斉メールで流してくれると、助かるんだけどな」

むろん、東が来ていたことを言っているのだろう。

「東が来てるから、今夜はみんな来るなってか」

それに対する返答はない。

続けて陣内が訊く。

「お前は、その……昔、東と面識はあったのか」

ジロウは黙って、小さくかぶりを振るだけだ。

「ミサキは、あるんだよな」

「……あの二人は、面識なんて生易《なまやさ》しい間柄じゃない。ああいうのは、因縁《いんねん》っていうんだ」

警察官時代のミサキも想像しづらいが、警察官同士の因縁というのもまた――いや、分かる。あのカツマタという刑事と東の間に、浅からぬ因縁があることは想像に難くない。ああいう感じ、ではないかもしれないが、でも因縁が「あり得る」のは理解できた。

ジロウのカップに同じ米焼酎を注ぎ、陣内は、カウンターの内側に置いてあった別のグラスを手に取った。客用ではない。陣内が水を飲んだり、客に勧められてビールを付き合ったりするときに使う安物だ。

今は、ジムビームのソーダ割りが入っている。

「前にさ、ミサキと入れ替わりに、東がここに入ってきたことがあってさ」

気のせいか、ジロウが今、小さく頷いたように見えた。

「……なに、知ってたの」

「ミサキから。聞いた」

「あいつ、なんて言ってた」

「整形してるから、気づかなかったと思うって」

かぶりを振りながら、思わず陣内は笑ってしまった。

「そりゃ……東を甘く見過ぎだよ。確かに、あっちも半信半疑だったとは思う。まさか、伊崎基子《いさきもとこ》がこんなところに、って」

「死刑囚だからな。いるとしたら東京拘置所だ」

「でも直感的に、東は悟ってた。それを、自分で打ち消してた。こんなところに、伊崎基子がいるはずがないって。だから、そういうことをさ、お前に対しても感じるんじゃないかって、さっきは俺も、ひやひやしてたんだ」

「こう見えて、俺も一応は整形してある」

それは初耳だ。

「あ、そうなの……ちなみに、お前は現在、どういう立場なの。まさか、お前まで死刑囚ってわけじゃないだろ」

この程度の冗談で笑う男ではない。

ジロウは真顔のまま答えた。

「俺は勝手にいなくなっただけだから、行方不明扱いだろうな。親もいねえし、捜してくれるような仲間は、もうみんな死んじまった。そもそも、警視庁は四万数千人もいる巨大組織だ。個人的に連絡をとり合う間柄でもなけりゃ、誰がどこの部署に行ったかなんて分かりゃしない」

「人事記録とか、見れば分かるだろ」

「人事のコンピュータを叩かなきゃ、そんなことは分からない。サツカンが一人くらい消えたって、秘密の部署に行ったのかもしれないし、そもそもそんなこと、誰も気に留めやしない」

そういうものなのか。

「秘密の部署なんて、あるのか」

「あるかどうか分からないから秘密の部署なんだよ。公表した時点で、それは秘密でもなんでもなくなる。ミサキがかつて所属していたSATがそうだった。公表されたのは一九九五年、そのときはまだ『SAP』という俗称だったが、部隊自体はその二十年くらい前から存在していた。二十年、秘密の部署だった。今だって何かしらはあるはずだ。俺は、そう思う」

言いながら、ジロウが陣内の背後を指差した。

振り返ると、グラスを納めた棚の一番下、タバコと並べて置いておいた携帯電話、その白いランプがチカッと光った。営業中は呼び出し音を消しているので、気づかないことがある。

手に取り、ディスプレイをオンにすると、メールが来ていた。

送信者は誰だろう。

メール画面を開くと【土屋昭子】と出てきた。受信したのは三分ほど前のようだ。こんな時間になんだろう。

文面を見る。

そこにあったのは、たったの四文字。

【たすけて】

ただし、画像ファイルが添付されている。

開いて見ると、斜めに傾いた暗い部屋に、男が一人、そういう写真だった。ソファに座っているのだろうか。いや、一人ではない。男の右横には細い脚も写り込んでいる。妙につるりとしている。女の脚か。一瞬、それが土屋なのかと思ったが、違うだろう。おそらく撮影者が土屋で、それとは別にもう一人女がいるということなのだろう。

「どうした」

前を向くと、ジロウが、睨《にら》むような上目遣いで陣内を見ていた。

「ああ……よく分からないんだが、土屋から、メールがきた」

隠す理由もないので、そのままジロウに渡した。

むろんジロウも、これだけではなんのことだか分かるまい。

「こういうの、よくくるのか」

「いや、初めてだ」

「この男、誰だ」

「知らない」

「あんた、土屋昭子とどういう関係だ」

「おかしな言い方するなよ。何もないよ、関係なんて」

今一度、ジロウが携帯電話の画面に目を落とす。

「何も関係ない女が、下半身丸出しの男の写真を送りつけて、助けてなんて言ってくるか」

「え？」

戻された携帯電話を改めて見ると、確かに、男は下半身に何も着けていないように見えた。あくまでもそう見えるというだけで、男性器がバッチリ写っているわけではないが、でもやはり、短パンやブリーフの類《たぐい》を穿いているようには見えない。

「これは、どういう状況なんだろう」

「そもそも、助けてって言われたって、場所はどこなんだよ」

それはかろうじて分かる。

「たぶん、土屋の部屋だ。この窓のカーテンと、ソファには見覚えがある」

「何回も忍び込んでるしな」

「何回もじゃない。二回だけだ」

ジロウの、睨むような上目遣いは変わっていない。

「また忍び込んで、助けにいってやるか」

どうすべきかの判断は、難しい。

「とりあえず、状況が分からないと、なんともな」

「あの女の場合、罠《わな》って可能性もあるからな」

とにかく土屋昭子は、セブンのメンバーには信頼がない。というか、蛇蝎《だかつ》の如《ごと》く嫌われていると言った方が近い。

「確かに……この場にいる男が、この下半身野郎だけとも限らないからな。罠かどうかはさて措《お》いても、もう少し状況が分からないと、どうしようもない」

ジロウが、焼酎の入ったカップを置く。

「……電話してみれば」

「冗談だろ。『助けて』を漢字変換しないで送るくらいだ。この写真だって、ひょっとしたら隠し撮りなのかもしれない。状況的には、かなり切羽詰まってるんだろう。電話は……それこそチャンスだと思って、下手に向こうが『助けて』なんて叫びでもしたら、却って取り返しのつかないことになる」

ジロウが覗き込むので、もう一度携帯電話の画面を見せてやった。

太い眉《まゆ》をひそめ、ジロウがそれを凝視する。

「……当然レイプするか、もうされたか、って話なんだろうな」

「その脚の女が、な。土屋は、レイプされたくらいで俺に助けなんて求めない。そんなタマじゃない」

ジロウが小首を傾げる。

「じゃあ、他の女がレイプされそうだからって、あんたに助けを求めてくるか。土屋って、そんな女か。そんなにお人好しか？」

「分からない。でも、助けられるものなら、助けてやりたい」

思わず出た言葉だったが、本心だった。

ジロウが珍しく、芝居がかった反応をみせる。両手を広げ、映画に出てくるアメリカ人のように驚いてみせる。

「そりゃ一体、どういう風の吹き回しだ」

陣内は、携帯電話をカウンターに伏せた。

「……みんなが、土屋を嫌う気持ちはよく分かる。信用できない女だとも思う。だがそうだとしても、上岡の件で彼女は、俺たちに無条件で協力してくれた。犯人の側ではなく、俺たちの側に立ってくれた。土屋が協力してくれなかったら、俺たちはあの三人を始末することも、隠れ家を割り出すこともできなかった。あのときの借りは、あるはずだろう」

本当のことを言うと、あのときの情報提供は「無条件」ではなかった。陣内は土屋からある条件を提示され、それを呑んだ。その結果としての情報提供だった。

伊崎基子を守ったように、私のことも守って——。

NWOを裏切ったにも拘《かか》わらず、ミサキは「歌舞伎町セブン」に身を置くことで生き長らえている。同じように「歌舞伎町セブン」が後ろ盾《うしだて》になってくれれば、自分もNWOから距離を置くことができるかもしれない。土屋はそう考えたのだ。

だがあれは、土屋と「歌舞伎町セブン」の約束ではない。あくまでも土屋と陣内の、個人的な密約だ。セブンがそれを履行《りこう》しなければならない理由はない。

助けにいくとしたら陣内一人で、ということになる。しかし、そんなことは果たして可能だろうか。

この写真から察するに、向こうには少なくとも二人の人質がいる。敵も写真の男一人とは限らない。具体的に、内部の様子はどうやって探る。普段、そういった仕事は「目」のメンバーが担当する。陣内のような「手」は始末のみ、殺人の実行だけを担当する。その役割分担があるからこそ、セブンはこれまでの始末を抜かりなくやってこられたのだ。陣内という「手」が単独で、同じようにできるとは思えない。

そんなことを考えている間、ジロウはずっと眉をひそめ、カウンターの一点を睨んでいた。彼は彼なりに、何か考えているようだった。

「……ジロウ、どうした」

すると、カウンターに伏せておいた陣内の携帯を指差す。

「もう一度、今の写真を見せてくれ」

「ああ」

携帯を表に返し、さっきの写真を表示してジロウに向ける。

ジロウは、尻のポケットから自分の携帯を抜き出した。

「なんだよ」

ジロウは答えない。黙ったまま、自分の携帯電話で何やら調べ始める。

やがて、それに表示された何かと、土屋の送ってきた写真とを見比べ始める。

「これって……ひょっとして、ショウダミツルなんじゃないか？」

言いながら、自分の携帯電話を陣内に向ける。

「ショウダ、ミツル？」

知っているような知らないような名前だったが、ジロウの携帯電話に出ている写真を見たら、分かった。

「……嘘だろ」

「でも、似てないか」

「似てる。確かに似てる」

庄田満。それが本名かどうかは怪しいものだが、とにかく今、テレビのニュースでひっきりなしに報道している、茨城の逃走犯だ。ついさっき東と話していて、陣内が「群馬」と間違えた、乗っていた自動車で事故を起こして病院に担ぎ込まれ、だが免許証が偽造だと発覚して病室から逃げ出したという、あの庄田満に、写真の男はよく似ている。

しかし、だとしたら益々《ますます》分からない。

「仮にこれが庄田満だったとして、だったらなんで土屋は、俺なんかに助けを求めてきたんだろう。警察に通報すりゃ済むことじゃないか」

ジロウも首を傾げる。

「警察に、自宅に踏み込まれたくない理由でもあるんじゃないか。何しろ、あの土屋昭子だから」

「シャブを隠し持ってる、とかか」

「たとえば、そういう類のことだ」

あの土屋昭子なら、そういうこともあり得ると思う。

だがそれとは別に、陣内はひどく感心していた。

土屋の送ってきた写真の男は、顔こそ庄田満と瓜《うり》二つではあるけれど、印象で言ったらだいぶ違う。頭は丸刈りになっているし、肌も浅黒く見えるし、無精ヒゲも生やしている。

これを同一人物と見破るには、かなりの想像力が必要なように思う。

「しかし、ジロウ……お前、よく分かったな。こんなに暗い、さして写りのいい写真でもないのに、これが庄田満だなんて」

自慢げな顔こそしなかったが、それでもジロウは、多少は胸を張ってみせた。

「これでも元警察官だからな。手配犯の顔くらい、一度見れば頭に入る。向こうは、逃げてる間に見た目の変えられる部分は徹底的に変えてくる。だからこっちが見るべきは、変えられない部分だ。黒目の離れ具合、目と鼻と耳の位置関係、口の横幅、頬骨、額の形と生え際《ぎわ》……整形手術を受けたという情報があれば、それも加味してイメージに幅を持たせる。できるサツカンはそれくらい、当たり前にやる……まあ、小川がどうかは知らないが」

なるほど。

ジロウは元警察官であるのと同時に、自らも顔を整形し、過去を隠して生きているわけだから、逃走犯の気持ちもよく分かる、ということか。

4

男が自分の下着とズボンを拾って、ソファに戻ったところで写真を撮った。シャッター音を消すアプリはオン、フラッシュは基本的にオフにしてある。あとは、この暗さで男の顔がどこまで写ったかと、ポケットに隠しながらなので角度が心配だったが、それを確かめる余裕はさすがになかった。

男は、座ったまま薄汚れたブリーフを穿き、カーキ色のカーゴパンツに片足を通した。決して、立ったままズボンが穿けないわけではあるまい。片足立ちになった瞬間に、昭子が組み付いてくるかもしれない。そういうことを警戒しているのだと思う。

穿き終わると、再び包丁の刃先を芳香に向ける。

「……どうしようか」

それは独り言か。それとも、昭子に向けた相談か。

応えずにいると、男はからかうように包丁の刃を揺らした。この娘の命と引き換えに、どういう要求をしようか。それを考えるのが楽しくて堪《たま》らないといった様子だ。

「あんたにさ、頼みがあるんだ。俺を、助けてもらいたいんだよ。助けてさえくれれば、俺は、この女は生かしといてやってもいいと思ってる。殺しちまうと、のちのち厄介だしな。何より、警察が目の色を変える。それじゃ、助かるものも助からなくなる……もちろん、あんたに危害を加えたりもしないよ。股間は、今の一発で満足してるしな。久々だったからよ、濃かったと思うぜ。勢いも……な。ビュビューッて、あんたにも聞こえたんじゃないか？」

この程度の男の下衆《げす》には慣れっこだ。不快にすら思わない。ただ、驚いてはいる。彼女を、芳香を、できることなら助けたい、そう自分が思っていることに気づいたからだ。

芳香が年下の女友達だから？　いや、そんなことではない。彼女が自分を慕ってくれているから？　それも違う。これまで、自分を頼ってきた人間を陥《おとしい》れるなんて屁《へ》とも思わなかった。男だろうと女だろうと、利用できる人間はその血肉が腐り果てるまで利用してきた。中には死んだ人間もいる。憐《あわ》れみはしなかった。騙《だま》される方が悪いんだ、馬鹿なんだ。そう思うだけだった。

じゃあ、芳香は悪くないのか、馬鹿ではないのか。まさか。忍び込んできた男に犯されるなんて馬鹿な証拠だし、自分の身を自分で守れないのは自分が弱いからだ。昭子だって、そうやって諦めながら、何度も何度も腐った魂を削《そ》ぎ落《お》とし、引き剝がし、しかしその都度再生させてきたのだ。三十を過ぎて、たった一回ホームレス同然の男に乗っかられたくらいでメソメソするなと言いたい。

じゃあなぜ、芳香を助けたいと思う。助けようとする。

分からない。自分でも上手く説明できない。でもひょっとしたら、と思うことはある。

陣内だ。自分はあの男に、助けられたいと思っているのかもしれない。ただ助かりたいのではない。陣内に、助けてもらいたい。あの男の腕に抱かれ、無事かと訊かれたい。そのためには、芳香は生きていた方が都合がいい。なんなら、芳香を守るために自分も傷つくくらいでちょうどいい。殴られ、刺され、股が裂けるほどぐちゃぐちゃに犯された状態で、陣内に抱かれたい。もう大丈夫だ、と耳元で囁《ささや》いて、強く抱き締めてほしい。欲をいえば、自分を助けるために陣内自身も傷ついてくれたら、なおさら——もう、その想像をするだけで、じわじわと股の辺りが湿ってくる。

だが、このままでは埒《らち》が明かない。

「助けるって……要するに、お金でしょ」

男が、馬鹿にしたように笑みを浮かべる。

「それだったら、金を出せって言うさ」

「じゃあなに。セックスは、もう気が済んだんでしょ。他に、あと何があるっていうの」

「俺はあんたに、頼みがあるって言ったんだ。その上で、この女を殺さずにおいてやってもいいって言ったんだ。それがどういうことか、分からないか？」

なるほど。男の考えが、昭子の想定より短絡的《たんらくてき》でないことだけは分かった。

「……何を、用意すればいい？」

「タオル、ガムテープ、ビニール紐《ひも》、かな」

「分かった」

「下手な小細工するんじゃねえぞ」

「しないわよ。力で男に敵《かな》わないことは、嫌っていうほど知ってるから」

「お利口さんだ」

ガムテープとビニール紐は右手、二人用テーブルの向こう側にある、キャビネットの引き出しに入っている。男からも見える位置だ。

キャビネットの前までいく。

「ここに入ってるんだけど」

「開けろ。片手で、ゆっくり」

中には、他にも文房具の類がいくらか入っている。

「ビニール紐使うんじゃ、ハサミも要《い》るんじゃないの」

「余計な心配すんな。紐くらいこの包丁で切れる。余計なもの持ってきたら刺すからな」

「分かった」

要求通り、ガムテープとビニール紐だけを取り出して、男のところに持っていく。

「……タオルは」

「あっち、浴室の方」

「この部屋にだってあるだろ」

「ないわよ。ないでしょ、普通」

男が昭子を睨《ね》め上《あ》げる。

「五秒で持ってこい。二枚だ」

「分かった」

男に背を向け、バスルームに向かった。その間を利用して携帯電話を構える。脱衣場に入ったら照明を点けると同時にメールソフトを開き、陣内に【たすけて】とだけ打ち、さっきの写真を添付して、

「おい、早くしろ」

「はい」

送信ボタンを押してまたポケットに戻す。

緑とグレーのタオルを摑み、照明を消してから男の元に戻る。

「……遅《おせ》えぞ。何してやがった」

「タオルを選んでたの。白いの、汚されたら嫌だから」

「そんな贅沢《ぜいたく》が言える立場か」

「それはあなたも一緒でしょ」

その通りだと思ったのか、男はそれ以上は言わず、昭子が差し出した二枚のタオルを受け取った。

男が、包丁を持ったまま立ち上がる。

「……まず、両手を後ろに回して、これで縛《しば》れ」

「私が？」

「そうだ、お前がやるんだ」

命じられてしまっては、逆らうわけにもいかない。

ソファに横たわっていた芳香を起こし、両手を腰の辺りに回させる。ビニール紐はあらかじめ縒《よ》ってあるタイプではなく、平たいテープ状だったので、最初は手首に喰い込まないよう広げたまま、途中で交差して、最後に結ぶときに全体が締まるように巻いた。

「……大丈夫？　痛くない？」

芳香は応えなかった。

代わりに男が「へえ」と漏らす。

「さすが変態女だな。縛り方が慣れてる」

「脚はどうするの。最終的に、ここに寝かせておくならここでやるし、寝室に移動させるんだったら、縛る前に自分で歩かせた方がいいと思うけど」

男が頷く。

「歩いていかせろ」

その方が、昭子にとっても都合がいい。

「……芳香ちゃん、立って。向こうの部屋に行こう」

これにも芳香は応えない。

「芳香ちゃん。向こうにいた方が安全だから……これ以上、芳香ちゃんが傷つかないように、私が守るから」

自分でも、胸糞《むなくそ》が悪くなるほど甘ったるい台詞《せりふ》だとは思うが、今はこう言うしかない。芳香が、無表情のまま立ち上がる。精神と肉体の接続が、一時的に断絶した状態なのだろう。昭子にも経験があるので分かる。いま芳香の心は、ここではないどこかを浮遊している。子供の頃の楽しかった記憶の中かもしれないし、やり残してきた仕事の山の中かもしれない。とにかく、今のこの場所でなければどこでもいい。この現実から目を背《そむ》けられるなら、宇宙でも空想の世界でも、どこでもいいのだ。

芳香を寝室まで連れていき、ベッドに座らせ、そこで足首を縛る。やり方は手首と同じだ。できるだけ痛くないように巻き付ける。

終わると、男がタオルを差し出してきた。

「捩《ね》じって、口の中に入れろ」

要求通り、捩じって丸めた一端を口に押し込み、その上からガムテープを回して固定する。

「耳と目も塞げ」

もう一枚のタオルも使って、両耳と両目にかかるように当て、上からガムテープでぐるぐる巻きにする。さらにビニール紐でも縛り上げ、自力では外せないように仕上げる。

せめてこれ以上の不安を感じさせないよう、最後は優しく手を添えて横たわらせた。この娘は、昭子にとっても爆弾になりかねないが、今どうするかを考えている余裕はない。彼女はこのまま、ここに寝かせておく。

ガムテープとビニール紐の残りを持って、男とリビングに戻った。

包丁を持った男が、ニヤリと片頰を持ち上げる。

「あんた……よく見ると、いい女だな」

何を言うかと思えば。

「そりゃどうも」

「あんたがその気なら、楽しませてやったっていいんだぜ」

「無理すんなよ……そっちも大して若かねえんだからよ」

男がチクリと目を細める。今ので、弛《ゆる》んだ尻の穴も多少は引き締まったのではないか。

こっちだって、芳香さえいなければ遠慮する理由はない。

「……なんだよ。あんたみたいな腐《くさ》れ外道《げどう》でも、女は上品な方がいいってか。あいにくだね。私は、品なんてもんはとうの昔に、肥溜《こえだ》めに放《ひ》り出《だ》して捨ててきちまったんだよ」

男が包丁の刃をくるりと返してみせる。

「調子に乗んなよ。テメェの置かれた状況をよく考えろ」

「あんたもな。車で事故って病院担ぎ込まれて、免許見られて偽造がバレたんだろ。とんだドジ踏んだもんだな。テメェでも情けなくて、一人じゃマスも掻《か》けねえだろう」

たっぷり十秒は、男も黙っていた。

「……どうも、命が惜《お》しいわけじゃなさそうだな」

「あんたにくれてやるほど、安くもないけどね」

ようやく自分の見込み違いに気づいたのか、男は浅く溜《た》め息《いき》を漏らした。

「……俺は別に、あんたをどうこうしようと思ってるわけじゃない。逃げ延びるのに、少し手を貸してもらいたいだけだ」

「私が大人しく協力すると、なぜ思う？」

「見くびるなよ。あんたが喰いつきそうなネタくらい、俺だって用意してるさ」

「へえ。そりゃ一体どんなネタだよ」

男が挙げたのは、二つの個人名だった。

なるほど。そういうネタだったら、昭子も興味はある。

男の話はよく分かった。

確かに、ネタそのものは昭子にとっても有益だし、それをフリーライターが握ることによって、男の命も、ある面では保証されるのかもしれない。

男が、ソファに深く背中を預ける。

「じゃあ早速、連絡をとってもらおうか」

ただし、そうは問屋が卸《おろ》さない。

「馬鹿言ってんな。いま何時だと思ってんだよ」

「関係ねえだろ。あっちにしてみたら、全てを失うかもしれない爆弾なんだぞ」

「だから、馬鹿言うなって言ってんだよ。『急《せ》いては事を仕損じる』って、学校でも習ったろ。こういうときこそ、段取りが重要なんだよ。将棋だってなんだってそう。攻めに出るときは、一緒に自分の逃げ道も考えておくもんだ。私だったらそうするね」

男が首を傾げる。

「たとえば」

「まず、あの娘はどうするつもりだよ」

男にも考えはあるのだろうが、ここは話を有利に進めるために、昭子から提案しておく。

「あんたは顔を見られてる。私とどんな話をしたかは聞こえてないだろうけど、それでも、あんたが逃げるのに私が手を貸したことくらいは察しがつくはず。そんなの、あとで喋《しゃべ》られたらあんただって困るだろう？」

どうだ。乗るか。乗ってくるか。

男は小さく、二度頷いた。

「仕方ねえ……もう一発姦《や》って、それをビデオにでも収めるか」

「それがまあ、一番手っ取り早いだろうね」

「じゃ、お前の携帯よこせ」

そうか。こいつは今、携帯電話も持ってないのか。

「それより……デジカメの方が、よく撮れる」

「姦りながら撮るんだから、軽い方がいい」

「私が撮るよ」

「俺の顔まで撮られたら後々マズいからな。俺が自分で撮る。お前はただ見てりゃいい」

……」

二人用のテーブルの上、椅子の辺り、床、テレビの前――。

男の視線が、室内の至るところを舐めるように探し始める。

椅子のところにある、大きめのバックバッグは芳香のだ。それはいくら男でも、ひと目で分かっただろう。

「……おい、お前のバッグはどこだ」

「お前のバッグはどこだって訊いてんだ」

応えずにいると、男は立ち上がって室内を探し始めた。それで見つからなければ、当然廊下に出ていく。男も、昭子が浴室から出てきたことは知っている。ドアも開いたままなので、まずそこを覗くことになる。

照明を点ければ、入ってすぐのところにあるバッグに目がいくだろう。口を開けたまま、床に置きっ放しにされた、クロエのスモールトート。

その中に携帯電話は、ない。

「オイ、ケータイはどうしたッ」

肩を怒らせた男が戻ってくる。急いで、携帯電話をソファのクッションの間にでも押し込めばよかったのだろうが、間に合わなかった。

「テメェ」

いきなり左頬を殴られた。衝撃でよろけ、ソファに倒れ込んだ。ひじ掛けにしがみつくと、今度は右頬を殴られた。

その反動で、バスローブのポケットから、

「……おい」

携帯電話が転げ出た。昭子が手を伸べる間もなく、男が拾い上げる。

「お前、いつから持ってた」

スイッチを押し、でも表示されるのは暗証番号入力の画面だ。

「何番だ」

指で覚えているので、口では言いづらい。

「何番だッ」

「待ってよ……ええと、３３、５１、９９、７５」

解除されれば当然、さっきのメール画面が表示される。

「……なんだ、この【たすけて】ってのは」

添付した画像も、簡単に確認できる。

「このアマァッ」

そこからはもう、竜巻《たつまき》に呑み込まれたような、暴力の渦に身を委《ゆだ》ねるしかなかった。何度も顔を殴られた。腹を殴られた。髪を掴まれて顔面を床に叩きつけられた。足で蹴《け》られた。膝でも蹴られた。

「俺の、顔が写ってんじゃねえかッ」

首を絞められながら、さらに殴られた。バスローブは肘《ひじ》に引っ掛かっているだけ、全裸と何も変わらなくなっていた。レイプされなかったのは男が勃起《ぼっき》しなかったから、ただそれだけの理由だろう。性欲より、怒りの方が遥かに勝っていたのだろう。

「誰に送ったんだ、相手は誰だ、アアッ」

でもこの男は、絶対に自分を殺したりしない。その確信だけはあった。昭子を殺したら、また一からやり直しになる、それでは意味がない。その程度の判断能力はあるはず。残っているはず。

昭子は頭の隅で冷静に考えながら、同時に反撃も試みた。男の耳を叩いた。平手で何回か。男の隙を見て、右、また隙を見て、左、右、右、左。それくらいしか、昭子にできることはなかった。

昭子自身、何度も殴られて、たぶん耳の近くも殴られて、よく聞こえなくなっていた。だから、ふいに男の暴力が止《や》み、その理由を確かめようと、腫れ上がっているであろう瞼《まぶた》を無理やり引き開け、暗闇に目を凝らしても、すぐには状況が呑み込めなかった。

黒い、大きな影のようなものが、男を後ろから羽交《はが》い締《じ》めにしていた。顔面の上半分、目の辺りにも、黒くて太いものが巻きついている。鱗《うろこ》のない、黒い大蛇のような何かだ。それよりは少し細い、でもやはり黒い蛇がもう二匹やってきて、開いたままの男の口を、一瞬だけ塞いで、すぐに消えた。

やがて、最初の大蛇も姿を消すと、ぼんやりとした、男の顔が見えた。両目に、光がなかった。薄目を開けてはいるが、何も見えてなさそうだった。二本の腕が、だらしなく体の両側に垂れ下がっている。左右の肩も、力なく落ちている。見れば、脚にも力は入ってなさそうだった。

それでも男は立っている。体から、力という力が抜けて見えるのに、まるでそこに浮かぶように、男は立っている。

そのまま音もなく、後ろに下がっていく。足も動かさず、直立姿勢を保ったまま、男の姿が次第に小さく、遠くなっていく。脱衣場の照明はいつのまにか消えていた。男の影が、廊下の深い闇に呑み込まれていく。

そして、消える。

玄関ドアが開き、すぐに閉まる音が小さく聞こえたが、その間、外の明かりは一切射し込まなかった。この部屋の外には何も存在しない、ただ闇が広がっているだけ。そんな幻想を見せられた気がした。

これが、そうなのか。

これが「歌舞伎町セブン」の、始末なのか。

初めて目《ま》の当たりにした。

身動きも、瞬《また》きすらもできない、恐怖。

こんな体験、初めてだった。

5

難しい問題だった。

「歌舞伎町セブン」のメンバーである陣内が、果たして個人的に誰かを助けていいものか。それも道端で転んだ老人に手を貸すのとはわけが違う。「手」と同じ殺しの技を使って助けるのだ。仮にそれで警察沙汰になって、のちのちセブンのメンバーにまで捜査の手が及ぶ可能性を考えたら、迂闊《うかつ》なことはできない。

そう、軽々しく一人で動くべきではない。少なくとも、筋は通しておく必要があるだろう。

「……杏奈に、連絡してみる」

「ああ」

結果がどうあろうと、最終的に陣内は動くと察したのだろう。ジロウはスツールから下り、引き戸を開け、階段を下りていった。すぐにシャッターの閉まる音がした。早めの店じまい。ありがたい気遣いだった。

杏奈はすぐに出た。

『もしもし』

「ああ、俺、陣内です。杏奈ちゃん、今どこ」

『家にいるけど。なに、どうかした？』

「ちょっと、相談したいことがあるんだ」

数秒、間が空いたが、杏奈は陣内の声音から察したようだった。

『……分かった。「エポ」に行けばいい？』

「うん、頼む」

杏奈の住むマンションとゴールデン街は、徒歩六、七分の距離。実際、杏奈は十分ちょっとで来てくれた。

自分でシャッターを開け閉めし、速足で階段を上ってくる。

「こんばんは……あ、ジロウさんもいたんだ」

さっきと同じ席に戻っていたジロウが、短い会釈《えしゃく》をする。

陣内はそれよりも、深く頭を下げた。

「悪かったね、こんな時間に」

「ほんと、もう寝ようかと思ってたんだから」

そうは言いながらも、杏奈は笑みを浮かべている。

「……でなに、相談って」

簡潔に要点だけを伝えた。

土屋昭子からのSOS。逃走犯、庄田満らしき男の写った写真と、それから察せられる状況。土屋には上岡の件で借りがあること。

杏奈は二台の携帯電話に表示された写真を何度も見比べ、綺麗に整えた眉をひそめ、しばらく考えていた。

しかし、熟考してもらう時間はない。

「元締め。勝手なことだってのは、分かってる。でも、できれば助けてやりたいと、俺は思ってる。誰にも迷惑はかけないようにする。だから……今回だけ、大目に見て、行かせてはもらえないだろうか」

　杏奈がジロウを見る。

「ジロウさんは、どうするの？」

　ジロウの手元には焼酎の入ったカップがある。だが、だいぶ前から口をつけなくなっている。

「……別に、急ぎの用があるわけでもねえから。手伝うよ」

　杏奈が頷く。

「じゃあ、現時点でも、三人の同意はあるわけだ」

　その言葉はありがたいが、何しろ時間がない。

「でも、元締め。俺はこれを、セブンの仕事だとは思ってないんだ。ジロウが手伝ってくれるにしても、これはあくまでも、俺個人の問題であって、全員の決を待ってる時間はないんだ、だから……」

　杏奈が頷く。

「時間がないのは分かる。でも、これがセブンの問題ではない、っていうのは、ひょっとしたら違うかもよ……ちょっと待って」

　その待っている時間が惜しいんだ、とは思ったが、杏奈が自分の携帯電話を取り出し、何かを表示させてこっちに向けた瞬間、陣内は息を呑んだ。

それは四ヶ月ほど前、つまり上岡事件の直後、土屋から陣内のところに送られてきた写真だった。陣内はそれを杏奈にも転送しておいたのだが、それがまさか、今この場で役に立つとは思ってもみなかった。

「ジロウさんも見て」

同じ写真を見たジロウが、抗議の目で陣内を睨む。

「……なんで、あんたが気づかないんだよ」

そう言われると、返す言葉もない。面目《めんぼく》ない。

あとは話が早かった。

杏奈が他のメンバーにも連絡をとると、ミサキとシンがすぐに合流してきてくれた。市《いち》村《むら》と小川は、どうしても今夜は動けないということだったが、始末については同意を示してくれた。

結果、五人で土屋の自宅マンションがある赤坂に向かうことになった。車は杏奈が出したが、少しビールを飲んでいるというので、運転はたまたまシラフだったシンがすることになった。

そう、土屋の自宅マンションは赤坂なのだ。

今この地域は、東がいる赤坂署の管轄《かんかつ》なのだと思うが、今夜のところは関係ないし、今後も関係ないようにやり遂げるだけだと、陣内はそれ以上考えないようにした。

現地では、まず陣内が二階の外廊下に侵入。そこから屋内階段で一階のエントランスに下り、シンから借りた白い布で防犯カメラのレンズを覆う。その隙に四人を中に入れ、布を外す。このホワイトアウトした十数秒を、あとで映像を観る人間がどう解釈するかは分からないが、とりあえず陣内たち五人の姿が映っていなければ問題ない。

土屋の部屋は四階。他の住人や防犯カメラを警戒しながら階段で上がり、部屋の前に着いたら内部の様子を探る。担当は杏奈、使用するコンクリートマイクは市村の私物だが、普段から杏奈が預かっている、いわば共有の機材だ。

その間にシンが、暗幕《あんまく》で玄関前を覆う。見た目は黒い雨傘に布を垂らしただけの代物《しろもの》だが、侮《あなど》ることなかれ、数秒で暗室を作り出せるというなかなかの優れモノだ。暗幕をビニールシートに替えれば、中で死体の解体作業もできるという。周辺に血痕を残したくないときに使うのだそうだ。

イヤホンで中の音を聴いていた杏奈が、小さくかぶりを振る。

「……なんか、もうヤバそう」

至急、始末に入る必要がありそうだった。

陣内は頷き、玄関ドアの前にしゃがんだ。

解錠はシンも得意としているが、ここは陣内が担当することにした。過去に二度開けているので、勝手は分かっている。

音を立てずに解錠し、早速ドアを開けて侵入。間取りが分かっている陣内を先頭に、ジロウ、ミサキの順で入った。

正面、リビングの方から悲鳴が聞こえる。荒い息遣いも、相手を罵倒《ばとう》する男の声、骨が骨を打つ音、肉を打つ鈍い音も、いろいろ聞こえる。

廊下右側、脱衣場の照明が点いている。そのままでいけるか、消した方がいいか。

判断は一瞬だった。

陣内が光の中に手を伸べ、スイッチをオフにすると、即座にジロウが陣内を追い抜いていった。

ほんの一瞬で、土屋を殴打していた男を羽交い締めに捕える。同時にミサキがトイレとキッチンをチェックする。陣内はベッドルームを確認しにいった。半裸の女性が拘束されている他には誰もいない。

ということは、敵は一人ということか。

ならば、事前の打ち合わせ通りにいこう。

ジロウは男を羽交い締めにしながら、同時に首を反らせてもいる。男の口は、まるで欠伸《あくび》の途中のように開いている。

そこに陣内が、水滴もつかないほど磨き込んだ、タングステン合金の長い針を滑り込ませる。喉の奥まで、さらに粘膜も通過させて、脳幹まで突き通す。その先端で半径二ミリの円を描き、生命維持を担う中枢神経系器官を、一気に切断する。

あと数秒で、男の心臓は止まる。よほど細部までバラバラに解剖しなければ、これが刺殺であることは分からない。普通は、心臓発作か何かの突然死と診断されて終わりだ。風に吹かれた、蠟燭《ろうそく》の火。男の命が、消える。

あとは針を抜くだけ。陣内の仕事はそれで終わりだ。

死体の運搬は、力持ちのジロウに任せた。

それを「武士の情け」と言っていいのかどうかは分からないが、遺体は茨城県石岡市の、近くに観光農園も民家もある、山というか丘というか、道から雑木林に入ってすぐのところに遺棄《いき》してきた。

なんのために。茨城県警に「庄田満」とされる男の遺体を発見させるためだ。たとえ遺体でも、見つかれば警察は捜査、捜索を終えることができる。そのために、わざわざ人目につきそうなところに遺体を捨て置いてきた。いわば「歌舞伎町セブン」からの、精いっぱいのプレゼントだ。

だが遺体は、思ったほど簡単には発見されなかった。

しばらくはメンバーと顔を合わせるたび、必ずその話題になった。

一番心配していたのは、元締めの杏奈だ。

「そういえばさ……あの茨城の逃走犯、まだ見つかんないみたいね」

そのときは、まだ他の客も店にいたので、そういうやり取りにならざるを得なかった。

「そうみたいですね。もう、どれくらいになるんでしたっけ」

「もう、一ヶ月にはなるでしょう」

その時点で七月も半ばを過ぎていた。雑木林の中とはいえ野晒《のざら》しなのだから、早く発見しないとただの腐乱死体になりかねない。陣内たちは別にそれでもかまわないが、せっかく親切に県内まで運んでやったのだから、茨城県警には、できれば身元が分かるうちに見つけてほしいと思っていた。

だが、いつまで経《た》っても遺体は発見されない。

この件に一切タッチしていない市村は、杏奈とはちょっと違う心配の仕方をしていた。

「これだからなぁ……やっぱり俺がいないと駄目なんだよ。いいか、完全に処理して、この世から消しちまっていい場合と、発見させなきゃいけない場合とじゃ、仕事の仕方が全然違うんだからな。分かるか？　いくら近くに民家のある雑木林ったってよ、そこの住人の視界に入らねえような物陰じゃ駄目なんだからな。パッと見じゃ分からねえ、でもなんかあるな、なんだろな、見にいってみよう、うわっ、こりゃ死体じゃねえか、みてえなよ、絶妙な置き場所ってのがあるんだよ……分かんねえんだな、素人《しろうと》にゃ、その辺の匙加減《さじかげん》ってもんが。匙加減っていうか、センスだよな、センス」

このときはもう他に客がいなかったので、市村には好きに言わせておいた。

いや、正確に言うとミサキはいた。ミサキはミサキで、全く別の不満を持っていた。

「あんときさ……ジロウは羽交い締めやってさ、ジンさんは針刺したけどさ、あたし、なんもやってねえんだ……なんもやんねえうちに、終わっちまってさ、さあ帰ろう、みたいになってさ……あたしは、アレだよ、ケツ丸出しの女がベッドに転がされててさ、アレが暴れ出さねえか見張ってただけでさ、始末どころか、指一本折ってねえんだ。ちょっとくらいさ、あたしにもなんかやらせろって……死体も、車で運んで、ポイだろ。面白くもなんともねえっつーの」

市村の言う通り、セブンの始末にはふた通りの落《お》とし処《どころ》がある。絶対に死体が見つからないようにする場合と、あえて発見されるように放置する場合だ。

見つからないようにするときは、どういう殺し方をしてもいい。銃殺だろうが絞殺だろうが、首を圧し折ろうが陣内のように針で刺し殺そうが、自由だ。あとはシンが、バラして融《と》かして下水に流すか、もしくは焼却するかの違いくらいで、死体がどういう状態かはほとんど関係ない。

ただ、発見させるときは全く違う。方法としては、陣内のように心臓発作を演出するか、ジロウのように、いったん失神させて首吊《くびつ》りにするか、あるいは何かの事故に見せかける場合もあるが、いずれにせよ、死体に余計な傷がつかないようにしなければならない。よって、本人は「できる」と言い張るかもしれないが、やはり発見させる段取りのときは、ミサキには任せられない。自然死や自殺、事故に見せかける殺し方は、ミサキには無理だと思う。

「あたしにもさ……なんかさせろよ……」

結局、茨城県警が遺体を発見したのは二ヶ月近く経ってからだった。詳しいことは分からない。だがテレビのニュースで《庄田満を名乗り、偽造免許を所持していた男のものと見られる遺体が、昨日、茨城県石岡市の山林で発見されました》とやっていたので、一応、それと分かる状態で発見されたことは間違いなさそうだった。

土屋昭子が「エポ」を訪れたのは、そんな頃だった。

「……こんばんは」

ネイビーのサマーニットに、ゆったりとした白いパンツ、白い大きめのトートバッグ。よく似合ってはいるが、土屋らしくないコーディネイトだと思った。都会で仕事というよりは、むしろ避暑地での休暇中といったふうに見えた。

そのとき、他には一見の、男女二人連れの客がいた。カップルというわけではなさそうで、会話から、仕事で知り合ったばかりの間柄だろうと陣内は察していた。

この二人は長居しそうにない。そう思っていた。案の定、土屋が一杯目のキールロワイヤルを飲み終える前に、二人は「ご馳走《ちそう》さま」とスツールから下りた。

会計を終えたら、陣内もカウンターから出る。

「ありがとうございました。またぜひ、いらしてください」

精一杯の笑顔で見送ったが、内心では、ようやく土屋と話ができると、大いにほっとしていた。

カウンターに戻り、あえて陣内から話しかけた。

「もう、すっかりよさそうですね」

すると、土屋はカウンターの縁に両手を揃《そろ》えて並べた。

「その節は、本当に……ありがとうございました。お陰さまで、助かりました。あの夜、一緒にいた女の子も……まだ、精神科には通ってるみたいですけど、一応、普通に生活できるくらいには回復しました。彼女の分も、私から、御礼申し上げます」

柄にもなく、その手に額がつくほど頭を下げてみせる。

それが芝居でも、本気でも、陣内の受け取り方は一緒だ。

「そんなことをされても、却って困ります」

土屋が顔を上げる。

「分かってます。分かってますけど、お礼くらい言わせてください。こうやって、また陣内さんのお店に、生きて伺《うかが》えたんですから」

確かにあの夜、土屋は、いつ弾《はず》みで殺されてもおかしくない状況にあったとは思う。

土屋が、トートバッグから何やら取り出す。平べったい、砂色の包装紙を巻いた箱だ。

「これは、ハワイのお土産……です」

定番のチョコレートか何かだろうと思い、片手で受け取ったが、それにしては少し重たかった。ひょっとしたら百万円の札束の一つや二つ、入っているのかもしれない。

「そうですか、ハワイですか……じゃあ、ありがたく頂戴しておきます」

いつまた次の客が入ってくるかは、陣内にも分からない。三文芝居はこれくらいにして、しておくべき話を早く済ませてしまおう。

「いくつか、質問をしてもいいですか」

「はい。なんなりと」

土屋の目をじっと見て、一拍置いてから始める。

「……あの夜、花城はあなたのところに、何をしに行ったのですか」

ふっ、と息を漏らし、土屋が笑みを浮かべる。

「やっぱり、あれが花城数馬だと気づいていて、助けにきてくださったんですね」

実際に気づいたのは陣内ではなく、写真を見た杏奈だが、それは今さて措く。

「ええ。むしろ、あれがただの逃走犯などではなく、庄田満の名を騙《かた》る花城数馬であると分かったからこそ、助けにいったんですよ。だから……ぜひとも知りたい。なぜ花城は、あなたを訪ねていったんですか。あなたと花城の関係は、あくまでも戸籍上の、しかも、もう何年も前に別れた夫婦ということでしたよね」

「それ、どういう興味でお訊きになってるの？　まさか、今さら陣内さんが花城に嫉妬だなんて、そんな可愛い話じゃないですよね」

馬鹿馬鹿しい。

「違います。花城は、上岡の事件になんらかの形で関わったとして、警察に追われていた。方法は分からないが、どこかで庄田満名義の偽造免許を作り、顔も変え、逃げ続けていた。でも事故を起こし、いったんは警察に身柄を拘束され、免許証が偽造であることを見破られ、病院から抜け出した……私が花城だったら、よく知った仲間を頼ります。ＮＷＯの、それもできるだけ上の方の、力のある人物を。でも花城は違った。ＮＷＯから足を洗おうとさえしている、あなたを頼った……頼ったというのは、違うのかもしれませんが、でも花城は、あなたのところに逃げ込んで、何をどうしようとしていたんですか」

土屋が、血の色の唇を嗤《わら》いの形に捩じ曲げる。

「まず、それ……花城とＮＷＯの関係が、ちょっと事実とは違います。まあ、見方はいろいろあるでしょうけど、花城がＮＷＯに関わっていた、という認識は、決して間違いではないと思う。でも、仲間といえるほどではなかったんじゃないかと、私は思います。実際、花城は怯《おび》えてました。自分はＮＷＯに追われている……これって違う話のようでいて、結局は同じなんですけどね。NWOの手先は警察の中にもいますから。警察に捕まって、留置場で殺される、裁判までは無事だったとしても、刑務所内で殺される、そういうの、全然普通にありますから……花城は、NWOの下働きをするうちに、知ってはならないことをいくつも知ってしまった。そうなったら、自ら率先して、さらにNWOの深部に潜っていくか、逆に、死を覚悟の上で抜け出そうとするか、二つに一つしかない。花城は、さらに深く関わっていくつもりだったと思う。でも、しくじった……上岡さんの件で、警察に追われる立場になってしまった」

ちょっと、よく分からない。

「そういう場合、NWOの力で、警察の捜査を……攪乱《かくらん》するというか、揉み消すというか、そういうことだってできるんじゃないんですか」

ゆらゆらと、土屋がかぶりを振る。

「警察にもNWOの手先は『いる』ってだけで、警察がNWOの手先ってわけじゃないですから、そんなに都合よくはいかないんですよ。むしろ、花城くらいの下っ端は、使い捨てるのが正解。NWOにしてみたらね……でも花城は、思い出した。あからさまに、NWOから距離を置こうとしているのに、いまだに生きている奴がいる」

伊崎基子と、この土屋昭子だ。

「だから花城は、あなたを頼ってきた？」

「頼ったっていうのは、ちょっと違いますね。私は確かに、『歌舞伎町セブン』と陣内さんを頼っています。ご迷惑かもしれませんが、頼りにしています。でも、花城は違った。ちゃんと自分で、手土産を用意してきた」

なるほど。

「何かを交換条件に、ということですか」

「そういうことです」

「教えてください」

また土屋の、血の色の唇が捩じ曲がる。

「……いいですよ。陣内さんにだけ、教えてあげます……陣内さんは、ヤブキコノエって男を、ご存じ？」

「いえ、知りません」

「『左翼の親玉』とか、『最後のフィクサー』とか呼ばれてる、まあ、謀略《ぼうりゃく》好《ず》きのお爺《じい》さんです。花城はそのヤブキの手下だった。むろん、ヤブキもNWOと密接な関係を持っています」

一つ、確かめておきたい。

「そのヤブキという名前も、例の名簿にあったのかな」

「いえ、ないと思います。たぶん、派閥が違うというか、グループが違うみたいな、そういうことだと思います。言ったら、ヤブキはNWO左派、みたいな」

聞けば聞くほど、NWOというのは訳の分からない組織だ。

「……で、そのヤブキが」

「そう、そのヤブキのネタを、花城は私のところに持ってきたんです。手土産として。そのネタでヤブキを脅すことによって、自らの身の安全を確保しようとしたというか、恩赦《おんしゃ》を狙ったというか」

「どんなネタですか」

「ちなみに、陣内さんは政治についてご興味は？」

「ほとんどありません」

「でも、今の内閣総理大臣は分かりますよね」

馬鹿にするな。さすがに、それくらいは分かる。

「西野《にしの》右輔《ゆうすけ》、ですよね」

「西野総理の所属政党は」

「民自《みんじ》党でしょ」

「民自党って、ざっくり言ったら右か左か、分かります？」

左、左翼と言ったら、共産党系だから、その逆だろう。

「ざっくり言ったら、民自党は右ですよね」

「正解。じゃあ、その右の代表格である民自党の総裁で、現内閣総理大臣である西野右輔と、いまだに『左翼の親玉』なんて呼ばれているヤブキコノエが、実は、裏で密会を重ねていたとしたら……それを示す証拠があったとしたら、どうですか」

ほほう。

「……それを、あなたは花城から提示されたわけですか」

「いいえ。ぶっちゃけて言うと、そんな暇はありませんでした。私が陣内さんにメールを送ったのがバレて、私は花城にボコボコにされて……でも気づいたら、花城は消えていた。闇に呑みこまれるみたいに、すぅーっと、私の前から消えていった」

今、そこだけぼやかしてもらってもあまり意味はない。

「……じゃあ、その証拠を手に入れることができなかったのは、痛手でしたね。あなたにとっては」

「それは、仕方ないです。いま生きていられるだけで、私はありがたいと思ってます。それに、ネタの端緒は手に入れたわけですから。あとは自力で、ぼちぼち調べていきますよ。もちろん、その情報を独り占めしたりはしません。これは……私と陣内さんの、ヒ、ミ、ツ」

冗談じゃない。

「いいえ、けっこうです。下手に巻き込まれて、こっちにまで火の粉が降り掛かっても困るんで」

キスをねだるように、土屋が顎《あご》を突き出す。

「……もう遅いわ。私は、陣内さんなしじゃ生きられない。陣内さんも、私なしじゃ生きられないの。私たちは、運命共同体なのよ。忘れないで……」

こんなに甘い声で、他人を脅す女を、陣内は他に知らない。

やはり――。

この女だけは、早めに始末しておくべきだったのかもしれない。

解説

宇田川拓也

二〇二一年一月から三か月連続で、『ジウI　警視庁特殊犯捜査係』、『ジウII　警視庁特殊急襲部隊』、『ジウIII　新世界秩序』が文庫新装版としてリニューアル刊行された。〈姫川玲子《ひめかわれいこ》〉シリーズ第一弾『ストロベリーナイト』と並び、「誉田哲也」といえば真っ先にタイトルが挙がるこの代表的三部作を、令和の読者に向けて改めてアピールしようという試みは、さらに『国境事変』、『ハング』、『歌舞伎町《かぶきちょう》セブン』、『歌舞伎町ダムド』、『ノワール　硝子《ガラス》の太陽』にも波及。思わず表紙カバーと見まがうワイドサイズの新デザイン帯が巻かれ、それぞれに〈ジウ〉サーガとしてのナンバリングが施されることとなった。そしてこの一連の企画の掉尾《とうび》を飾るのが、『歌舞伎町ゲノム』の文庫化――つまり本書である。

これまで『ジウ』を起点に長編で紡がれてきたサーガでは第九弾にして初となる全五話の作品集で、〝東洋一の歓楽街〟〝眠らない街〟とも称される歌舞伎町を守る伝説の殺し屋集団〈歌舞伎町セブン〉の物語としては四冊目となる。ダークヒーローの活躍を描いたシリーズならではの面白さはもちろん、これまでとはひと味違うテイストに加え、サーガの今後につながる要素も備えた充実の内容となっている。

収録作を順に見ていくと、第一話「兼任御法度」（初出「小説BOC7」二〇一七年十月刊）は、〈歌舞伎町セブン〉のメンバーであるジロウにスポットを当てた一編。

夜の歌舞伎町でジロウは、若者がヤクザ者三人に囲まれている場に遭遇し、仲裁に入る。若者は広瀬《ひろせ》というごく普通の会社員で、婚約者の自殺の原因となった暴行事件について独自に探っていたのだという。彼女はどんな目に遭い、一度は出した被害届を取り下げ、なぜ自ら命を絶ってしまったのか。婚約指輪を売って作った現金を手に涙し、床に崩れる広瀬を前に、ジロウはセブンとしてこの始末を引き受けることを決意する……。

筋肉で固めた一九〇センチを超える肉体を武器に、容赦ない力技で悪人たちを仕留める無口な暗殺者ジロウ。サーガ第五弾『ハング』で描かれた喪失と底なしの絶望、その決して癒えることのない痛みを知るからこそ見せる情が胸を熱くする。

そして本作もうひとつの読みどころが、前作『ノワール　硝子の太陽』でメンバーのひとりを失ったセブンがこの一件にどう応じるのか――だ。元締めを筆頭に、下調べや見張り役を務める三人の「目」、始末の実行部隊である三人の「手」からなるセブンには、七人が揃《そろ》って賛成しなければ始末を実行しないという掟《おきて》がある。タイトルの〝兼任〟の意味。巻き込まれるように加わることになる新たなメンバーにも注目だ。

続く第二話「凱旋《がいせん》御法度」（初出「小説BOC8」二〇一八年一月刊）でスポットが当てられるのは、セブン第一の「目」である四代目関根《せきね》組組長――市村光雄《いちむらみつお》だ。

市村はある日、歌舞伎町元ナンバーワンホストの実業家テルマに招かれ、彼の運転手であるアイマンの送別会に出席する。エジプト人のアイマンは、国際免許の更新のために帰国しなければならず、その真面目《まじめ》さと愛嬌《あいきょう》で多くのひとに好かれ、盛況な会となった。ところが後日、市村はアイマンの死を聞かされる。交通事故だというが妙な点も多く、調べを進めていくと、狂犬のごとき危険なある男の存在が浮かび上がる……。

サーガ第六弾『歌舞伎町セブン』で市村は、「セブンが殺《や》るのは、この街を食い荒らそうとする害虫だ」と口にする。まさに害虫駆除というべき怒りの鉄槌《てっつい》がここでの一番の見せ場だが、テルマが涙ながらにアイマンとの思い出を絞り出すように語る場面、テルマと市村の間で交わされる始末を引き受けるまでの会話といった、ひとの心情を映し出す繊細な描写も見逃せないポイントだ。「これも、歌舞伎町が持つ細胞の一つなのだ」という本書タイトルにある〝ゲノム（DNAのすべての遺伝情報）〟とも呼応し、本書全体を読み解くカギとなりそうな一文も登場するが、これについては後述する。

第三話「売逃御法度」（初出「小説ＢＯＣ９」二〇一八年四月刊）は、若き元締めである斉《さい》藤杏奈《とうあんな》が「もろもろイレギュラーな案件」と口にするほど、セブンの物語のなかでも異色の作品だ。

　表の顔は歌舞伎町の酒店「信州屋《しんしゅうや》」の経営者である杏奈に、商店会の理事でもある割《かっ》烹《ぽう》料理屋「井筒《いづつ》」の女将《おかみ》から頼み事が舞い込む。知り合いの女性会社員の相談に乗って欲しいのだという。後日、その女性――門脇美也子《かどわきみやこ》から聞かされた内容は、会社の上司についてのことだった。その上司とは関係を持つ寸前であるのだが、彼は以前に自分の友人とも交際しており、その友人は先日交通事故で亡くなっていた。美也子はこの事故に上司が関わっているのではないかと疑いを持っているという。邪魔になった女を排除するための事故を装った計画的な殺人なのか。しかもその男の周りでは、ほかにも何人もの女性が亡くなっているという……。

　のちに交通事故で亡くなることになる田嶋夏希《たじまなつき》、美也子の会社の上司である三上亮《みかみりょう》。ふたりが出会い、関係を深め、歪《いびつ》な性愛に溺れていく様子にページの多くが費やされ、いったいどのような始末がつけられるのかと淫靡《いんび》な場面に目を奪われながら戸惑う向きもあるかもしれない。セブン第一の「手」陣内陽一《じんないよういち》が、いかにして標的の息の根を止めるのか。異色にして屈指の名編といえよう。

　じつは収録作のなかで筆者がもっとも偏愛している第四話「改竄《かいざん》御法度」（初出「小説Ｂ

OC10」二〇一八年七月刊）は、犯罪の痕跡を消す「特殊清掃」や死体処理を得意とし、裏社会で「掃除屋のシンちゃん」と呼ばれ重宝されているシンを取り上げた一編。

表の仕事も清掃員であるシンが勤務を終えて帰ろうとすると、中学生か高校生くらいの女の子がチンピラに追い掛けられている修羅場に出くわす。走り去ったあと、シンの足元にはいわくありげなICレコーダーが……。

愛すべき巻き込まれキャラであるシンの日常と掃除屋としてのプロ意識がたまらない味わいを醸し出し、オフビートなユーモアの数々に笑いが込み上げてくる。とはいえスピンアウト的な作品だと肩の力を抜いていると、終盤でサーガの大きな流れにも関係しそうな聞き捨てならない話が飛び出すから油断できない。

そして第五話「恩赦御法度」（初出　webサイト「BOC」二〇一八年十一月～十二月連載）は、陣内の視点から幕が上がる。

セブン第三の「目」である新宿署の刑事――小川幸彦《おがわゆきひこ》からいくつか情報を得たその日。陣内が営む新宿ゴールデン街のバー「エポ」で客がジロウだけになった深夜、陣内の携帯電話に助けを求める一通のメールが届く……。

サーガ第七弾『歌舞伎町ダムド』から登場し、強烈な印象を刻み付けてきたフリーライターの土屋昭子《つちやあきこ》が重要な役回りを務める内容で、ミステリ的趣向が凝らされ、話の全体像が見えたときに「そうつながるのか」と膝を打つことだろう。「改竄御法度」に続いて本作でも今後の大きな爆弾となり得る話題が披露され、ますます目が離せなくなる。

こうして五つの話を通して読んだうえで、前述した「これも、歌舞伎町が持つ細胞の一つなのだ」という言葉とタイトルの〝ゲノム〟をあわせて考えてみる。すると、人間の醜い欲望が渦巻く「歌舞伎町」という特異な街がそれでも無法の地とならない一線、そこに生きる罪深き者たちが割り切れないなりに持ち合わせている正しさが見えてくる。翻ってそれはセブンが立ち上がり、守るべきものがなにかを表しており、ひと言では伝えきれない、容易にはつかみ切れない要素を手際よくまとめ凝縮した、まさに〝ゲノム〟と名付けられるにふさわしい一冊であることに得心が行く。

さて、本書の刊行により、二〇二一年十月現在までに上梓《じょうし》されている〈ジウ〉サーガ作品のすべてがお求めやすい文庫となったわけだが、当然気になるのはサーガ第十弾となる次作についてだ。『歌舞伎町ダムド』終章、本書「改竄御法度」「恩赦御法度」の終盤を読むと、より大きく苛烈な戦いの刻《とき》が近づきつつあることは間違いない。現実の政治はすっかりその体たらくぶりが露呈し、目も当てられないが、サーガの世界の政治家たちはなかなかに図太く、虎視眈々《こしたんたん》となにかを企《たくら》んでいるようだ。しかしさらにその上を行くのがシリーズ愛読者なら説明するまでもない、あの組織だ。いよいよ本格的に牙を剝《む》き、セブンを脅かすのか――等々、思いを巡らし始めると切りがないが、とにもかくにも我らが誉田哲也が生半可な想像など軽々と飛び越え、息を吞《の》み、夢中でページをめくり、思わず声が上がるようなスリリングな物語を届けてくれることは間違いない。

まだまだ歌舞伎町は、熱くなりそうだ。

（うだがわ・たくや　ときわ書房本店書店員）

この作品はフィクションであり、実在する個人、団体等とは一切関係ありません。

『歌舞伎町ゲノム』二〇一九年一月　中央公論新社刊

中公文庫

歌《か》舞《ぶ》伎《き》町《ちょう》ゲノム

2021年10月25日　初版発行

著　者　誉《ほん》田《だ》哲《てつ》也《や》

発行者　松田陽三

発行所　中央公論新社
〒100-8152　東京都千代田区大手町1-7-1
電話　販売 03-5299-1730　編集 03-5299-1890
URL http://www.chuko.co.jp/

ＤＴＰ　平面惑星
印　刷　大日本印刷
製　本　大日本印刷

Printed in Japan　ISBN978-4-12-207129-2 C1193

ほ-17-12
ノワール　硝子の太陽　誉田哲也
沖縄の活動家死亡事故を機に反米軍基地デモが全国で激化。その最中、この国を深い闇へと誘う動きを、東警部補は察知する……。〈解説〉友清　哲
206676-2

ほ-17-6
月光　誉田哲也
同級生の運転するバイクに轢かれ、姉が死んだ。殺人を疑う妹の結花は同じ高校に入学し調査を始めるが、やがて残酷な真実に直面する。衝撃のR18ミステリー。
205778-4

ほ-17-8
あなたの本　誉田哲也
読むべきか、読まざるべきか？　自分の未来が書かれた本を目の前にしたら、あなたはどうしますか？　当代随一の人気作家の、多彩な作風を堪能できる作品集。
206060-9

ほ-17-9
幸せの条件　誉田哲也
恋にも仕事にも後ろ向きな役立たずOLに、突然下った社命。単身農村へ赴き、新燃料のためのコメ作りに挑め⁉　人生も、田んぼも、耕さなきゃ始まらない！
206153-8

ほ-17-10
主よ、永遠の休息を　誉田哲也
この慟哭が聞こえますか？　心をえぐられた少女と若き事件記者の出会いが、やがておぞましい過去を掘り起こす……驚愕のミステリー。〈解説〉中江有里
206233-7

ほ-17-13
アクセス　誉田哲也
高校生たちに襲いかかる殺人の連鎖。仮想現実を支配する「極限の悪意」を相手に、壮絶な戦いが始まる！　著者のダークサイドの原点！〈解説〉大矢博子
206938-1

こ-40-24
新装版　触発　警視庁捜査一課・碓氷弘一1　今野敏
朝八時、霞ヶ関駅で爆弾テロが発生、死傷者三百名を超える大惨事に！　内閣危機管理対策室は、捜査本部に一人の男を送り込んだ。「碓氷弘一」シリーズ第一弾、新装改版。
206254-2

こ-40-25
新装版　アキハバラ　警視庁捜査一課・碓氷弘一2　今野敏
秋葉原を舞台にオタク、警視庁、マフィア、中近東のスパイまでが入り乱れるアクション&パニック小説。「碓氷弘一」シリーズ第二弾、待望の新装改版！
206255-9

各書目の下段の数字はISBNコードです。978－4－12が省略してあります。

こ-40-26
新装版 パラレル 警視庁捜査一課・碓氷弘一3
今野敏
首都圏内で非行少年が次々に殺された。いずれの犯行も瞬時に行われ、被害者は三人組で、外傷は全くないという共通項が。「碓氷弘一」シリーズ第三弾、待望の新装改版。
206256-6

こ-40-20
エチュード 警視庁捜査一課・碓氷弘一4
今野敏
連続通り魔殺人事件で誤認逮捕が繰り返され、捜査は大混乱。ベテラン警部補・碓氷と美人心理調査官・藤森のコンビが真相に挑む。「碓氷弘一」シリーズ第四弾。
205884-2

こ-40-21
ペトロ 警視庁捜査一課・碓氷弘一5
今野敏
考古学教授の妻と弟子が殺され、現場には謎めいた古代文字が残されていた。碓氷警部補は外国人研究者を相棒に真相を追う。「碓氷弘一」シリーズ第五弾。
206061-6

こ-40-33
マインド 警視庁捜査一課・碓氷弘一6
今野敏
殺人、自殺、性犯罪……。ゴールデンウィーク最後の夜に起こった七件の事件を繋ぐ意外な糸とは？ 藤森紗英も再登場！ 大人気シリーズ第六弾。
206581-9

こ-40-23
任俠書房
今野敏
日村が代貸を務める阿岐本組は今時珍しく任俠道を弁えたヤクザ。その組長が、倒産寸前の出版社経営を引き受け……。『とせい』改題。「任俠」シリーズ第一弾。
206174-3

こ-40-19
任俠学園
今野敏
「生徒はみな舎弟だ！」荒廃した私立高校を「任俠」で再建すべく、人情味あふれるヤクザたちが奔走する！「任俠」シリーズ第二弾。〈解説〉西上心太
205584-1

こ-40-22
任俠病院
今野敏
今度の舞台は病院⁉ 世のため人のため、阿岐本雄蔵率いる阿岐本組が、病院の再建に手を出した。大人気「任俠」シリーズ第三弾。〈解説〉関口苑生
206166-8

こ-40-38
任俠浴場
今野敏
こんな時代に銭湯を立て直す⁉ 頭を抱える日村に突然、阿岐本が「みんなで道後温泉に行こう」と言い出し……。「任俠」シリーズ第四弾！〈解説〉関口苑生
207029-5

各書目の下段の数字はISBNコードです。978－4－12が省略してあります。

と-26-39
SRO Ⅷ 名前のない馬たち
富樫倫太郎
相次ぐ乗馬クラブオーナーの死。事件性なしとされるも、どの現場でも人間と同時に必ず馬が一頭逝っている事実に、SRO室長・山根新九郎は不審を抱く。
206755-4

さ-65-1
フェイスレス 警視庁墨田署刑事課 特命担当・一柳美結
沢村鐵
大学構内で爆破事件が発生した。現場に急行する墨田署の一柳美結刑事。しかし、事件は意外な展開を見せ、さらなる凶悪事件へと……。文庫書き下ろし。
205804-0

さ-65-2
スカイハイ 警視庁墨田署刑事課 特命担当・一柳美結2
沢村鐵
巨大都市・東京を瞬く間にマヒさせた〝C〟の目的、正体とは⁉ 警察の威信をかけた天空の戦いが、いま始まる‼ 書き下ろし警察小説シリーズ第二弾。
205845-3

さ-65-3
ネメシス 警視庁墨田署刑事課 特命担当・一柳美結3
沢村鐵
人類救済のための殺人は許されるのか⁉ 日本警察、そして一柳美結刑事たちが選んだ道は？ 空前のスケールで描く、書き下ろしシリーズ第三弾‼
205901-6

さ-65-4
シュラ 警視庁墨田署刑事課 特命担当・一柳美結4
沢村鐵
八年前に家族を殺した犯人の正体を知った美結は、復讐鬼と化し、警察から離脱。人類最悪の犯罪者と対峙する日本警察に勝機はあるのか⁉ シリーズ完結篇。
205989-4

さ-65-5
クランⅠ 警視庁捜査一課・晴山旭の密命
沢村鐵
渋谷で警察関係者の遺体を発見。虚偽の検死をする美人検視官を探るために晴山警部補は内偵を行うが、そこには巨大な警察の闇が――！ 文庫書き下ろし。
206151-4

さ-65-6
クランⅡ 警視庁渋谷南署・岩沢誠次郎の激昂
沢村鐵
同時発生した警視庁内拳銃自殺と、渋谷での交番巡査銃撃事件。警察を襲う異常事態に、密盟チーム「クラン」がついに動き出す！ 書き下ろしシリーズ第二弾。
206200-9

さ-65-7
クランⅢ 警視庁公安部・区界浩の深謀
沢村鐵
渋谷駅を襲った謎のテロ事件。クランのメンバーは「神」と呼ばれる主犯を追うが、そこに再び異常事件が――書き下ろしシリーズ第三弾。
206253-5